U0854909

文
景

Horizon

社 科 新 知　文 艺 新 潮

述而批评丛书

先锋之刃

一份新世纪文学备忘

木　叶——————著

上海人民出版社

在批评的世界里激荡风云

——“述而批评丛书”序言

文学创作的进步与繁荣，离不开文学批评的推动。卢那察尔斯基说：“历来的情况是：恰恰由于著名作家和卓有才华的批评家的通力合作，过去曾经产生过、今后将产生真正伟大的文学。”受现实生活直接影响的敏感的作家，需要批评家帮助他们形成抽象的科学思维，需要批评家来发现其优秀作品、总结其创作经验、揭示并推介其创新创造的价值。而一个时代文学创作的趋势和潮流，也需要批评家用他们的前瞻和敏锐，来进行指向与导引。

揆诸上海文学事业发展的历史轨迹，我们可以说，繁荣的文学批评是上海文学版图上一道特别的风景，活跃的批评家是上海集聚起来的高能级文学精英，一代代的坚守和传承是上海文学批评生生不息的泉源。

近年来，上海坚持发扬重文学批评的传统，在发挥批评大家作用的同时，十分重视青年批评家的培养，为他们搭建施展才华的舞台，逐步形成了一支阵容较为齐整的青年批评家队伍。这些批评家有的工作在作协，有的执教、执笔于高校或研究机构，也有的活跃在报纸刊物上。他们互通声气、互相激荡，通过出版专著、在报刊和各种文学活动平台上通畅表达，指点文学江山、洞察文学思潮、剖析创作得失。他们是多面手和跨界者，不仅在批评的世界激扬文字，还常常游走于创作的天地，直接实践于小说、散文、诗歌等各种文学体裁。他们视野开阔，兼容并蓄，在坚持中国文学批评优秀传统的同时，善于运用世界文学发展的新潮流和新标准，与时俱进地开展科学的、有见地的批评。他们不仅在上海，也在中国，甚至出现在国际文学交流的舞台上，代表中国、上海，与世界文学展开近距离的对话。他们和前辈批评家一起，为上海文学创作的创新、创造和繁荣做出了积极的贡献，也预示着上海文学批评发展的前景和未来。

为集中展示青年批评家群体的成就和风采，展示上海文学批评的发展与收获，上海市作家协会策划推出这套丛书。丛书由 11 位批评家分别选编代表自身水准的文章集纳而成，这些文章虽然多曾在各种报刊、专著发表过，但作为一个整体的重新呈现，必能产生不同寻常的组合效应。丛书的问世对于专业人士的意义不多赘言，而对于普通读者来说，阅读这些著作，也将有助于总览中国文学、上海文学创作的流变，深入掘发作家作品的精华，深切体验作家创作的用心，深刻感受作家作品的价值。

这套丛书以“述而”命名，也寓意着青年批评家对前辈的承继、接续和阐发，述而后作，使批评的传统在文学发展的长河里不断地被赋予新的生命。我们相信，丛书的出版不会戛然而止。今后，当有更多的青年批评家和更多的成果涌现时，丛书将及时地进行扩容。

伴随着波澜壮阔的改革开放，上海文学事业走过了40年不平凡的历程，如今和国家各项事业发展一样，进入了崭新的历史阶段。新时代，文学承担着新使命，也呼唤着一大批青年批评家在文学批评领域承前启后、继往开来。今后，我们将一如既往地重视文学批评，重视培养一代代的青年批评家，让活跃、健康、高质量的文学批评，始终与文学创作、文学活动，还有文学出版、文学翻译等一起，支撑起上海文学繁荣、发展的良好局面。

是为序！

上海市作家协会党组书记、副主席王伟

序诗

子非鱼：乘一根刺穿越大海

大海是一只灯笼
用火焰清洗自己
你在散步，像一束慢动作的光
一艘巨轮在你的背上
滑过，那是天空的一粒棋子
一架飞机坠落于
眼前，你绕着它走了一圈
一根无比匀称的刺在你体内
生长，弯曲，折叠
你乘着这根刺穿越大海
从出生到死亡，一根刺在你体内
从死亡到出生，一种锋利在你体内
那也是一种完美
你疼或不疼，痛或不痛
你让刺成为自己

你把大海还给大海

你用自身的血跟阳光交换

你跃出水面

以内在的锋利领受万有的引力

辑一

辑二

辑三

辑一

马原：西西弗斯下山时是怎样想的

上篇

2007 年见面那天，恰好是王安忆连任上海市作协主席的日子。马原发现三分之二作协会员已白了头，发现了便说了。

“马原的叙述圈套”最迟在 1987 年前后大体告成并得名，弹指悠悠二十载。

约十年后我的两个朋友之一说马原过气了，另一个则道马原如有神助。我就是那时喜欢上这个叫马原的汉人的，我也喜欢天马行空。

一进马原家门，见一尊菩萨像，他说还有好几尊呢。一角的柜子上是大大的牦牛头，漫不经心地俯视着。桌子很大，胡乱摆着物件，椅子亦大，柚木的，几乎可供二人共坐，典型的马原式。书和碟满满一大架，匆匆一眼瞥见了《我的名字叫红》，说是别人送的。还挂着岭南画派大家赵少昂的一幅作品，犄角旮旯里还藏着稀奇古怪的宝贝……一切很乱，又相安无事。

一个大个子晃来晃去，告诉我，再过二十天就要搬了，在上海北部的新家里有三米多高的大书橱，我当时就在想他扬臂抽书与俯身索书的情状。

坐定，他不断地吸烟，其间有笑，有沉默，抑或细微的争辩。烟雾交换着他和我的声音，三个小时，似长，亦短。当他说读王朔就像读古典小说时，我会走神去想金庸小说的基础真是巫术吗？跟简·奥斯汀一比张爱玲什么都不是吗？两百年后人们到底怎么看待作为古代的我们这一时代之文学呢？这个喜欢《堂吉诃德》《好兵帅克》《汤姆·琼斯》《第二十二条军规》的汉子最后说，中国作家中"特别钦佩李汝珍的《镜花缘》，小时候看的，印象太深了。武则天喝醉酒了，乱说，令百花在严冬开放……那故事写得特别好玩"。

天已寒，他趿拉着拖鞋，大大的脚趾探出来。送我至门外。我忽然想起五六年前的那次谋面，他来我们办公大楼，自车子左门出来，一位同事简短介绍了几句，他便隔着轿车的"大鼻子"向右边的我伸出了大手，握住，很久，很用力，定格。

"我就是那个叫马原的汉人。我写小说。我喜欢天马行空。"他还是那个叫马原的汉人，他依然天马行空，但不再写小说。

西藏是他的福地，他的神祇在那里，古老又先锋。然他一直在流浪，锦州、沈阳、上海、海口……这是一个现在进行时的人，一个在车轮上看风景的人，一个魂在高处的人，而今他走了下来，这是我们看到的，还有我们看不到的。

木叶：你在去西藏之前十一年就已经开始写作了，约是1971年，你最初的创作冲动来自什么？

马原：好像很多人当作家都有契机，我发现我没什么契机，小时候就是爱看书呗，小时候就有一个志愿，当作家。我跟别人确实不太一样，我听好多人讲过开始写作都挺偶然的，我不是，我很小就想。

木叶：很小到什么程度？

马原：我有记忆开始，小学的前期。

木叶：你说四岁开始就是职业读家。

马原：嗯，三四岁认字就开始，找到有字的就看。

木叶：那个时候没什么书啊？

马原：不是没书，你要去找，比如图书馆里面。我家附近有一个郭沫若题字的锦州铁路局的图书馆。小图书馆有一点儿像大别墅，估计是三层，一千多平米，对我来说是巨大的。后来到大学一看，觉得那就是一点点的一个。小时候不看署名作家的东西，看啥呀？爱看民间故事，那个时候很多是看外国的，也有中国少数民族的。我基本上是挨着借，你比如说，一个证儿能借两本，第一次拿两本，下次拿挨着的两本，每次都是这样。

木叶：地毯式……

马原：所以我说，我小时候想当作家的心情跟别人不太一样，我小时候觉得写作是非常有快感的。

木叶：是受父母影响吗？

马原：正好相反。我父母都在铁路，父亲是老工程师，母亲是会计，完全没有所谓家学渊源。家里有一点儿书，不能说完全没有。现代作家的一套自选集，幼时读到的有张天翼啊，许地山啊，殷夫啊，蒋光慈啊，丁玲啊……家里面一百本都没有，看不了多少日子就看没了，基本上靠图书馆。

木叶：那个图书馆还在吗？你看书有坏习惯没？

马原：那小图书馆还在，我没再去过。我就是在这个图书馆里偷的《红字》，八毛五，赔双倍，一块七。

我小时候就是作文写得比别人时间长，考试吧总最先交卷，但凡有语文有作文，我总是最后交卷，老希望多写一点，别出心裁。

木叶：对于西藏，早在76年你就想去的。

马原：76年我是中专毕业，没去成。当时没有志愿一说，都是分配，职业不能选择，就看运气了。我的毕业学校是铁路的中专，现在你知道铁路能修到西藏去，那时是遥不可及的事情。76年的时候我二十三岁了，满腔豪情，自己写诗啊，当然，目的不在发表，就是自我激励。

木叶：今天我们说西藏，几乎神话了，你那个年代西藏还有点儿原生的状态，没有被时尚化（商业浸染）。

马原：西藏那个时候什么都不是。西藏对我来说主要一个是高，一个是远。我去之前，没有任何了解，我没有那个习惯，我一生都是这样，做什么事情不是准备好了再去做，一定是一边做一边准备，就像写小说，为什么写得少，你看像安忆，我们年龄差不多，她可以写数倍于我，或者十数倍于我的文字，这个有一个原因，就是我还是根据心情在写。我去西藏就是根据心情，当时一想，西藏那么远，如果能去就好了。到了1982年，快毕业的时候，我才突然意识到又有选择了。过去六年了，我已经二十九岁了。

木叶：已经有作品发表了。

马原：有了。我是1982年初开始发表，从1980年、1981年开始陆陆续续杂志就开始留我的稿子，备用啊，到了发表的临界点。运气好的就早一点，像我跟陈村、安忆他们聊，他们都比我小一岁，都是1979年前后开始发表。我说我运气不好，我一直到1982年初，第一拨没赶上。

木叶：去西藏第一拨没赶上，这一拨也没赶上。

马原：跟他们聊的时候，我说我比你们郁闷啊，安忆就说我写的第一篇就发了。我就说，一个是你是天才，我不是天才，我是那种笨鸟先飞；还有一个是，你妈妈（作家茹志鹃）是名家，你知道怎么发表，我不知道，呵呵。

木叶：你提到天才，记得有一段时间，马原很狂，说第一个得诺贝尔奖的肯定是自己，那你究竟有没有天才的想法？

马原：不是，我老老实实说，我在很多年里都觉得，上帝待我不薄。别的同行也都是写了很多年，我跟他们比不算特别刻苦。我从小没有高人点拨，运气不好，我就自己摸索，上帝还是给了我慧眼。后来发现我读的书不错，比如大学的时候，徐迟老先生当年写过一个《文学源流表》，我看了就气了，因为在他的名单里面提的最初级的是那些一般的作家，他说的一般作家都是我心目当中的大作家，他说那些很重要的作家都是我心目中的二流作家，他说的最高的作家在我心目中是三流作家……反的，特别郁闷。后来我发现，每个作家心里都有一个自己的文学史，经常是和教科书中的文学史不同的，但是一般人是大同小异，异是小，而我和教科书的文学史是小同大异，你看我推崇的作家，拉格洛夫、霍桑、菲尔丁、海明威啊，在外国文学正史上都不是最重要的，最重要是巴尔扎克啊，司汤达啊。当然我也认为，有一些是小同，比如都认为托尔斯泰特别重要，但是我觉得陀思妥耶夫斯基最重要。而在我们那个时代，文学史教育我们屠格涅夫重要，而历史证明陀思妥耶夫斯基比屠格涅夫重要一百倍。实际上，屠格涅夫在整个世界文学史上是三流作家，或三流以外。

上帝给我的机会也不错，在我读书的时候我没走什么弯路。所以我说，我读书读对了，我的文学道路走得比较顺畅，但早期特别不顺畅。你看，我们这个年龄的作家，就是50年代出生的这拨人，他们个个得了若干次全国短篇小说奖、中篇小说奖、茅盾文学奖、鲁迅文学奖，马原任何奖也没得！历史也没太忘记马原，还是觉得马原的写作有他自己的价值，有他自己的特色，或者是有他一定的地位。

木叶：那你有没有想过为什么没得奖？

马原：不用想，很明显，他们不感兴趣呀。比如我关心方法论，而79年哪里关心方法论，内容为王啊！谁听说一个很惨烈的故事，谁有记者那种敏锐，谁就成功了。包括刘心武、卢新华，包括后来的王蒙他们，都特别敏锐，都能把自己的事儿和听说的事儿迅速社会学化，他们对推动那段历史都是有贡献的，包括刘心武，尽管今天他的东西可以不看，但是当时还是要看的。

木叶：刚开始到西藏住的就是拉萨吗？

马原：我差不多一直在拉萨。起初离八廓街大概有一公里多，后来就是住在八廓街边上，所以我说，我是汉人里面除了做生意的在那么多年里去得最多的。因为我一周去五次以上。就是转，东张西望，东看看西听听，好玩儿。

木叶：那个时候做电台记者，做记者的过程对你写小说有影响吗？

马原：有影响，有很多不好的影响。因为在电台我的职业是什么会议记者，你要记录会议主题，记录出席会议的领导人名单，还得知道谁排谁前面，当然对这个事情我历来马马虎虎，责编都会给你改过来。在电台，我这么一个状况肯定是不行的。

木叶：是他们让你走？

马原：对，撵我走的。当时广电局的局长，他说，马原，我知道你挺有成就，但是广播电视局，好像不太适合你，你要去哪里我帮你联系。当时我投奔一个兄弟，金志国，他当年在西藏群众艺术馆，编“群众文艺”。到了群艺馆有一个好处，因为你不编也行，你说我有采风啊，找一些采风的机会，也行。你可别小看，当年西藏群艺馆是新的西藏十大建筑之一，那个是国家援建的十大建筑，因为你想，艺术馆是一个很重要的地方。

木叶： 写西藏的第一篇是……

马原：《拉萨河女神》，83年。

木叶： 关于西藏的小说最终写了多少字？

马原： 有五十万字，差不多。

木叶： 如果让你说出几篇非常马原式的西藏小说有哪些？

马原： 很难说。写作这件事有点儿像是传统的中国人多子多福，你就写吧，都是你的孩子，你分不太清楚。像陈思和那本文学史里专门提的《拉萨河女神》，我现在想来，我们就一群朋友在那里玩，我觉得写名字挺费劲，就1、2、3、4、5、6、7、8、9、10、11、12、13，13个人，玩儿一天的事，根本没怎么用心，根本不知道后来在文学史上是划时代的，叫什么元叙述，元小说。说老实话，我写的时候连心都不走。有一些是要走心的，比如说《冈底斯的诱惑》，是一个组合的小说，里面顿珠、顿月的故事最早诞生，起初是一个单独的短篇叫《西部小曲》。

因为我们到西藏以后，老在车上采访什么的，你就可以远远看到一个山坡上坐着一个牧民，下面一大群羊。你车过来的时候，你看他，他看你，你看他，他看你，你看着他和你离去的过程，也许五分钟八分钟，跑出好几公里。车来了还好，他看我们一下，车走了呢，就看羊呗，多没意思啊。后来我一下子想起一本书，《天边外》，奥尼尔的，就是讲哥俩，一个要出去，一个要留下。我突然想，要是他们天天这么无聊，把他们送到内地天天看到新鲜东西会怎么样？这个里面想的可能就多一点儿，我们是谁？我们从哪里来？我们到哪里去？人生的基本诘问就出现了。当然《冈底斯的诱惑》其他部分里面也有这个东西，比如说杀人的故事、看天葬的部分，有些超出我们惯常逻辑和理解力的存在，这个里面肯定会有反差，所以我说《冈底斯的诱惑》有哲学在发酵，在辐射。

印象式的写作是我自己在二三十年以前提出来的。因为我对小说特别熟，差不多世界著名小说家的著名作品我都读过。太熟了就发现，真正能在小说里面学到的并不多，我更喜欢在绘画里学到的。我喜欢小说的同时一直喜欢绘画，我觉得绘画特别特别棒，甚至电影都不如绘画。

木叶： 你最喜欢的艺术门类是绘画？

马原： 我最喜欢绘画。自己画过一点，不是太多，但是特别喜欢。我对绘画痴迷，它对我写作的影响特别大。我发现我是一个印象主义者，甚至是一个表象主义者。我那个时候没读过胡塞尔的现象学理论，但我特别注重表象。为什么我喜欢绘画？可能就是绘画……一个静态表象，远比一个完整的故事能带给我的联想更多。

木叶： 喜欢印象派绘画吗？如莫奈、马奈、雷诺阿，抑或梵高？中国书画对你的创作有什么影响？尤其我想知道西藏的绘画艺术对汉人马原的潜移默化影响。

马原： 莫奈、马奈，也特别喜欢后期印象派两个巨匠塞尚和高更，包括之后的马蒂斯。书法和国画在二维空间的非凡拓展力给了我至关重要的启发。因为到西藏我已经二十九岁，所以尽管喜欢但是西藏艺术对我的影响并不如想象的大。

木叶：你特别想写一部《八廓街》，但是现在没有真正深入下去。

马原：说老实话，这几年，尽管不特别喜欢全民赚钱的大趋势，但是也不能太落伍，这几年为赚钱的事情多忙碌了一点，没有太多的时间写。要开车，开好车，还得赚点儿钱，因为忙碌，所以大的想法暂时搁置。但是这本书是一定要写的，哪怕它不能真的畅销，还是要写一部大书。现在，阅读已经彻底改变了，今天的阅读和十年、二十年以前的阅读完全不是一回事。今天大家都喜欢莫名其妙的东西。

木叶：回到二十多年前。苏童、余华、格非这些先锋都要比你小十来岁，孙甘露稍大些，怎么突然间你们那个时期的作品形态都有了先锋性？

马原：作家一开始关心内容，但是到了85年的时候内容已经不能满足那些有独创性的作家们的热情了，所以大家不约而同向方法论这个方向突围，被称先锋就是（缘于）在方法论上的突围。虽然我们这些人的写作在文学史上看有相似性，但我们自己一点儿不觉得，比如我写的故事都是现在时的，而苏童的小说就有好多是历史年代不详的，包括格非。我想这跟他们江南的地域有关系，在他们之前，时间有点儿混沌有点儿模糊，他们会感受到，而我感受不到。我觉得我正在过的时间充满混沌，而他们认为在他们生命之前有很多谜团。所以你看，我们在时间上有大不同。在这一点上，当时洪峰的写作跟我有些像，不是去寻找过去的时间，洪峰基本上也是寻找当下，而我的写作就一直在当下。

大家的方法论不太一样，比如余华早期那几部振聋发聩的东西特别残忍，杀人如麻，而我即使也杀过几个人，我却喜欢轻飘飘地杀人，像《辛德勒名单》里面，他们把声音消掉了，扣一下扳机，倒一个人，一点儿不残酷。不是“嘣”，而是“噗”，轻轻的。但是我看余华的小说，包括莫言的，他们都有特别强的渲染，写得很铺张，像《红高粱》剥皮那一场。所以我们不一样，但都希望在方法论上能对前人有一点儿改变，或者是所谓超越，能不能超越要由历史说话才行。

木叶：那么你第一次意识到读者，是什么时候？为什么问这个问题呢，因为你在《克里斯蒂〈走向决定性的时刻〉》里面讲到“娱乐应该是小说存在的最初也是最后的意义”，因为那个时候的先锋作家，也有点儿接近于明星。

马原：那时候实际上是明星，我们的照片偶尔会出现在报纸杂志上，那个时候经常会在街上被人拦住，“哎呀，是不是马原先生，能不能给我签个名？”你享受的是明星待遇，呵呵。

木叶：你觉得读者理解你这个先锋吗？

马原：很喜欢你就够了，不存在理解，我的东西没什么深奥啊，这是个见仁见智的东西。你喜欢你读，读到多少就是多少。就像一幅画，谁能说谁理解，美术理论家，美院教授？对于音乐，这个道理更简单，会作曲的人懂音乐？未必！很多歌迷一点儿都不会作曲，他们就是听谁声音有共鸣就……

木叶：那你从哪一个时间段开始感觉到小说在离开自己？因为我知道，82—88 年是你真正的创作巅峰期，也是明星期，88 年《死亡的诗意》之后作品就少了，小说是跟西藏一起离开你的吗？

马原：差不多。因为开始没有想到，觉得在哪里都一样写，但是之后突然发现，热情离你而去了。我不是不写，在那几年里面，你们很难想象我心里的那份苦。我有个坏毛病，不管房子多大，里边有第二个人就不行，如果出一点儿声音我就完全不能写。没办法，80 年代末开始到来同济之前的十来年时间，我不停地躲到某一个地方去拉足了架势想写，跟好几个出版社都签过合同，就是写不出来，无论如何写不出来！那个时候我想，歇歇也行。因为实际上 80 年代前期开始写得挺多，对我来说已经很多了，就歇了一歇，没承想小说一歇歇到现在。就像你刚才说的，慢慢就觉得小说开始离你远了，你已经不能得心应手。因为 80 年代中后期的时候我就曾经惊叹过，怎么写小说可以到这么一种情状！就是可以到七十岁的境界，“七十而从心所欲，不逾矩”。怎么写怎么有理。

木叶：三十多岁就像七十岁的感觉。

马原：对，随心所欲，就是那个心境，我自己都有点儿害怕，马上你突然发现，不是那么回事了。因为我还是一个对自己要求比较严的人，就像我现在讲课，不大能重复讲我以前的课。一个多小时的课我要备两天，要阅读要做案头，熬夜也要备出来，非常辛苦，永远是这么讲你会受不了的，透支啊。后来我想，我自己也没愧对自己，有80万到100万字左右的讲稿吧，有这么大的一个规模，挺欣慰的。我写小说，更是这样，就像密宗里修功夫，密宗修到了的都是高人哪！听说西藏的那些大喇嘛可以念咒，远距离念咒可以念死人的，但我同时听说，如果把这个人念死了，他自己也得死。咒虽然有那么大的力量，但是对自己的伤害也是同样的，有一点儿像金庸的那些武侠，内力多深厚都可能耗尽。所以我写小说写得特别辛苦。

我后来不写小说，还有一个很重要的原因，原来我看重的那批读者已经不再读小说，我不太想给看热闹的读家写，因为他们看你的东西是看热闹，根本就不像你如饥似渴，我读那些名著的时候是如饥似渴的，他们是顺便翻翻。我不肯为他们做事，他们不值得我玩儿。我不跟你玩儿，我自己玩儿去，我挣点儿钱买一辆比别人都快的车，我飙飙车。很少人能理解，马原说不写就不写了。88年之后也发表过，《倾述》啊，《窗口的孤独》啊，都是老朋友约的，你推不出去，不管好不好。非常非常少。

木叶：多次有人谈论到作家和画家离开了西藏这块土地之后，好像根断了，你也讲过，画家陈丹青画不行了，自己也是，这里面是不是有一种天意？

马原：你得认命，你命中注定该起多大浪就起多大浪。有的人会借势，你又不太会借势。我说的这个借势，比如说炒作啊，或者是在媒体时代要借媒体之势，我又不屑做，我也不会做。马原有多大能量，马原有多大价值，是个定数。

木叶：你在西藏的时候，感觉到西藏的那种神奇了吗？

马原：太阳每天都是新的，我就是在拉萨有这种感觉，离开拉萨就不再有。在拉萨看不到那些大冰川、大河、高山、峡谷，但是在拉萨你就是觉得太阳每天都是新的。中国人爱用这句话，我给它下的定义就是，如果你早上醒来，觉得出门有可能有奇迹发生，太阳今天就是新的，这一天就是新的；如果每天睁开眼睛，都觉得你对奇迹有期待，那么太阳每天都是新的。

对这个奇迹和意外有没有期待？常人是没有期待的。在拉萨这个地方，每天都对新奇是有期待的，对意外是有期待的，这个特别特别重要。在拉萨就有这种感觉，不知道今天会碰到何方神圣。

木叶：刚才拍照时，旁边有个观音像，你说拍在一起，我当时就在想，那个时候，你信过神没有？

马原：我去西藏之前没有考虑过信仰问题。我糊里糊涂，在年纪很大的时候入少先队，那是小学五年级，“扫盲”，如果没有劣迹都得入，我入了少先队；我离开农村时因干活卖力气，二十三岁被拉入共青团，别人十四岁就入了……嗯，都是被动的。然后又糊里糊涂地被两个同行、兄长拉进中国作协。入了作协突然醒悟，我为什么总是被别人拉进组织？我骨子里还是老派中国人，君子不党。结党必营私啊。我对机构、对组织，天生就被动。

到西藏后，我才突然意识到，人是真有一个信仰问题的，有神论还是无神论。我认为我是有神论者，但又发现我跟现有的有神论者不一样，我不需要找一个偶像来磕头，我不需要释迦牟尼，我不需要穆罕默德，我不需要基督耶稣。在那段时间里面，我读爱因斯坦就特别有心得，爱因斯坦特别对我的脾气。爱因斯坦一开始也不讲信仰问题，当他把人的谜一点点揭开，揭到人类没几个能揭到他那个程度的时候，他突然发现，哎呀，奥秘是无穷的，他能揭开的不过是一角。这个延伸究竟有多高有多远，这个谜团，是无穷无尽的，你越研究就越发现自然界太有秩序了，比人要精密亿万倍，人脑永远也赶不上存在的精密。它有逻辑，有极完善的秩序，所以这时爱因斯坦就发现，实际上是有上帝的，有造物意志。所以爱因斯坦就说了，他说，我所信仰的不是托尔斯泰伯爵那个跟人类伦理和灵魂有关的上帝，而是斯宾诺莎那个显示自然界和谐与秩序的上帝。爱因斯坦这段话正中我下怀。我是一个地道的泛神论者，因为你找不到你的神在哪儿，他就是造物意志，就是老百姓说的那个“天哪！”那个就是你的神，哈哈。那个存在令你惊讶了。

木叶：在某个时间段，余华、苏童、格非、孙甘露，也包括一定意义上的陈村，先锋作家都有点断的感觉，一些是延宕几年没拿出新长篇，一些是长篇直接面对当下时不如中短篇成功。你的《上下都很平坦》方法论也面临问题，至少不像中短篇更成整体。

马原：怎么说呢，尽管一辈子都在读长篇，但是对写长篇的心理准备不是特别充分。也许还有一个可能，我天生不适合长篇，有的作家写长篇的时候很烂啊，像伟大的梅里美的《查理第九时代轶事》，可以忽略不计的，比他的中短篇差很多。另外一个可能，我其他长篇都没能完成，都成烂尾楼状。我这个年龄还可以写，是兴趣转移了，不是写不动了。假使我以后还写长篇，也许会有些不一样。假使以后没有长篇问世了，可以看作马原也是个专擅短章的写手，这么理解可能比较妥当吧。

他们几个的情形我不能判断，因为他们一直在思考，在写，他们主要兴趣是都在写上，是不是写得不如以前了，我不知道。你比如说，我看我周围有一些比我年轻的，跟余华年龄差不多的朋友，他们特别喜欢余华的《在细雨中呼喊》，而我不，我特别喜欢《活着》，到《许三观卖血记》我又觉得不是那么喜欢，但是《许三观卖血记》的叫好声也特别大。

等这些特别有锐气的青年批评家朋友，像谢有顺啊，李敬泽啊，他们对《兄弟》都开始有不和谐音的时候，我倒觉得余华真的是聪明极了！《兄弟》写得好，余华解决了阅读问题。在阅读趣味改变的时代，其他的重要作家之所以没有这么好的反馈，最主要是他们忽略了阅读已经改变了，而他们的叙事没有改变，这很可悲。余华解决了阅读问题，余华提供了跟今天我们生活匹配的阅读，所以卖几十万册。这意味着上百万人甚至数以百万计的人读过《兄弟》，这是一个太让人振奋的事情。

我跟他们的看法一点儿不一样，我认为余华写得好。50万字的小说，时间跨度也很大，但他才写了几块事情，就几大块，特别有体积感，你在读的时候，一点都不烦，一点都不累，我特别看重这个事情。因为阅读是作家首先要考虑的事情。

木叶：那为什么那么多专家、学者、作家，也是令人敬重的，他们的眼光完全不一样呢？

马原：每一个人都会恪守自己已经认可的一个价值体系，他安身立命就靠这个。新的东西来了……现在我不能去判断韩寒等，因为没读，我认为他们的写作一定有过人之处，那些专家学者们读不出来的。他们也不知道《兄弟》的过人之处在哪儿，就觉得这么烂，到处都是破绽，这个那个的，莫名其妙，因为这些专家学者已经跟阅读剥离了。余华是紧紧扣住今天的阅读。我现在知道读余华小说的，读《兄弟》的很多是社会精英，不是文学的行家，他们仅仅是普通的读家，但他们是自己领域里的精英，有很多的白领、金领、老板，他们都在余华小说里读出心得来了。

木叶：那是否叙事（写作）和阅读接轨了，大家愿意读了，作品就一定好呢？

马原：这个不是。余华的写作里面是有非常丰富的背景的。他跟金庸的写作不一样，金庸是每天要堆字数的，自己的报纸（不能）开天窗，他必须给填上。余华不是这样，余华的生活一点儿问题都没有，他那么从容，他放了十来年，重新写的时候完全换了一种方式，作品的可读性甚至超过了苏童——苏童的故事特别流畅，是可读性非常强的作家。余华在写《兄弟》之前是一个可读性很差的作家，余华的东西有一些杀伤力、穿透力，但不是很有快感。

作为同行，我特别为余华高兴，余华的《兄弟》出版是我特别高兴的一个事情。我见《兄弟》被误读我就觉得这个时代大家全蒙住眼睛了，都变成《皇帝的新装》里的大人闭着眼睛说话，完全不睁开眼睛。实际上那个事情多简单，有那么多出类拔萃的人喜欢《兄弟》，人家都不如你，是不是啊？

批评《兄弟》一定要谨慎。刚才我说余华和金庸是不同的，金庸是不管我写得好不好，我今天得出三千字，余华不是这样。余华的写作里面耐人寻味的东西更多，不要太简单地判断。某某批评家跟我讨论的时候，我就说“你看完了没有？”他说“没有啊”。我就说“你真脸皮厚，你的智商和余华是一比一，抵得上余华，余华用了一年半，五百天，你用两天的时间就把人家说得一无是处，多可笑啊，你不是侮辱自己的智力吗？你有本事你读个五百天，能读多少遍读多少遍，比如你读了20遍，你也许读出这个《兄弟》是历史上最伟大的小说之一，因为你能发现余华那些复杂背后的弦外之音”。

木叶：那么你认为《兄弟》超越了《活着》《许三观卖血记》《在细雨中呼喊》吗？

马原：我最喜欢的是《活着》。（但是我认为抛开个人好恶，最了不起的当属《兄弟》。）我在很多年以前就说过，我说我不知道再过一百年两百年，我们这个时代的书能有几本真的留下来，那个时候还有人读。留都能留，储存记录容易。在此之前，我特别有把握的一本书是《废都》，我认为两百年以后大伙读还是有兴味的，贾平凹别的书一定是被遗忘的。第二本还没找到。现在我可以负责任地告诉你，《活着》是第二本，第三本慢慢找。

木叶：是否有可能，余华这部《兄弟》，正好和你那种写一个畅销长篇小说的想法暗合，有这种心理的期待。

马原：如果说我期待，还不如说历史本身就是这么过来的。《基督山伯爵》是一本畅销书，在法国文学史上地位不高，但是法国历史上有几本书可以和《基督山伯爵》相提并论？我是说，一本近两百年前的书，你拿过来一口气就能读完，一点都不费劲，已经超越了种族，超越了语言，超越了时间，《基督山伯爵》轻轻松松活了近二百年。但是在我少年时期，大家都觉得《红与黑》是最最了不起的小说之一，那种什么道德、良心、荣誉，包括那种卑微，虚荣，贪婪，你全在这本小说里能找到，但我说难听一点儿，《红与黑》在中国可能总共没活过二十年，你们已经不读《红与黑》了。

木叶：但是我非常喜欢！

马原：我是说你们这代人可能不读了。你是生于70年代末吧？

木叶：我喜欢《红与黑》，再年轻的人不清楚。

马原：这种书，离灵魂、离心理、离个人都特别近。还有托尔斯泰的《复活》，这种书，今天都不能让人读，但是《基督山伯爵》拿过来就能读，谁看也不费劲。所以我说真正好的畅销书，就像《月亮宝石》，柯林斯是小说历史上极伟大的一个人，这个人我们也不知道他还写过什么，就知道他写过《月亮宝石》《白衣女人》，但全是传世之作啊，都一百五十年的历史。你看当年的艾略特，那么先锋，是世界现代主义的旗手，专门为《月亮宝石》写序，一个特别著名的事件，一个批评的范本。不是我马原说畅销书重要，而是真正写这个书的人能跨越时间，跨越语言，跨越种族的这种写作本身重要。所以我个人预言，一百年两百年以后《废都》能留下来……

木叶：像张爱玲啊，鲁迅啊的作品，你都不看好？

马原：呵呵，这个不是说……张爱玲又热了，你知道中间张爱玲已经冷很多年了。沈从文在被看好之前也被冷落半个世纪了，而《基督山伯爵》这种书永远在书架上。我们不是法国，是中国啊，隔了半个地球！永远在书架上。

木叶：程永新也是你欣赏的编辑家，他说几个人被高估了，如张爱玲……

马原：严重高估。写得很好，但是流行小说家，几十年一轮回，张爱玲的那些东西又重新变成时尚。这个时代又回去了。还有谁，他说？

木叶：还说王蒙，很多人可能也会这么觉得。

马原：这是完全可能的。

木叶：他还提到被马悦然极其欣赏并推介的李锐。

马原：程永新的眼光太到位了。

木叶：他也说了被低估的人，比如北村，去年写了《我和上帝有个约》。写得好但没人好好发过声音。

马原：程永新这个是真知灼见，你能在上海滩听到的最有见地的了。

木叶：说张爱玲被高估，大家觉得可能有点不理解，真放到女作家里，张爱玲已很厉害了。

马原：是不错。但你要是再看看简·奥斯汀，一比你就发现张爱玲什么都不是，就是顾影自怜、小家碧玉的那种。是不错，写得很精到，又懂小说，但张爱玲是个好作家，不是个大作家，这个价值是这么判断的。同样畅销，大仲马是大作家，超越所有时代。

木叶：那你把他和托尔斯泰放在一起……

马原：他们都是大作家。大仲马和雨果撑起整个法国的19世纪，这是两座巅峰。第三座是安德烈·纪德，在20世纪初一统天下。他的小说跟《新法兰西评论》是双璧嘛。

木叶：刚才提到余华的小说这么好，那你以前说的“小说死了”这种论调还想保持吗？

马原：小说是死了，但它是个百足之虫啊，不会一下子僵到底。你应明白今天说小说的时候，不是开作协会议的这些人……今天（2007-11-22）开作协会议的时候我就说，我看着大伙特别难过，我说一看吧，三分之二是白头的人，然后宗福先说还有三分之一黑头发是染的。哈哈哈，全是白头发的人，特别可笑，今天这种会。我想说的是，虽然这些人占据文坛，举足轻重……

木叶：但是市场不是他们的……

马原：这你知道啊，读书的市场就是郭敬明，就是韩寒的呀，这个没有一点儿办法！甚至也不是余华的，余华也不过很多年偶尔弄了一个《兄弟》而已，人家郭敬明多少年了，韩寒每一本书都火。一个时代有一个时代的阅读，我还是认为，你不能离开这个时代的阅读。大家都是闭门造车了现在，阅读改变了，你叙事不变，你不是等着被淘汰吗？余华就不这样啊，《兄弟》就不这样啊。

木叶：但有些人想改变，很难改。

马原：改变不了就淘汰嘛，就是边缘化呀。你看马原不写了就不写了，那些写的也没什么人读，也没什么反响。

木叶：以前《南方周末》采访你时标题是你说要写一个"永恒的畅销书"。

马原：愿望是这样的，肯定我希望我有一部《巴黎圣母院》，我有一部《基督山伯爵》，我有一部《白衣女人》，呵呵，那谁不想呢？真的，太爽了，真的！

木叶：没想过有一部《复活》？

马原：不，《复活》的寿命现在看还不能和那些比……咱不能说别的，《复活》的寿命跟纪德的那个《窄门》《田园交响乐》也就打个平手吧，现在很多人甚至都不知道纪德，但是他们会买《窄门》《田园交响乐》看，还是会受到强烈震撼。

木叶：那么，你老是以这个阅读量来衡量一个东西，是否也会走入一个误区？

马原：也不是啊。比如很多朋友特别看重卡夫卡，我也认为卡夫卡棒啊，读他一直有心得。卡夫卡没活到我今天这个年龄，所以他相当于我年轻的时候。我年轻的时候写东西跟他的想法是一样的，我希望耐人寻味，我希望我的东西能让人多想想，读完一遍再读一遍，甚至读第三遍，因为你自己那个时候特别想思考嘛，你也希望你的思考能够带动读者思考。但是到了一定年龄以后，你发现思考不是特别重要，真的不是特别重要。现在你想，好的绘画、好的音乐里面都没思想。

木叶：那看你把思想定位为哪个意思了。

马原：你说贝多芬那么累，有思想的时候吧，弄什么《命运》，但是等他弄《第九交响曲》的《欢乐颂》那一部分时，到那儿的时候，思想就没了……

木叶：《欢乐颂》没思想？

马原：《欢乐颂》有思想？你知道我有一段时间品味《欢乐颂》是通过什么？是在拉萨的时候，拉萨环卫的洒水车的声音就是“滴滴滴嗒，噔嗒滴嗒，噔噔嗒滴……”（笑着哼起来）由近而远，每次都有大概五分钟到十分钟，那时你发现他们消解那个价值、消解思想的方式太好了，呵呵，太好了。

木叶：虽说作家也是读者，我见有评论说有些作家是作家的作家，有些作家是读者的作家。作家的作家主要影响作家，像博尔赫斯，卡尔维诺……

马原：马原。

木叶：呵呵，马原。卡夫卡也是典型的。影响读者的典型是大仲马。

马原：纪德就是一个在这两者之间找平衡的作家。你看纪德一直不是一个流行作家，但是能有那么大的影响力，他死了以后法兰西以十万计的人为他送葬，这是什么原因呢？就是因为纪德兼顾了两者，因为纪德的一部分东西是俗的，《地粮》就是俗的，带一点《查拉图斯特拉如是说》启蒙的那种激情，那种诘问，那种对未知的憧憬和冲破的欲望，特别好。但是呢，他的《窄门》《田园交响乐》的故事外壳完全是生活的，所有年轻人都会遇到。你看，巴金写的小说，就是年轻人的那种困惑，但是纪德用所有年轻人都感知的情感问题、道德问题、信仰问题让自己苦恼的时候，纪德找到了最高级的方式，他实际上是用神的方式，用宗教的方式去面对他的课题。所以我说，纪德是走了一个特别了不起的路。还有就是纪德的前辈——雨果。雨果的东西是最典型的，首先故事是好看的，波澜壮阔，波澜起伏。然后，他写过特别好的戏剧《欧那尼》，他的《九三年》完全是一出戏剧，特别具有戏剧结构，故事又是所有人都感兴趣的，正义啊，爱啊，内心冲突啊……有一些作家在这个问题上解决得特别好。那么，大仲马呢，一辈子就是浅入浅出，浅入浅出到了极致，他没有深入啊，大仲马的故事看上去多么简单啊。

木叶：像博尔赫斯这样的人对你影响也很大，中国的 80 年代对他几乎有着疯狂的阅读，今天还有很多人在读。

马原：但他是小众的，你比如说，咱们到工厂揪一个过来，看得云里雾里。你刚才说作家的作家，至少对文学特别有热情的人读他才行。如果是一个会计，读博尔赫斯就没有一点儿心情。

木叶：我想亲耳听听，到底影响“马原的叙述圈套”的是谁或什么作品？

马原：我的方法论是海明威的，但是影响我最大的小说一定是《红字》。我多年前做过一个比较，《红字》译成汉字16万，《静静的顿河》100万字。但你读完《静静的顿河》，“唉，写得不错”，就撂下了；你认真读一遍《红字》，十年二十年以后你还能想起来。

木叶：我感觉《红字》的好是，它虽是19世纪写的，但放在20世纪现代主义里，一点儿不显得落伍。

马原：28世纪也不会落伍……你信不信，我这话敢说，不能说一百年二百年后有人看马原，但是过去二十多年了，现在读马原一点儿都不会觉得有任何问题，二十多年的时间已经可以说，现在看还是挺好看。

木叶：马原的作品还能传多久？

马原：这个我不知道，因为人看不清自己。因为我个子长得晚，二十几岁才长到现在这么高，那么我原来看谁都挺高，不觉得我高。我慢慢地长，别人说，“哎，这大个子！”而我一直不觉得我个子高。

木叶：提到克里斯蒂啊，大仲马啊，你认为会一直被传读下去。同样畅销，你说到金庸总觉得他的阅读生命不会长久。

马原：不是不是，金庸小说大部分是在70年代左右到80

年代这个时间写的，80 年代到 90 年代……

木叶：不，主要是 50、60、70 年代写的，1972 年封笔。

马原：那么你看 70 年代到 90 年代，中间二十年，慢慢被遗忘了。

木叶：那可能是与大陆没什么交往。

马原：实际是世纪末来临了，金庸的那些末日的气息……他的小说里面大量地用巫术、玄学，吻合了那种世纪末的心理需求，世纪末过去之后金庸就过时了。

木叶：可现在还有很多人读啊！

马原：这个是世纪末带来的，世纪末遗风，他的作品大量影视化了嘛。很快就会被淡忘。退回十年说，琼瑶多厉害……

木叶：但琼瑶的确比金庸差一个档次。

马原：别这么说。在二十年以前，琼瑶的那种热也是……我没喜欢过琼瑶，但是谈这些话的时候，把个人好恶放一边儿，你就想想，亿万人都在看琼瑶电影，看琼瑶电视剧，读琼瑶小说，但是咱回头说，金庸的“老射雕”到大陆已经二十五年左右了，黄日华他们演的那个，黄蓉是翁美玲，至今大家觉得那个版本最好，实际上那就是金庸头一拨儿的余威。如果中间没有世纪末风潮、世纪末心态让金庸有二度辉煌，金庸早就被遗忘了。

木叶：金庸到底哪一点和世纪末是契合的？

马原：最主要的是他的方法论，方法论透出他的哲学。“练武不练功，到头一场空”，这是常识，金庸写的人物都不练功，不练剑，剑有什么呀，剑法不重要，什么重要？剑气。背后的哲学都是巫术。你现在看金庸电视剧里面，轰——这一下就天崩地裂似的，人跟风或炮弹似的但又都不像，总之被推出去很远，这个基础是巫术。为什么在那个时候中国出了那么多的气功师、特异功能，都是世纪末的心态，这些东西不可能大行其道。王朔特别睿智，是不是说金庸是四大俗之首啊？大众文化……

木叶：但是王朔的观点不大一样，记得他说俩人见面就打架等等没劲。你世纪末这个说法也很有感觉。

马原：嗯，大伙说话全都无所不用其极，把话说得特别满，有今天没明天的心态，世纪末的心态，末日嘛。你看诺查丹玛斯、金庸小说，还有邪教，日本的奥姆真理教、美国的人民圣殿教、中国的法轮功，全是在世纪末，土壤就是末日。因为人生不过百年，世纪末是一百年的结束，尤其上一个世纪末又是千年世纪末，所以带来的那种世纪末心态特别特别严重。很多商品，不是叫王，就是叫霸，什么什么王，什么什么霸。话说到最满。

木叶：那么就是除了世纪末的问题或缺陷，还有什么呢？

马原：他小说的基础是巫术啊。金庸和一个体育学院的武术老师一块做节目，那人特别腼腆，"那让你看看金庸老师的武功到什么状态啊"，金庸也在对面，那老师脸憋红了，"我也特别喜欢金庸老师的小说，但是我可以负责地说，金庸老师不懂武术的"。（金庸）完全是胡说八道。

木叶：除了契合了世纪末的情绪，金庸还因为什么能影响那么多人？

马原：金庸是一个会讲故事的人，知识渊博，这是他成功的第一个要素，他是一个故事大家；第二个，我个人认为金庸特别有效地把握了中国人的心态，东方民族全信巫术，都有巫术传统。然后呢，金庸的国学也非常到家。国学里面特别重要的一脉老子，老子的一个基本方法论被金庸用到极点，一生二，二生三，三生万物，万物生于有，有生于无，这是金庸小说里人物的一个基本方法论，一生二，二生三，三生万物，都是用一生，最后再收到一个人身上：《天龙八部》是起于段誉，收于段誉，我说的是大结构，不是故事的情节，《射雕》是起于郭靖，收于郭靖。因为这个方法特别有效，永远都不会过时。

一开始，他出来的时候，什么都不是，最后是第一高人。中间，一流角色都是张飞李逵式的，光有功夫，没有脑子；二流角色呢，带一点神秘色彩；三流角色基本上都不用剑用剑气，用声音传音入密……都是玄学。东邪西毒南帝北丐，对他们来说打已不重要，斗的是法，无招胜有招。就是玄学嘛，就是巫术嘛。都是从一生，收回一，收回一以后一片虚无。他人物的方法论是人上有人，环境的方法论是天外有天。所以，小说的故事一会儿上天一会儿入地。

金庸把握住中国人的日常思维啊，看世界的眼光啊，为了逗你，它好看。他写多了嘛，就形成了一个很大的群落，形成一个大气象。所以我说他是一定要成功的，因为他拿到的是最核心的东西，但金庸的魅力不持久，因为你读一段时间以后会腻烦，他不像克里斯蒂，克里斯蒂有点儿像茶，喝茶你能喝够吗？金庸有一点儿像肥肉，饥饿的时候吃特别香，特别过瘾，吃完了以后有点反胃，呵呵。

木叶：还有就是认为金庸没有对小说提供什么新的方式？

马原：这个也不重要。你说司各特对小说有多少贡献？他还是英伦传奇的开山祖师呢。大仲马是法国历史传奇小说的开山祖师，他提供多少贡献？这都不重要。

（对金庸）也不是不认可，我读金庸，我老老实实说，只读过一本《天龙八部》，听他们说《天龙八部》最好看。还有人说《笑傲江湖》，我拿着翻，翻不下去。

斯蒂芬·金，悬疑和恐怖嘛，没有特别征服我。我还是比较喜欢传奇和推理，之外的品种不是我特别认同的。

木叶：你们那一辈刚出道时王蒙等老一辈好像提携过，后来，你也主编有一部《重金属：80 后实力派五虎将精品集》，是不是有点儿像你们 80 年代刚刚出来的时候，需要推一步。

马原：老老实实说，人家出版社都编好了，就希望我挂个主编，写一篇序，我才没做任何事呢，呵呵。后来者写作，你当然要支持……就是非常简略地翻了翻，没特别花费时间。

木叶：比较喧响热闹的是郭敬明、韩寒这一拨，还有底下的、未出名的，有没有特别看好的？

马原：这不已经是没有小说的时代了嘛。现在有些人在写，比较聪明的人就把小说当成另外一种商品吧，一开始就有成套的营销跟在后面。没小说的时代，我也没读，我不能贸然说没有好的作家，不能乱说。

木叶：我目前特喜欢李傻傻，除短的他还有一个长篇《红×》，这个人以后可能会写出一些大东西来。

马原：李傻傻也在《重金属》里面。《红 ×》还请我写过序，后来不知为什么又没用，他觉得特别不好意思，我说没关系。《红 ×》不错。

木叶：白烨说"80 后"作家"进入了市场但尚未进入文坛"，韩寒强力反驳：文坛算个屁，谁都别装逼。不过白烨的话也挺好玩儿。

马原："80 后"作家，进入市场就是为读者写作，不是为了个人进入文学史写作，这个是回归写作的本来的……我告诉你，最早作家们不是为了进入文学史写作的，雨果也不是，都不是，都是为读者写作的。因为有了所谓文坛，才有了谁谁进入文学史了，谁谁进入文坛了，谁谁进入批评家的视野了。因为白烨跟韩寒的这个争论具体内容我不知道，你这么一说我才明白，白烨说，"你们进入了市场了，没进入文坛"，韩寒就说"你们是个屁"。韩寒说得对啊，实际上，为什么一定要进入文坛呢？啊，一定得我谁都认识了，前辈说好了，被批评家、被正史肯定了？我觉得也不必要。你比如说，我就比较看重后来皮皮的写作，她的写作跟文学史没关系，我就给读者写啊。别人就说，啊……因为早期她也是先锋嘛，后期的写作就变成畅销书了，人家就是为读者写作，这有什么？挺好的事情啊。

木叶：我看过《不想长大》，她很有才气的，这事再谈。我先问，你觉得明星化是不是也对作家是一种伤害？容易出书是好，但是很难出书时逼着你弄个特牛逼的东西出来，太容易出了，你随便写个屁也给你出。

马原：前浪死在沙滩上，这是历史必然。能成名就成名了，不能成名再写也成不了名。成名以后，谁能永远屹立不倒啊，历史上能永远屹立不倒的人有几个，托尔斯泰肯定是一个，七十多岁还写《复活》呢！但这样的太少了。是锥子总要出头嘛。出了头就总是他锋利，这也不对啊。

木叶：中间比较受窝憋气的是被称为“70后”的那些人，当然也出现过像棉棉啊，卫慧啊这样的，现在安妮宝贝比较火一点的。棉棉编的一本影响自己的小说选过你的一篇，我记不清楚是什么名字了。

马原：因为棉棉也是一个朋友嘛，朋友吧有的时候就有点溢美之词，呵呵。我看贾平凹说影响他的美文也选了我的《海明威的男人哲学》，格非影响自己的小说也选了我一篇。朋友有时候客气一下，不可以太当真。

棉棉和卫慧是两个通过自己写作造成了那么大影响的作家，她们的方法也不太一样，虽然作品也不很多，但是能在中国数以十万、百万计的人里面出头，大伙记住了卫慧、棉棉，这还是因为她们的才能，她们的写作一下子就脱颖而出，一定不可以轻看。

木叶：可这还是一个成则王败则寇的理论。

马原：实际就是胜者王侯败者寇啊，也许有身后才成名的，像梵高、卡夫卡，但是不多。老话说，胜者王侯败者寇，这个话跟是金子总会发光，道理一模一样，真的是金子被湮没的可能性不大。

木叶：也有大器晚成的，不一定死后成名。

马原：是啊，陈忠实就是大器晚成，我们知道他基本上是从《白鹿原》，写的时候都快五十了。很多作家二十岁就出大名了，像苏童二十刚出头就名满天下了。

木叶：人出名书卖得也好的，写得不一定最好。

马原：这是肯定的，百分之百的。

木叶：刚才提到程永新，他讲到谁被高估了谁被低估了，那么在马原的视野中这一百年来的作家谁被高估谁被低估了？

马原：高估就不说了，干吗要往人家身上泼脏水呢？也许人家活得还很滋润呢。你说中国作家，我不熟，呵呵。中国的作家里面我特别喜欢柔石，就为他《二月》《为奴隶的母亲》这两篇，他就可以不朽。他还有个长篇叫《旧时代之死》，没见过，不知怎样。好作家被严重低估的就《废都》了。居然我们这个时代最好的作家大部分都不看好《废都》，还有《兄弟》，这是两本杰作。

木叶：安妮宝贝的书读吗？

马原：安妮也是很好的朋友，但没怎么读过，可能年龄的关系吧，觉得隔得远，他们的生活不太熟悉嘛。不是他们的我不读，格非和苏童同年龄作家的作品我都没怎么读过……

木叶：是说 80 年代的作品，还是现在的不读？

马原：80 年代的时候，除了他们俩以外，其他同年龄的我都没怎么读过，他们俩因为是非常好的朋友我才读，而且读了以后也没有后悔，写得真不错。我基本上读的是死人的。

木叶：那你活着的人里读得比较多的是哪些？

马原：王朔读得最多。

木叶：为什么？

马原：好看哪。王朔小说后边的几个没读，华艺出版社出的那四大本全读过。看王朔的就像看经典小说一样，我说的经典是指古典小说，我就觉得特别好读。同时代的作家，王朔我读的第一多。

木叶：阿城说，与先锋作家单开一桌不同，王朔的那种语言直接影响到了老百姓日常生活。

马原：对啊，这就是我高看他的原因。他进入了日常生活，影响和改变了中国老百姓的日常用语啊，习惯啊，成了饭后茶余都要谈的一个人和现象。

木叶：还是这个标准，那金庸不也进入日常生活了吗？很多年轻人说话都很金庸。

马原：金庸没进入日常生活啊？我说的进入日常生活不是这个……嗯，其实你跟我说的也不冲突，金庸确实是很大程度进入了日常用语，我说王朔不是指日常用语，我说王朔的方法论进入了日常生活，比如周星驰要是没有王朔的铺垫，不可能在大陆有这么好的人气，因为王朔语言的方法论已经铺垫了嘛，大家才能从《大话西游》里读出那么多味道来。

木叶：这很有道理，但周星驰在香港已经很牛了，92 年是周星驰年，一年有六七部片子进入票房榜的前十名。

马原：不是，当年周星驰还是一个小弟，那个时候大哥还是周润发、万梓良、成龙。周星驰在大陆之所以有这么多粉丝，是跟王朔小说和电影的铺垫有关，到了这个份儿上了，所以周星驰电影之后出现了《疯狂的石头》《武林外传》，比周星驰还无厘头，实际的始作俑者应该是王朔，因为王朔在那么多年里面，确实极大地影响了中国人的日常用语的方法论。

木叶：我们换一个话题，前面你谈到过一点，当时你和皮皮应该是金童玉女吧？

马原：很早时候好像是史铁生说的，因为他是朋友，又是兄长。

木叶：皮皮也了不起的，在《虚构》里透露皮皮跟着你去过麻风村，而且后来余华的《活着》的篇名她很早就用过。

马原：嗯，她还向余华讨伐过。因为余华开始发的是中篇《活着》。都是老朋友了，看到的时候她说，“余华，你得付我版税”。呵呵。她写过一个短的《活着》。早期她很重要的一个小说叫《光明的迷途》，发在《收获》上。那个时候还有《全世界都 8 岁》一系列中短篇，按今天这个分类她应该是先锋。后来她写畅销书嘛，慢慢大家把这个名字从先锋里摘掉了，实际早年新潮小说、先锋小说等小说集里都选过她的小说，起过作用。

木叶：她也挺勇敢的，还陪你去麻风村。

马原：也不是勇敢，好奇呗。看看究竟咋回事。

木叶：这个地方在什么位置？

马原：离拉萨不太远，在拉萨河边上。

木叶：现在还存在吗？

马原：我不知道。

木叶：是就叫麻风村，还是因病得名？

马原：不叫麻风村，是麻风病医院。医院就是一个病区，就是我写到那种情形，医护人员不住村里，隔离的，离很远。外人不会往里进，里边人也不会出来。跑出来很恐怖，传染。

木叶：你早期的小说总喜欢在前面引一段文字，这部《虚构》的引文最特别，牛。

马原：大部分都是我瞎编的。《佛陀法乘外经》，呵呵呵。都是我自己写着玩儿的。

木叶：哈，伪造经典？

马原：是。有《奥义书》嘛，我找一段好玩儿的话，就写出自《奥义后书》。不完全是虚构，有的是卡尔维诺小说里的，有的是菲茨杰拉德小说里面的，看好玩儿的话就拿过来。

木叶：我说怎么佛经里出现了有些现代的虚构一词呢，原来这样。

马原：彻底虚构啊，呵呵。

木叶：不知是否和你的生活有关，我觉得你无意于好好写一个完整的爱情故事。

马原：可能很多年里我的小说太少烟火味儿，很多年以前史铁生也说“我一寸不能离开地面，你呢一直在天上飞，我呢特别喜欢昆德拉”。我说我特别不喜欢昆德拉。他说昆德拉对他而言时而天上时而地下，他说他看我像是鸟。用我《虚构》里的话就是天马。史铁生一直是个行走者，脚踏实地，我一直不脚踏实地。所以那时候好哥们、韩东的哥哥李潮说，“劳驾，你写的就不能带点儿汗味儿、屁味儿，带点儿人味儿”。他就觉得我小说没人味儿。

嗯，但是《死亡的诗意》里边是有爱情故事的，婚外情也是爱情。我这样的小说少，特别少。

木叶：当初皮皮从东北大老远飞到西藏去找你，几乎是从中国最东到最西，那里面有一种很温暖的东西，为什么没进入你的小说？

马原：可能太日常了呗。我那个年龄写小说吧，还是喜欢离神近的东西。我的东西虽说不是很抽象，但是我想离神很近，我的状态我个人离神很近，偏灵魂，离肉体远了一点儿，可能这个缘故吧。那些年里我关心很多常人不会关心的事情，最多的是位移，我发现这个世间所有事情都和位移有关。比如，说话，你说话的嘴唇、舌头，包括你眼神和脑子，都在位移，实际上是一个位移的连续剧。

木叶：世界是运动的……还是很多人惋惜你和皮皮那么好的一对的分开。

马原：性格即命运。这两个人命中注定只有九年时间，这都是命，这两个人能在一起走的路就这么长。人犟不过命，小时候不懂，觉得命不也是人的吗，后来才明白命比人大。

木叶：相遇就很幸运了。那么皮皮有没有进入你的小说？

马原：没有做主角，偶尔会做串场人物。嗯，不是特别清楚哪个里有。比如我写过一个短篇小说叫《夜班》，写一个女医生给丈夫、小孩看病。我假托那就是妻子，实际上不是，皮皮没做过医生。所以一定要说有没有进入我的小说，好像还没有，但是我周围很多人都进入我的小说。

木叶：那离开西藏到底因为什么呢？

马原：那也不存在因为什么。我的性格不就是到处走嘛。“树挪死，人挪活”，我这一辈子就动来动去的。

木叶：也听人说是因为爱情而离开西藏。

马原：也不能这么说。

木叶：那皮皮现在在哪里？

马原：在鲁迅美术学院，沈阳，老师。她反正在德国时间比较多，现在我儿子（马大湾）也在德国。

木叶：大湾有没有你高？

马原：比我高得多。

木叶：两米快了吧。

马原：一米九几。

木叶：他做什么呢？二十岁了吧？

马原：读高中，因为德国的高中本来就比我们多一年，去德前后还学了两年语言，所以读大学要比同班的晚三年。德国同学只知道，他爸妈都是当老师的。他在内地读初中嘛，初中生不知道什么先锋作家，倒是知道他妈妈的电视剧很有名，当时热播的《让爱作主》是《比如女人》改的，还有《渴望激情》。

木叶：他有没有想往作家这个方向走呢？

马原：没有。我不但不关心，也不鼓励。写作是一条窄路，何必都挤这条窄路。他写，也不知道他有多大天赋，如果写不过他爸他妈，人家还说他借他爸他妈光儿，那多没意思。

木叶：有没有跟你讨论过你的作品？

马原：读过，但不大讨论。他读了大量经典，我《阅读大师》里面讲的那些经典他都读过，之外的很多经典也读过，他是 80 年代后期的孩子里极少数特别喜欢经典小说的。

木叶：《中国文学梦》应该是 91、92、93 年做的，没能播出让更多的人看到，朋友谈起来都觉得特别遗憾。

马原：也没啥特遗憾的，一开始没找市场没找出路啊，想当然地去做……那东西也不算什么大不了的事。当时做的时候挺当它是一回事，做完这么多年早就不当是一回事了。

自己当时有点儿钱，好朋友有点儿钱，还找到一个做后期制作的，我们三方把这事做了。做了没结果，没结果怕什么，这辈子没结果的事不做多了吗？有多少结果？

木叶：据说还是以前的带子，寿命很短的，为什么不转入电脑里？

马原：我已经完全不感兴趣了，就让它烂掉就得了，呵呵。转它干吗？不理它。

木叶：访自己没有？

马原：没有。

木叶：第一个访的是谁？

马原：记不住了，这么多年了。

木叶：记得有人说余华在里面说，那些不读我书的人都是傻逼。

马原：余华是和格非、程永新一起采访的。

木叶：这节目的型态，就是机子往这一放，余华，你开说……

马原：对，我跟他们聊天呗，找一些话题，因为一个时代结束了嘛，新时期作为一个时代嘛。

木叶：是不是你是最早回顾80年代的人？

马原：那肯定应该是，百分之百的。我1991年就开始做这件事了。（91、92年就开始做，94年做完。）

木叶：这个整理出书了吗？

马原：整理成文字了，出过一个《中国作家梦》，上下两本，五十多万字，长江文艺社出的，但是发行做得不是太好。最近可能还要再出一下。

木叶：这个好，我倒真没看到。那么影像没有播出不觉得后悔嘛？

马原：唉呀，人不能老是回忆，咱们今天饭后茶余说说昨天，但实际上我还是对明天更感兴趣。

木叶：其实我觉得你是有一个影像梦的人，因为91年作家搞影视的好像没有啊，当然王朔已开始做了。

马原：做电影，嗯。我比较早意识到读图时代会替代读字时代，非常明确意识到。画家对我的影响超过作家对我的影响，我就是个读图的人，尽管我一辈子在看书，但我特别耽迷于读图。而且那时候读图时代已经露出端倪了，老百姓日常已经习惯于守在电视前面，读图的魅力远胜于读书。我还是挺细心的，在我这代人里面，我老同学啊，老朋友啊，我去他们家里，很少谁家里有十本小说，有时候有一两本，自己也搞不清哪里来的。实际上80年代我们有一个错觉，觉得全中国人民都在读小说。我细品一下，不是那回事，绝大多数根本对读字没兴趣。

木叶：80年代就没兴趣？

马原：早就没有兴趣，很多人读字是看资讯。咱们说读字和读图是指精神需要，不是指信息。读资讯的话，上海市民各个看报纸，二十年以前一张《新民晚报》就可以看一天，先看喜欢的版，再看别的，最后看报缝。所以我说我们在文学圈，我们读书，我们写书，我们误以为每个人都在读书，实际上不是那么回事儿。

木叶：是说80年代末吗？

马原：不是80年代，是任何年代。

木叶：复旦有一个教室3108，我们师兄讲80年代的时候，如果有一个诗歌朗诵会，提前两三个小时都坐满了。1993年我进复旦，那个时候诗歌朗诵会还是有很多人，90年代初如此，80年代应该不得了。很多文学杂志也发行几十万册。

马原：复旦在中国是特别的学校，我们看复旦很重要，北大很重要，北师大可能也很重要，华师大也很重要，但是我跟你说，轻轻地把它们抹掉，整个中国什么变化都没有，一丁点儿损失都没有。哎呀，你千万不要以为什么北大啊，复旦啊……

几十万发行量也不重要，就算一本刊物有三个人看，变成了六七十万、一百万，这一百万人在整个中国人当中也可以忽略不计，中国的人口基数太大了。我一直说，我们在什么之中的时候总觉得什么就无比重要，其实其他人谁都不在乎，可以忽略不计。

因为我自己不写了就开始反省，我写得少了想得就多了。加缪感兴趣西西弗斯下山的时候，下山的时候他没事做啊，脑子就会动。我不写了就开始琢磨。原来我那么当回事儿，我觉得文学无比重要呀。我也受过那种明星式的待遇，但是你想想，那些人全部都加在一块儿，读过马原的，对马原有赞许、有称道、有崇拜、有夸赞的，把他们从地球上抹掉，这一点儿关系都没有。我为什么会这么举例子，我想说人经常觉得什么重要，是从自己出发：你和跟你相关的一切。事实上，在一个大的人群里面，可以忽略不计。

木叶：那么 80 年代那场文学、文化、文艺的复兴在你看来错觉性、幻觉性很大?

马原：不是不是，这里面有另一件事。都说三四十年代是中国文学的黄金年代，80 年代是黄金年代，好像 20 世纪有两个黄金年代。这本身是个挺好玩儿的事情。中国之所以到今天还有很多人吃文学饭，你看你还是有很强的文学情结。你知道吗？前几年中文系都快被砍掉了……我说的意思啊，30 年代，80 年代吧，因为大历史出现了一些微妙的契机，文学就有一个很好的生长土壤。这种事件，你说虚幻啊，我觉得也不是。历史有波峰有波谷嘛，那时候正好是波峰。

木叶：你这么早意识到读图时代的到来，十几年过去了，但是大家基本上没看到马原导演的影像作品公映，这是为什么？

马原：这个就说明这方面能力有限呗，没能成功嘛。这个很自然，看到了，就胜者王侯了，看不到就败者寇呗。

木叶：我知道你拍过《死亡的诗意》，有没有成片呢？

马原：剪了一个 168 分钟的，自己也不满意。现在在片库里呢，三四年了。

木叶：其他电影还拍过吗？没拍过别人的小说题材吗？

马原：没拍过。

木叶：余华的小说改编过电影，苏童、莫言都有，可是为什么没人改编马原的小说呢？

马原：就是导演没看中呗。

木叶：为什么没看中？自己没想想什么原因？

马原：马原的写作不行啊，不如其他几位吧，它转换成电影不如人家。也不一定影像性不强，就是没被选中呗。一定说的话，这得问问张艺谋为什么不选马原。呵呵。

木叶：你讲的故事比较散，不集中优势兵力讲一个故事，大都是印象式的，在方法论上很好玩儿，变成了影像，就好像缺胳膊缺腿似的。

马原：谁说的?《低俗小说》《撞车》不都是这样吗?

木叶：但人家还是有一个大故事的，只是结构变化了。你比较推崇的电影是《低俗小说》?

马原：不怎么推崇，就是刚才你说有一个大故事什么的，我觉得《低俗小说》这种都不是大故事，才说到它。

木叶：拍电影的天赋没有写小说的天赋高吗?

马原：不是，自己不会这么看。人看不到自己有多不行，每个人都以为自己很行。中国人民很行，哈哈。

木叶：哈，中国人民银行。我知道你有一个电影梦，期待拍一个什么样的电影呢?

马原：嗯，不是。因为对读图感兴趣嘛，很自然，电影是今天最成功的读图的范本嘛。但是，这是一个非常难做的事情，背后的东西太多。另外一个，不是一己之力可以做的，有非常多的个人之外的因素在发生作用。我自己没想过，你现在把这个问题提出之后，我想，最大的可能是因为我和别人协调做事情的能力不行。

木叶：那么当下你还看小说吗?

马原：不看。

木叶：2007年，没有看过什么小说?

马原：不多，非常少，非常少。现在关心的事情挺杂的，各式各样的。

木叶： 比如？

马原： 关心海南。

木叶： 我知道你在那里买了个房子。

马原： 对，海口，海甸岛。就跟韩少功他们住得很近。

木叶： 现在的经济基础蛮好？

马原： 嗯，过得去，老话说，比上不足，比下有余。

木叶： 那教授开宝马的有几个。

马原： 一个很大的金融专家朋友就笑我嘛，他说人家身价千万级的富翁开宝马，而你只有买一辆宝马的钱就买宝马开了。我说是。呵呵。

木叶： 哈，但是这个就是心态不一样。上次我采访你时你说得非常好——如果教授都开着宝马那多好玩儿啊。

马原： 对啊，你想这多开心。

木叶： 贫穷不是社会主义。你为什么选宝马？

马原： 我喜欢快车，性能好的车。最快开过两百多码吧，就是在高速路上，没限速时一开就过两百。现在罚得厉害。

上课肯定要开车去。现在好车多起来了，前几年大家都不露富嘛。同济比我有钱的教授有的是，好多是搞建筑工程的，很有钱。

木叶： 刚才提到宝马，里面很重要的一个因素是经济。你是很早就注意到读图时代到来的作家，也是很早就介入经济大潮的作家。90 年代初不就挣到一笔钱了吗？

马原： 没有啊，我很晚。那是一个小兄弟拉着我，他说要拍电视剧，我说上哪儿拉钱去，他说不用拉钱，自己赚呗。都是他操持的，我不管。

木叶： 那时纯文学还很盛，一个先锋作家去拍连续剧，不觉得丢份吗？

马原： 从来不觉得，那有啥丢份。一开始我就觉得王朔介入电影、电视剧多开心啊，多好玩儿啊，还有刘震云。

木叶： 有没有可能，跑经济和拍影视这个过程，把你小说创作给耽误了。

马原： 没有啊，事实上那时候我已经不写小说若干年了，我基本上 88 年开始就不怎么写了。

木叶： 朋友讲你在写一个长篇，唐代历史的。

马原： 实际是个电视连续剧，写完了，交了稿了，啥时开机还不知道。

木叶： 是剧本还是小说？

马原： 剧本。

木叶： 会转成小说吗？

马原： 会吧。名字还不方便透露。先不谈这个，互相有约定的。

木叶： 有人讲，你准备写自传性的长篇。

马原： 早就想过，也不是自传，就是从自己出发，写个成长小说，但这都是说着玩儿，还没有真正动笔。

木叶： 那么，有没有一种“影响的焦虑”，比如余华还在写，莫言还在写，格非、苏童这些哥们都在写，你不觉得自己偏离了这个？不焦虑吗？

马原：不但不焦虑，我还觉得他们活得天地太小了，可能心里天地大吧。我记得顾城有首什么诗写的就是内心世界大，我不记得了。是不是他们心里天地很大很宽呢？

木叶：你觉得一辈子写小说天地就小？

马原：不是写小说天地就小。现在也不经常见了，一两年才见一面，见一面吧就觉得，噢，跟上次比他又多了一本书，别的嘛，噢……反正我就觉得他们那么活挺闷的，因为我是个跑来跑去的人，特别喜欢玩儿。人活着不是为了写小说来到这个世界的，因为写小说他们耽误了太多玩儿。我要是听到今儿谁谁打球去了、赛车去了、飚车去了，就觉得他一定状态不错，所以我就觉得韩寒活得好，他刚拿个赛车年度冠军，这可是个挺难的事情。

木叶：你向往这种行动？"我马原没想过一辈子……"

马原：我觉得很可笑，我不能想象我一辈子的生活是光写字，那没意思。我就是想动，人一直活动，在变化，好玩儿，开心。

木叶：你没把写一个什么小说当成自己的顶级、终极梦想？

马原：没有。如果说有顶级梦想，就是，你比如说，自己弄一块地，按自己的想法去建一幢房子，这房子里都是自己的画和雕塑，这个比那个刺激多了。你看，做一个艺术家，自己设计自己的房子，监督这个房子盖起来，然后在这个房子里面画画，小画，大画，甚至做雕塑……

2007 年

下篇

“有鬼有神的一定也会有趣”——此语出现在小说《牛鬼蛇神》的尾声。这部长篇出版于 2012 年，距离马原搁笔约二十年，距离他宣称“小说已死”十一年。封底有不少赞誉，坊间和网上批评也不少，甚至难听。马原说，终究，任人评说。他还表示，这部小说能流传多少多少年，曾有一部奇书得到过他类似的评价。

西藏，令马原脱胎换骨。此番，改变他的是一场大病，疾患让他重新回到小说上来，并决定要一个孩子，还有一个收获是，他又提起了画笔。

雨后，我走进他在上海北部的家。在小花园，见水池、石榴、秋千与佛像……他说才拾掇了草，都大半人高了。他和妻子从海口一路驾车来到上海，历时三天。他赤着膊，但还是出汗。他瘦了，但依然高大，有一种敏锐与豁然。正言谈间，小儿子现身，语声伶俐，“爸爸，茶来了。”

聊了很多。太阳的边界在哪里？小说里火星的温度对不对？上帝究竟有没有造水？生命、艺术与神明……

“马原的叙述圈套”，这一短语由评论家吴亮发明，时在1987。彼时，马原的大名才升起不久，此前已写了十几年，此后几年便搁笔。和这个短语一样夺目的，是《虚构》的开篇语：“我就是那个叫马原的汉人，我写小说。”或许，还可以加上另一个评论家曾经的话：“马原用他的自信创造了自我，同时也用自信葬送了自我。”

《牛鬼蛇神》的形式感还在，只是“叙述圈套”不再那么撼人，有人表示失望。具体到内容，到底是什么推动了李德胜的种种际遇？大元娶了李德胜的女儿，这样的巧合与神迹有什么关系？马原将《红字》读了十余遍，但新书看得少了，那么，对一个作家而言，怎样汲取与更新才是更好的修为呢？

木叶：看到你的一句话，“我觉得我的生活、写作都正处在一生中最好的状态里”。我也看到作家格非、韩少功，责编叶开，都力挺《牛鬼蛇神》。但如果去看豆瓣，有些人表示失望，或认为马原老了，先锋不再……

马原：“先锋”这个帽子是后来才戴上的，我主要的写作是七八十年代。80年代末、90年代初的时候，我写作就停下来了。我们当初写作跟“先锋”两个字没有关系，各写各的，格非是格非，苏童是苏童，余华是余华，马原是马原，洪峰是洪峰，或者莫言是莫言，根本没有一个主张，不像法国“新小说”。我们写作不带“主义”，只是跟着自己的心境。这就像很多年以前，金斯伯格到中国来，当时中国的一批新锐作家就说，金斯伯格你老了，你怎么一点锐气都没有，我们很期待你有振聋发聩的声音。金斯伯格说，不同的年龄做不同的事情。

木叶：他们其实是一种期待。谈一些具体的，这本小说是先口述再成文？

马原：是全口述，不是先口述。我腰出了问题以后，得寻求继续写作的可能性，所以我就选择了陀思妥耶夫斯基曾使用过的方法，是他写《赌徒》给我的灵感，就是说能不能尝试用口述来写作……这十年里面，我绝大部分时间都是用口述写作。我还有几百万字的剧本。剧本写作和小说写作实际上已经比较接近了，当然还不一样。

木叶：令人关注的是，这与拿纸和笔写相比，弹性或质地有什么变化？

马原：我个人感觉没有变化。我原来用笔写的时候，在一个空间里，就是一个别墅里也不能有第二个人，气场有影响，但是我用口述写作之后，有人不妨碍，我可能慢慢地解决了心理难关。写《牛鬼蛇神》时，灵感和诗意没有问题，这两个是我最看重的，在我这个回合的经历里没受妨碍。

木叶：戴维·洛奇《小说的艺术》里有一部分叫“以不同口吻讲述”，我认为《牛鬼蛇神》“卷 0”“卷 1”的口吻和后两卷是有点不同的。我个人更欣赏前两卷的那种精气神。（“卷 2”里 80 年代作品比重大）

马原：你是以“卷 0”“卷 1”和“卷 2”“卷 3”这么分开的，我个人体会，好像“卷 0”北京是一部分，“卷 1”海南岛、

“卷 2”拉萨是一部分，而“卷 3”海南是另一部分。为什么这么说呢？第一，主人公在我心里不是大元而是李德胜，在大元的视角上看李德胜这样一个奇奇怪怪的人、非常理的人。“卷 0”基本还是经典的历险记的方法论，不是“文革”小说。“卷 1”“卷 2”，可能是我自己小说的一个美学方法，星座的方法，由一个一个单元故事构成整个故事。北边的天上有七颗星彼此毫不相关，但是我们愣称之为北斗七星。那么，在这七颗星当中找连线、找关系，这个就是天文学家、哲人、艺术家在做的事情……星座方法是我写作的一个方法，实际上二三十年以前，我的写作都是一种星座的方法论，讲若干个故事，这些故事貌似没有特别多的关系。《冈底斯的诱惑》最典型了……

“卷 3”是一个纪年的方法论，不太动感情，比较平和地把一段时间内的事情铺陈出来。我说句不谦虚的话，实际上这就是所谓“春秋笔法”。我一些比较年轻一点、激进一点的朋友说，喜欢前三部分，觉得第四部分就太老实了，平铺直叙；另外一部分年龄稍微大一点、阅历更丰富一些，就说第四部分写得真好。《牛鬼蛇神》不是别人说的成长小说、自传小说，因为主人公李德胜是虚构的，借用了我自己的经历线而已。小说里面大元出现，实际上是引导读者，让读者去寻找适合自己的视角，也就是大元的视角。你别看大元的故事看上去那么多，实际上《牛鬼蛇神》的目的不是大元，而是李德胜这个人物，因为大元还是在我们常规的世界里，一方面他是人自身这个族群的一员，另一方面又在质疑自身的意义价值。

木叶：小说里嵌入了你的旧作《冈底斯的诱惑》《拉萨生活的三种时间》《叠纸鹞的三种方法》（有所改动）等。你提到了神的因素，但这有点冒险，这是一个叙述伦理的问题。

马原：这个小说的主角实际上是神，人和神面对是通过神迹。你看看这些大作家都写过神迹，比如纪德的《梵蒂冈地窖》，毛姆的《卡塔丽娜传奇》，但是写神迹，你不可能在一次写作里面完成，我这一年里能遇到几桩神迹？我必须把我一生中遇到的神迹，集纳到一个小说里面来，因为我的小说主角是神。我还可以把别人的神迹拿过来用，但就形成了所谓剽窃，我只能拿我自己的，那我就把我二三十年里涉及到神迹的故事，都拿过来。

还有，我甚至这么看，这部小说对我的意义——可能以往所有的小说都是在为这本小说做准备。

木叶：这个说法好。

马原：但这并不是最重要的，最重要的是我前面说到的道理。

木叶：但是，读者和作者感觉是不完全一样的。比如当初看你写的《零公里处》，觉得思路太棒了，十三岁的小孩，在家乡公路边发现有里程碑，然后到天安门去找零公里碑，在《牛鬼蛇神》里这也是一个发端。以前的文本单独出现时就像拳头一样，放在《牛鬼蛇神》里会不会有一种稀释的感觉？

马原：实际上有一个意义，你可能现在还预计不到，我在想《牛鬼蛇神》这本书，今天喜欢不喜欢的人、读过没读过马原前面小说的人怎么看，其实一点都不重要。《冈底斯的诱惑》，也许能留100年，但是《牛鬼蛇神》，我相信它能留几百年，因为它关心的是人在宇宙自然当中的位置，人出了哪些状况，人和植物、动物，人和众生之间的关系。我特别有信心，因为它探讨的是根本问题，因为探讨根本问题，所以别人可以没读过《零公里处》，可以没读过《冈底斯的诱惑》，可以没读过《拉萨生活的三种时间》……但是他读了这一本书，他已经取到了那些小说里面的精华。

木叶：当初想写这部小说，是不是跟身体有关？

马原：对，就是生了病。任何人生大病以后都可能会变成一个哲学家，马上要面对生死，要面对抉择，要决定剩下的时间怎么度过？怎么解决？你对生命的整体看法都会发生变化。

木叶：小说提到了“带状疱疹”，还有“未见癌细胞”，和你的真实经历基本上是重合的，里面还出现陈村、丁当、程永新，还有你的爱人李小花，这些都是真名。那么，真实和虚构之间如何拿捏？

马原：那些，我觉得已经不重要了。是真的还是假的，我何必去费脑筋去编个人名，然后虚构？很多拍电影的去大连，就给大连虚构了很多名字。我觉得这些不重要，读者愿意怎么看就怎么看，我是给今天的读者写的，但又不是给今天的读者写的。这本书如果能放两百年，马原自己生命里发生了什么事情，跟《牛鬼蛇神》早就没有关系了，因为读《牛鬼蛇神》不一定非得读马原的传记，读马原的报道，读马原前面的作品。

一点都没有关系。

木叶： 很多人探讨每一卷最后的“0 节”，有人觉得好玩儿，有人觉得它跟前面的 3、2、1 有一点剥离开来。

马原： 就是故意的。没有这个“0 节”就没有这个小说，所有“0 节”加到一起是一篇哲学论辩，《以常识作三问》（早于小说一两年写成，关乎我们从哪里来，我们是谁，我们往哪里去）。

木叶： 小说的结构源自道生一，一生二，二生三，三生万物；有生于无，最后归零。这是微妙的。你还谈到“0 节”部分，有点像西西弗斯下山的时空感，也很微妙。但存在一个问题，就是读者和作者的感觉未必合拍。

马原： 加缪从来不为西西弗斯上山担心，他要克服地心引力，他全部的事情都要集中在这一点上，不能让石头退回来，要向前、向上。加缪关心的是他下山，下山他会不想吗？所以形而上就来了，哲学就来了。

木叶： 如果“0 节”和前面的 3、2、1 更加交汇融合，这个小说会不会更好看？

马原： 不，那就骑墙了。为什么要归零呢？归零的目的就是让那些自以为聪明的读者——他说 0 不就是无吗？那我就不看了，把你这个 0 跳过去——我就希望有读者这样。

木叶： 真有人跳过去不看。

马原： 这个我就大胜了，一万个人里面有一个人跳过去不看，那我倒觉得他们是得了道了。（笑）因为我的良苦用心就是在这儿，为什么要归零呢？零就是无。你只要对无关心，你就去看吧，你不关心，我倒觉得你“大彻大悟”。

木叶：这话我觉得其实是亦正亦反，很有意味。作为一个完整的文本，如果读者对于这一部分没给掌声，或没看进去的话……

马原：你怎么可能把所有读者一网打尽。啥叫见仁见智？看出什么就是什么。这本书不瞒你说，一方面有人说先锋不再，另一方面我也遇到了真的感动得要命的读者。

木叶：但是我个人觉得，以前对意义的思考或者冥想的东西，它是融在文字血液里面的，现在它是单独拎出来，有一些解说的概念在其中。我其实更喜欢以前融在血液中的感觉。

马原：但是你回头再看的时候，实际上不是的，“0 节”部分没有结论。为什么我说它不是论文而是论辩呢？今天这个世界都没有结论，（指着一旁的树）这棵树最早是从哪里移来的？没有结论。我们只是讨论这棵树的树径有多大，四五十公分，但是这棵树究竟母本在那儿，母本的母本又在哪儿？我所有的“0 节”都不提供结论。我们接受世界，有一部分是用眼睛，有一部分是用耳朵、用声音……这个 0 的部分，你可以把它看作是用声音接受世界的一种渠道。就像今天你去一趟动物园，你可以把我小说其他部分看成是去动物园嘛！你去动物园和你跟一个过去未谋面的人聊天，有什么差别？而那个“0 节”部分，就相当于你跟一个未曾谋面的人聊天，聊了很多事。

木叶：这又回到那个问题：你说“小说已死”，但又给出了一种自己的书写方式。

马原： 小说已死，我说的是作为公共艺术的小说死掉了，而作为博物馆艺术的小说的历史，实际上是刚刚开始。那个命运结束了，新的命运开始了，我在做作为博物馆艺术的小说。

木叶： 看到更多的是短篇和中篇的马原，也看到过长篇的马原，《上下都很平坦》。我们谈得更多的还是有着“叙述圈套”的中短篇马原，这回写长篇有没有吃力的地方？写长篇和短篇有什么不同之处？

马原： 我很多年以前就有一个口号：长篇要写得充满短篇感，那是大胜。因为人读短篇的心理，就是时时刻刻要有期待，要有很多玄机。读短篇的心理准备和读长篇不一样。我是希望读长篇的时候有像读短篇集群的感受。你把《牛鬼蛇神》全看完了，突然发现看的时候也挺顺溜，怎么看完以后反而归纳不出来、总结不出来了？

木叶： 感觉每一段都比较明了，但是看完了，觉得这棵树这边伸出一枝，这儿挂了一个灯笼，这儿结了一个瓜，有点庞杂了。

马原： 这个最好了，我就希望是这样，因为我读书不喜欢结论式的。如果这棵树结一百种果子的话，那我不是大赢了？像李洱的那篇（《石榴树上结樱桃》）。

木叶： 这就是对小说的理解各有不同了。到今天，如果从《收获》刊载算，已经小半年了，自己感觉有没有什么不足？

马原： 因为不只是现在，我过去的小说也不改，我觉得它没有破绽。

木叶：睽违二十年，有没有某个评论者的观点或视角，你比较有感触，或者认为点在了某个关键点甚至软肋上的？

马原：没看，也不关心。我这段时间接受采访挺多，采访者跟我说，网上有什么人说你这个有什么什么问题，因为我不看，我不会上网，我也不关心，确实不关心，我写完了，它是任人评说的，谁都可以说长道短……

我在写时，特别激动，走来走去，就是特别诗意。我评价我的小说写得好还是不好，我是体会在写的过程里面是不是有诗意。自始至终充满诗意，这个最重要。因为诗意是弹性的，是一种弥散的状态，诗意可不是一语中的，一语中的不是诗意，那个有一点像真理，我不太喜欢真理，就是一语中的那种。诗意是一种弥散在周遭的感受，我写的时候确实是这样。我最希望我的读者在阅读之后，觉得很舒坦，就像读了好诗一样。

木叶：《牛鬼蛇神》里面谈到毛姆的《刀锋》，说读了五六遍。到了花甲之年，有什么小说会不断地看？

马原：这时候才是只看看过的小说，再去体会，再去玩味，就这个时候才特别需要。《刀锋》肯定是其中一本，《红字》肯定是，《永别了，武器》是，《好兵帅克》是，还有《窄门》……《红字》肯定超过十遍，过一段时间就要再去看一遍。

木叶：看的都是过往的书，有没有当下的，比如新出了一本《2666》。

马原：不知道（这本书）。

木叶：现在这些新作，有触动自己的吗？

马原：没有。因为我在这上面特别固执，人生苦短，不能做沙里淘金的事，我不淘金，老书之所以能留下来是因为时间的淘洗，它已被一代代人淘过了，它是真金白银。新书有可能有含金量，但经常是没有的。

木叶：《牛鬼蛇神》里有很多像论辩一样的话。还曾提到以前对昆德拉未必多么认可、欣赏，现在觉得昆德拉也是不得了的。

马原：后来才意识到，昆德拉事实上跟我们一样，也是在突围。昆德拉要解决的是阅读问题，就像余华《兄弟》也是在解决阅读问题，余华提供了跟今天我们生活匹配的阅读。阅读已经出了问题。读字时代确实已经结束了，因为太小众了，你会特别沮丧，没有多少人读小说。有的时候有人说，“哎呀，这个书印了五万。”十几亿人，你算算……

木叶：有趣的是，你很少提卡夫卡、托尔斯泰、塞万提斯或普鲁斯特。

马原：托尔斯泰在我心里是特别重要的。但是像卡夫卡，观念太重，观念重的小说家我不是特别看重……卡夫卡实际上是一个很通俗的智者，思想特别容易复制，特别容易归纳。卡夫卡的核心就是纠缠，两个字就可以囊括，卡夫卡所有小说都是人莫名地陷入纠缠，人生就是纠缠，永远都是纠缠。

我知道余华喜欢说卡夫卡，残雪喜欢说卡夫卡。我可能喜欢说看上去更简单的海明威。海明威是小说历史上一个真正了不起的人，海明威之前和海明威之后的小说是截然不同的。有和没有海明威，小说世界是两个世界。很多人拿福克纳和海明威比，这彻底就是一个弱智的比较，就是因为福克纳比海明威早几年得诺贝尔奖？那根本不是参照系呀。像《好兵帅克》和《第二十二条军规》（作者均未获诺奖），这种可以对整个人类的困境全面展开的小说，在整个小说历史上凤毛麟角。

木叶：你还说到能写一个通俗或畅销小说也是很值得骄傲的。

马原：会写，因为接下来要写长篇，我会写畅销书。

木叶：有一个作品是唐代历史剧，叫《玉央》。

马原：这个今年就能完成。还准备写一部《卡在中间》。

木叶：其实，像阿加莎，像大仲马这种作家的作品，未必比写一个所谓的纯文学容易。

马原：就是因为不容易，所以才有魅力，才有吸引力。阿加莎的智慧，那肯定是人类智慧的极限之一，一个人可以颠倒几亿、几十亿人，这就跟马拉多纳一样，马拉多纳就可以颠倒几十亿人，至少十亿以上的球迷。

木叶：无论是同辈中人还是更年轻的一代作家，有没有比较期待期许的？

马原：没看，没有发言权，因为我一晃二十年不写小说，我就二十年不读小说。我偶尔会读一点，因为华语文学传媒大奖，那三天里我把初评评委选上来的作品认真翻看，每年有三天，但是这些东西不走进我日常的生活，我日常不大读这些东西。

木叶：现在，一天大体是怎么过的？

马原：在海南，不写作的时候买菜、做饭、洗碗。

凌晨一点睡，七点起床，六个小时。我唯一的活动就是骑自行车，最近又恢复了游泳，但是我发现退化很厉害，我年轻的时候游泳游得很好，但是现在比如说体力、肌肉的力量，包括肺活量……

木叶：这个病应该讲是痊愈了，还是？

马原：不知道，不理它。

木叶：今天是怎么看待爱情的？

马原：爱情至上。我一直是爱情至上，我觉得老婆孩子是这世界上最重要的。

木叶：听着很感动，觉得自己幸福吗？

马原：幸福，心想事成，一辈子希望的都有了。你比如说幼年就开始喜欢文学，喜欢小说，喜欢一种不物质的生活，这一辈子都有了。生活简单，一辈子没坐过班。

木叶：如果说有小小的遗憾的话，可能是什么呢？

马原：这个当然有，虽说我的情形可能跟多数人的情形有一点不一样。常说人生不如意，十常八九。我觉得人生不如意，十常一二。各种各样的不愉快都可能发生，你遇到的不愉快我可能也会遇到，但是不大会长时间困扰我。

木叶：怎么看待终极性的东西？

马原：我面对死亡特别早，我早早就知道了，前面有一个黑衣人在等着，不知道是什么时候。《培尔·金特》就把那个黑衣人具体化了，易卜生是一个大智者。我一直觉得我什么时候走，心里头都有……我只不过是现在比四年前更不想走，因为儿子。

木叶：爱在。

马原：对，老婆孩子，儿子那么小。四年前，如果查出病的那会儿走也就走了；因为没走，看到儿子一天天长大，还是愿意和老婆孩子在一起的时间能尽量多。我现在是有一点贪心的，刚生病的那会儿我就想不知道上帝给我三年还是三十年。过了三年之后我就想那我就得要三十年了，因为当时我跟你有约定的呀。（笑）要么给我三年，要么就得给我三十年。所以我对未来，现在反倒特别有信心。

木叶：就文学来讲，有没有一个所谓的野心、雄心或梦？

马原：再写二十年，可能这二十年里面我会写十本长篇，这是我个人的愿望。你说的那个不是我想的，我不太去想……二十年本身可能会比较有意思。

2012 年

莫言：沿着鲁迅的发明再往前走一点

木叶：不止一次提到天主教堂，像《丰乳肥臀》里就有对教堂和传教士的描写，我想知道莫言先生你的信仰问题。

莫言：我个人没有什么明确的信仰，但是对所有的宗教都充满了敬意。佛教对我更近一点，佛教是中华文化的重要组成部分，也在老百姓日常生活中潜移默化，轮回呀，报应呀……

木叶：你的故乡山东有神有鬼，这可以从蒲松龄那个根儿上讲。

莫言：这个跟生长环境、成长经历有密切关系。我当时接受这种影响并不是有意识的，在我们的日常生活中就渗透着这些。跟老人们谈话，无论是讲故事还是闲聊，随时都会出现一些神神鬼鬼的内容。我想可能跟蒲松龄有关系，或者说蒲松龄也是受这种文化的熏陶和影响，然后才写出这样的作品。（笑）

木叶：同样是生长于山东的作家，张炜作品里也有一种神怪的元素，你们有什么不同，想过吗？

莫言：没想过。因为我们是潍坊地区，张炜的家乡应该是在烟台地区。很多的东西实际上是差不多的，中华民族很多民间的神秘文化实际上大同小异，创世神话啊，人类起源啊。

木叶：读的第一本闲书是《封神演义》，这个和故乡的氛围有一种暗合。

莫言：完全是凑巧，不是我主动的选择，恰好我同学家里有这么一套绘图本的《封神演义》。那个时候比较贫困，村里有几本闲书，大家都是有数的。

木叶：弗洛伊德等人谈到童年对一个人的决定性。你曾说“观察也是一种想象力”。我想问一个很空很大的问题，就是故乡、童年、观察、回忆、想象力，在莫言文学世界里各自的“此起彼伏”“潮涨潮落”。

莫言：故乡与童年密切相连。也可以说，我们之所以把某地称为故乡，就因为我们在那个地方度过了自己的童年。我曾经与台湾作家讨论过故乡问题，他们的父辈大都是从大陆过去的，但他们是在台湾出生长大的，父母的故乡，对他们只是传说，因此，他们的故乡应该是台湾。人过中年，总是喜欢回忆往事，从某种意义上说，文学就是回忆。而一回忆，总是回忆到了童年和故乡。而回忆，总是会添油加醋，所以，回忆也是想象，回忆也是创造。至于观察力，有先天的观察能力，也有后天的训练。我觉得对作家来说，先天观察能力更宝贵。观察也是想象，有些描写，看起来细致入微，仿佛作家做过认真的观察，其实是作家在经验基础上的想象。

木叶：很抱歉，我没有读过你的第一部作品《春夜雨霏霏》

（载《莲池》1981 年第 5 期），据读过的人讲很不莫言。今天怎么看待它呢？

莫言： 短篇集《白狗秋千架》里收了，毕竟是处女作，我觉得还是很宝贵的一篇作品。跟现在我的作品风格相差比较大，但很多的元素已具备了，比如说写乡村生活呀，写自己非常熟悉的环境呀。这本小说写一个农村的少妇，在春雨绵绵之夜怀念自己在远方海岛上当兵的丈夫，以女性的第一人称写的。

木叶： 有论者认为，莫言的作品开始有一个时期是"用肚皮思考世界"的。

莫言： 哦，这个我倒没有听说过。

木叶： 他指的是饥饿的概念。

莫言： 哦，饥饿。我在国外的一些演讲提到过，饥饿和孤独是我创作的源泉。我人生记忆最深刻的两个问题，一个是饥饿，第二就是孤独。关于饥饿的记忆是我们这一代人的，甚至是我们上一代人普遍的记忆。

木叶： 就此求证一个问题，和饥饿相关的小说《透明的红萝卜》……

莫言： 很多小说涉及饥饿。《透明的红萝卜》好像还没有特别多地强调饥饿的问题。

木叶： 嗯，我要说的是，在一个地方看到说，这个标题当初叫做《金色的红萝卜》，是徐怀中先生改的。

莫言： 嗯。那是 1984 年，我在解放军艺术学院读书，徐怀中老师是文学系的主任。那时文学很热的，大家很关注，文坛的风气也比现在要好一点。军艺文学系里一群部队的青年作家互相切磋批评、共同提高，氛围浓烈。徐老师非常热爱学生，我们写出的作品都要交给他来看。（“当时，我对这处改动并不以为然。我觉得‘金色’要比‘透明’辉煌。但几年之后，我明白了主任的改动是多么高明。”——《我再也写不出这样的小说了》）

木叶：这个改后很传神。有没有其他小说标题或结构通过编辑、批评家的建议而变化？

莫言：肯定会有，但是我记不太清楚了，比如说我早期的短篇小说《枯河》，我最早的题目叫《屁股上的红太阳》。（笑）一个小孩在河道里死掉了，一轮红日照在他的屁股上。《北京文学》有一个编辑叫章德宁，后来当社长许多年，她说这个能不能改一下，因为中国一提到红太阳，往往会联想到我们的领袖。我就改成了《枯河》，他们说这个确实好，第一是小说里面的一个环境，第二个也象征了在文革期间人类的情感呀爱呀，就像河水一样枯竭了，干涸了。

木叶：我看一篇文章说，你七八岁读过鲁迅，我特喜欢《月光斩》，觉得特有《铸剑》的意味，甚至以后不少长篇也有鲁迅的味道在。

莫言：七八岁严格来说不能叫读鲁迅，因为读不懂。（笑）当时生病在家里，腿上生了疖子，我哥放在家里一本鲁迅小说集，看不懂，很多生字都不认识。真正读鲁迅还是成年后，文革期间印刷了很多几毛钱一本的小册子，读这个。60年代的高中课本里也选了鲁迅的《铸剑》，我从大哥放在家里的教材里读了很多遍。

《铸剑》对我影响很深，我在鲁迅文学院读研究生时写的论文中有一篇也是谈《铸剑》的，因为我觉得这部小说包含了现代小说的所有因素，什么荒诞呀黑色幽默呀暴力呀，那种戏谑感，还有恶作剧。《铸剑》是非常丰富的一部小说，也有神秘主义的东西，像黑衣人唱的歌。再一个，我觉得这部小说是鲁迅的精神自传。鲁迅当时精神上极其苦闷，无以言表，我想和他的家庭矛盾有关系……我觉得可能很多话是在发泄兄弟失和之后他满腹的委屈，但是不好说自己的弟弟、弟媳妇，家丑不可外扬。在《铸剑》里完全可以看到当年周氏兄弟闹了矛盾的后遗症。

木叶：这个蛮有意思的。其实不止《故事新编》，鲁迅的作品非常有先锋性，在当时世界的文学格局里都有先锋性。

莫言：二三十年代的时候，世界上有没有这样写小说的？俄罗斯应该还是有的，是吧，俄罗斯像布尔加科夫，《大师与玛格丽特》。还有安德烈耶夫，鲁迅喜欢的，翻译过他的小说。

鲁迅在中国现代文学里是非常超前的。我看其他的作家那个时候还没有这样写作过。

木叶：有一些论者认为莫言是先锋作家，另有些人认为不是。但我认为无论当初读《欢乐》呀《透明的红萝卜》呀，先锋意味非常强的。而今怎么看先锋以及80年代中期那一段文学的突进？

莫言：写作者写的时候不会去考虑自己到底写了一个先锋小说还是寻根小说，当然，一批作家在某一个共同的时期，写出了有类似风格的作品，有没有必然性？肯定有，肯定和社会的发展、内外的环境有关系，但是写作者本人未必能够意识到。谁都是先写作，出了作品，然后才被批评家总结出这样那样的流派来。很少作家先举旗喊出一个口号来，然后根据口号写作。“寻根文学”实际上也是一种不约而同，并不是说韩少功提出了《文学的根》之后，大家才去写的。

中国作家写的东西谁能够离开中华文化这个根呢？谁能够离开自己的经验和生活呢？既然要按照个人的经验和生活来写作，自然就跟中华文化有密切的关系。根，实际上也没有必要强调，当然这么一强调，大家有一种主观上更加明确的追求。

木叶：关于先锋写作呢？那时《人民文学》和《收获》等都在重推。

莫言：我想先锋的口号在我写作的85、86年时还不是特别响亮。1986、1987年，余华、苏童、格非、孙甘露这一批人出来的时候，先锋文学才叫得响亮。为什么有的评论家没有把我划到先锋文学，就是在于我比余华、苏童、孙甘露他们早出道了大概一两年，他们应该是在1987年的时候，《收获》程永新他们集中地发了一批具有这种风格的作品。然后就形成了先锋文学的浪潮。

木叶：很早你就写过要远离马尔克斯和福克纳那“两座灼热的高炉”（《两座灼热的高炉》，《世界文学》1986年第3期）。

莫言：80 年代开始，一大批西方文学作品被翻译到中国来。从 50 年代到 80 年代这三十年，中国作家对西方文学了解甚少，尽管一些内部刊物有片断的介绍，但大多数西方代表性作家和重要作品，我们是不知道的。80 年代翻译过来，大家确实一下子感到眼花缭乱了，纷纷阅读，不仅仅是你刚才讲的福克纳、马尔克斯、博尔赫斯，还有乔伊斯、劳伦斯等很多作家，卡尔维诺晚一点，还有略萨。当然影响最大的是马尔克斯和福克纳，他们的影响超过了博尔赫斯、劳伦斯和乔伊斯，这是我本人的感受。马尔克斯也受到福克纳的影响，马尔克斯讲他的导师是福克纳。

我觉得大量阅读后，肯定会不自觉地模仿。从 86 年开始，很多作家的写作不自觉地受到了西方的影响，而且没有来得及认真消化，很多作品的借鉴痕迹过分浓重，甚至有模仿的嫌疑，而且多数注重一些表面性、技术性的东西，比如他们有的小说是一大段不加标点符号的，我们有很多作品也不加标点，这实际上是雕虫小技，很表面。

我在 1986 年写了那篇文章，实际上是一个提醒，提醒自己。当然“他山之石，可以攻玉”，西方文学给我们提供了一种借鉴的很好的样板，开阔了视野，激活了心灵，解放了思想，打破了固有的文学观念。如果我们没有清醒意识到这种跟着人家后面亦步亦趋的模仿是没有出息的话，那么，无论是对我们民族的文学还是对作家个人的创作都非常不利。因此，这个时候我们宁愿躲着它，离它远一点。

木叶：那时，中短篇的先锋性和现代性特别强，且文本成功，但我觉得长篇先锋成功的较难说，比如马原的《上下都很平坦》，评价不是很高；余华后来给人印象深的长篇其实有点向传统致敬，或者说往回走了。

莫言：现在回头来看，确实刚开始从短篇起步，像1978年1979年，到了80年代初开始就进入中篇了，张贤亮《绿化树》、张承志《黑骏马》《北方的河》、阿城《棋王》，这一批中篇异军突起，那时我想大多数作家还没有来得及沉下心来写长篇，当然也有些人在写，这些长篇现在回头来看，有的是文革期间的草稿拿出来修改，受到过去三十年文学思想的束缚。

长篇作为一种文体的兴盛，我想应该是到90年代了，当然80年代出了张炜的《古船》这样比较个别的作品。我自己也在80年代发表了长篇小说《天堂蒜薹之歌》和《十三步》。《红高粱家族》尽管是以系列中篇的方式发表，但合集之后也是一部长篇。但那时的文坛关注点不在长篇上。真正掀起长篇创作的高潮还是90年代，有一个"陕军东征"，贾平凹的《废都》，陈忠实的《白鹿原》，程海的《热爱命运》，高建群的《最后一个匈奴》，好像是五本（还有京夫的《八里情仇》)。1989年发生了政治风波，这是一个坎，之前的这种文学热潮突然堕入低谷，很多人就不写作了，很多人下海了什么的。政治和文学是紧密相连的，在中国新时期，文学上面的任何一点突破、一个事件都跟政治有密切的关系。这个时候陕西作家沉下心来悄悄进行长篇的创作，这种成功激发了全国作家的长篇创作热潮。

木叶：先锋或者说现代派，尤其以余华为代表，他们的长篇大都是“中长篇”，向传统回归的比较多，你也回归，但说到对长篇的探索性，就我的视野，你做得最充分。

莫言：因为我长中短篇几乎是同步进行的，《红高粱家族》是以长篇出版，但是是按照中篇写的，我真正意义上的第一部长篇是《天堂蒜薹之歌》，这是1987开始的，受到现实中真实事件的影响而写的，在技术上的探索有一点点，并不是特别多，有几层叙事，每一章的开头也利用了所谓的瞎子的民间演唱，当然这是我编的，但还是可以看出来当时有意识地让民间说唱的形式进入到长篇小说叙事当中去那种努力。

之后就是《十三步》，一个实验性的文本，凡是中国汉语里面能够想到的人称全部演练一遍。

木叶：先打断一下，你有一篇文章里说《十三步》是你作品里“登峰造极的”，今天还这么看吗？

莫言：在叙事的复杂性上是登峰造极的，现在还是这样。《十三步》确实是很难读的，人称变换太多了，不是按照传统现实主义按部就班讲故事。把一个故事切割得支离破碎的，《红高粱》实际上就已经很破碎了，《十三步》就更破碎了，梦境、现实、幻想、故事，掺和在一起。《酒国》继续进行文本实验。

木叶：每一部长篇都不同，每一部都有自己的一个新的点。

莫言：这个我想它一方面是出于创新的强烈的愿望。我觉得长篇小说的黄金时代应该还是19世纪，按照现实主义方式来写作，再怎么写，能写过托尔斯泰他们吗？包括我们中国《红旗谱》《红日》这样的小说，也是有成就的。我们这一代作家如果在长篇上不满足于跟在前人后面爬行的话，只有在形式上、叙事上搞一些创新，这是一个原因。第二，跟小说所要叙述的内容有关系，像《十三步》也好《酒国》也好，小说所讲述的故事极其尖锐，揭示的社会矛盾也是相当尖锐和深刻的，如果按照传统的方式写很难处理。所以从某种意义上来讲，结构就是政治。也就是说像《酒国》《十三步》这种小说，由于本身内容的挑战性、尖锐性，如果按部就班讲故事很难通过，不可能出版。假如我们利用一种叙事的技巧，既满足了长篇小说创新的心理需求，又能够使这个极具挑战性的题材顺利通过，所以这两方面的合力促使我在长篇小说写作上不断寻求创新。

木叶：还有一句话说：你可以不看我所有的作品，但你如果要了解我，应该看我的《丰乳肥臀》。

莫言：《十三步》《酒国》，还是虚拟性很大，而且也没有使用“高密东北乡”我小说的这个舞台。《酒国》写的是一个煤矿附近的一个城市，虚拟的一个城市，酒国市。《十三步》背景更模糊。《丰乳肥臀》就直接回到了高密东北乡这个我的文学舞台，或者说我的文学共和国里来。而且这个小说和许多个人的经验都有非常直接的关联。也非常明确地表述这是献给母亲的一部小说，尽管我的母亲跟小说里的母亲相差甚远，但是我母亲童年时期许多悲惨的经历和小说里的母亲有一定程度的重合。也可以说这部小说集中调动了我整个青少年时期的经验，充分利用了我真实的高密故乡的人文历史资源，比较集中地表现了我对历史、战争和建国几十年来社会变化的看法。所以它既表现了我的政治观点，也表现了我的一些哲学观念，当然也曲折地表现出了我的人生经验。

木叶： 属于“莫言文学共和国”里地标性的作品。

莫言： 篇幅比较长，内容比较庞杂，说丰富有些自我表彰，庞杂比较准确。

木叶： 后来，我发现在你在《生死疲劳》摘得“红楼梦奖”时有一个感言：“截至目前，我已经写出了十部长篇。假如我能有两本书得以流传，《生死疲劳》肯定是其中之一。因为她得了‘红楼梦奖’，更因为此书调动了我人生经验中最重要的一部分。”当真这么认为吗？何以如此？这不禁令我想起马原的断言——“一百年后如果只留下三部中国小说，不管另两部是什么，《废都》一定是其中之一。”

莫言： 一百年后的事，我们都看不到了。

木叶： 美国的葛浩文翻译过你多部作品，我问他对莫言作品的看法，他说《四十一炮》比较差。

莫言： 嗯，现在看起来，批评比较多的是这一部。我个人觉得还是有它的一些独特性，是儿童视角一次集中的演练，我看看这种人的信口开河、随口放炮，到底能够达到一种什么样的程度。（笑）这个小说有两部分，一部分虚拟了“大和尚”的历史，另一部分讲了现实生活中的故事。可能象征的地方过度了，反而难以接受。有点故弄玄虚了，很多真正高级的象征是没有象征的。就像没有意识到象征，这才是真正高妙的象征。

木叶：接着说葛浩文，他翻译了苏童的《我的帝王生涯》，还有你的《丰乳肥臀》。厄普代克在《纽约客》上有所批评，他说莫言和苏童的一个共同点："显然都能自由地运用'肉体的细节'描写关于性爱、生育、疾病、暴毙等"。

莫言：我觉得西方的很多批评家，他们往往带着一种固定的眼光来看待中国的小说，尤其在我的小说里面，他们特别注意的是暴力和性。我也认为性和暴力是我很多小说非常重要的内容，但是我觉得它并不是最重要的。就拿《丰乳肥臀》来说，我觉得这部小说最重要的还是一个民族的缩影，我写了高密东北乡这么一个乡村，还是野心激荡地希望表现出近百年来中国乡村的变化。另外，我自己最满意的还是塑造了人物，像上官金童这样具有特殊病态喜好的人物，象征性比较复杂，象征着中国知识分子与传统文明和西方文明的关系呢，还是别的？因为它的含糊和模糊，我觉得比简单的象征高级一些。

木叶：说到性和暴力，在你的小说中是不吝惜笔墨的。

莫言：我想这是中国文学的两大要素，因为文学从本质上讲是来自生活。而我感受到中国社会的现实最重要的两点，就是暴力和性。他们说我篇幅太多地去描写它们，我觉得也不是特别多。而且他们认为的很多暴力，在日常生活中，我们并没有感觉到是暴力。我们对"文革"的一些描写，对土地改革的一些描写，这就是严酷的社会现实，如果你要表现这段历史的话，这些问题都不可回避。如果要讲土地改革的话，你能回避斗地主吗？能回避枪毙人吗？如果描写战争的话，战争就是暴力行动，怎么避开呢？这是由小说的选材决定的。因为我的小说描写了大量的历史生活，所以性和暴力就不可避免进入小说。我觉得这是一个中性的评价，并不是什么尖锐的批评。而且，我看过很多翻译过来的西方文学，暴力和性实际上一点都不少，福克纳的作品里面也充斥着暴力和性。

木叶：我喜欢《檀香刑》和《丰乳肥臀》。你到底怎么看《檀香刑》？对那段历史的驾驭，我个人认为是非常成功的，也有人认为非常残酷。

莫言：《檀香刑》里暴力的东西，可能是被批评最多的。现在我也不后悔，我觉得还是应该这样来处理，因为题材本身决定了是描写暴力的。小说主人公是一个刽子手（赵甲），要表现他的内心世界的话，没有这些正面的描写是不可能实现的——刽子手在这种千万人既害怕又歧视鄙视的职业里生存——这种人是真正的社会边缘人，奇怪的边缘人，他们怎么活下去？要探讨这种人的内心世界，这种暴力的描写是完全不能回避的。

而且《檀香刑》的写作是真正受到鲁迅小说的启发。对“看客”的批评，应该是鲁迅的一大发明，鲁迅发现了中国的这种看客文化和看客心理。这种看客文化和看客心理现在依然存在。在北京街头，有一年我和同学做过一个实验，两个人趴在一个柳树桩上，装出全神贯注观察树皮的样子，一会儿我们后边就围了几十个人，看什么呢？看什么呢？实际上什么都没有。

所谓看客文化，我想这也不是仅仅中国有，外国也是如此。《檀香刑》涉及看客文化，涉及中国古代刑法。实际上就是一种

“演戏”，鲁迅所解释的就是受刑者在表演，在舞台上是这样，他如果喊出来，他死得很壮烈，死得很男人，那么看客就得到了很大的精神满足。这个时候这个受刑者的罪恶，是杀人还是越货已经无关紧要，哪怕他是一个被枉杀的人他表现得很窝囊，观众也不怜悯他。哪怕这个人生前罪大恶极，人们恨不得食其肉寝其皮，但是他临死表现得很壮烈，大家会把他非罪化，当作一个“英雄”来崇拜了。但是我觉得鲁迅这个看客和受刑者的关系是缺一角的，那就是执刑者。杀人者（执刑者）、受刑者、看客，这三者构成了三角结构，我想这才是一台完整的大戏。刽子手和受刑者实际上都是在表演，他们两个人是互相配合的关系，就像相声里的捧哏和逗哏一样。《檀香刑》之所以选择一个刽子手作为主角，就是想沿着鲁迅所开辟的这个道路再往前走一点。

木叶：我还想谈谈中短篇，王安忆和张新颖有一个对话，王安忆说你最好的是中篇，中篇是最适合你的写作体积。相反，长篇有些时候有一些泥、水。

莫言：她有她的看法。我有的长篇里面确实还可以精简，《丰乳肥臀》实际上可以再删减一些部分；有的小说没有很好地展开，可以更长一些。

木叶：是哪些没有很好地展开？

莫言：《檀香刑》我觉得就没有，《檀香刑》还是受到某些政治方面的影响，描写农民对外国势力强烈的仇恨，这里面还是带着一点肯定口吻的，包括义和团运动，对铁路的盲目抵制和破坏。实际上现在用历史的眼光来看，这个也未必是很进步的。所以西方有一些读者在批评，《檀香刑》宣传了国家主义，国家主义就是排斥一切外国的东西，破除一切外国的势力，实际上是民族主义，他们叫国家主义。这个我觉得倒也是当时老百姓一种盲目的看法。实际上，我觉得还应该把这个问题好好处理一下。

《檀香刑》还是有遗憾，当然对刽子手执刑场面的描写是不是可以处理得更加艺术一点，或者说怎么样？

木叶：你曾高扬长篇的重要性，苏童很有意思，他说“短篇小说永远是正确的”。

莫言：短篇小说，确实是一种令人入迷的艺术。我也写了大量的短篇、中篇。各有特点。鲁迅曾经有很精辟的概括。苏童毫无疑问是当代中国作家里写短篇的高手，顶级高手，很好，非常好。中篇也写得非常漂亮。

木叶：他的长篇……

莫言：他的长篇，我没有特别认真地看过。《碧奴》我倒是看了，选材有些勉为其难了。我觉得一个作家不应该命题作文的。无论多么优秀的作家给他命题作文的话，他很难有真正创作的冲动。

木叶：我想作一个比较，也是评论比较多的，贾平凹、阎连科、莫言。有很长一段时间在农村，后来都居住在大城市，但是好像一直没有真正融入城市，从文本上直接体现出来。

莫言：一方面，我们这一类作家，在农村已经长成大人了，二十多岁了，然后离开，我和阎连科是当兵离开的，贾平凹是因工农兵大学生进入城市。写作最重要的还是青少年这一段的经历，青少年时期的生活是一个人创作最基础的东西。写起这样的东西来肯定得心应手，很多记忆是刻在骨头上的。尽管现在我对北京的大街小巷也是非常熟悉的，贾平凹对西安也是了如指掌，但是很难产生一种感情上的亲近感。但是，一个作家如果对城市生活没有这种故乡的感情，是不是就不可以写城市？不一定，还是可以写。这是问题的一个方面。现在看出来，确实我们这类作家写到城市生活，不如写乡村生活得心应手。第二点，我觉得也是读者和批评者的先入为主，他们理所当然地认为，你们这样的作家是不可能写好城市的，你们写出来的城市肯定是不对的。先入为主的看法会影响到阅读的客观性。

木叶：但是没想打破这种阅读的惯性思维吗？

莫言：每个人都有自己的局限性，假如说小说里需要出现城市生活的时候，我想也不会顾及任何的评论和反映，还是要写，但非要有意识地写城市生活小说来证明我也可以写这个题材，现在还没有这个想法。

木叶：有军旅身份的阎连科的作品，有不少是直抵当下军旅状况的，就是正面写军旅生活，但你直抵当下军旅的笔墨很少。

莫言：我还是有所顾忌，因为我转业到地方（《检察日报》），也就是十多年的时间。当代军旅生活确实也比较难写。当然军队也是社会的一个构成部分，地方具有的矛盾，部队也都具备，有一些矛盾甚至更加尖锐。但是让我直接描写部队的矛盾和黑暗面，我觉得很难把握。因为我实际上是长期在机关工作，机关工作的话也可以写，但我觉得还是放一下，将来有机会再写。和平时期的军旅生活，南京的朱苏进写得非常好。

木叶：嗯。不过，莫言要写肯定是不一样的。

莫言：我觉得过一段时间再说，军旅生活也一直没有引起我强烈的创作冲动，真正让我冲动的还是过去记忆中的东西，既然这些让我有强烈创作冲动的题材没有写完，也没有必要急着去写那个。当然，我也写了像《战友重逢》这样的中篇。

木叶：不光是当下军旅生活，当下社会生活也很少进入。

莫言：还是写到了，《四十一炮》写的就是当下生活。我一直还是在紧跟着时代走，《天堂蒜薹之歌》是当时真事，87 年我就写成小说了;《十三步》也是在 80 年代的时候，像教师的生活都涉及到了;《丰乳肥臀》也写到 90 年代中期的事情，比如说后来那种乳罩大卖的事；后来写《红树林》，也不成功，还是一个职业作品。

木叶：我发现，先锋作家们 80 年代以来和电影的结合非常好，至今看都是最好文本和最好导演的结合。

莫言：这个是可遇而不可求的。我也有很深刻的教训，因为我写《红高粱》的时候从来没想到过要给这个那个导演改成电影，完全是按照小说的要求来写。后来我还跟张艺谋有一个没成功的合作，就是《白棉花》，专门为张艺谋写的。由于写的时候意识到这个要改成电影，所以还是受到了很多影响，小说因素被很多电影因素给冲淡了。

木叶：小说越来越不是一个很显性的艺术，电影的影响浩瀚……生在这个盛大而诡异的时代，你最警惕的是什么？

莫言：小说家写小说时，离电影越远越好。小说是语言的艺术，不能因为故事而忘记了对语言的追求和锤炼。

木叶：有什么作品会经常重读吗？

莫言：现在有点“刘项从来不读书”的意思了。

木叶：对这个时代的文学，我想到两个特殊的名字，他们很“通俗”也很“中国”，特别想听听你怎么看待他们对于当代文学乃至文化的影响，一个是王朔，一个是金庸……

莫言：这两个人都是非凡的人物。

木叶：有无记日记的习惯？另外，能谈谈自己小说创作的原始素材主要从何而来？听闻？网络？博览？

莫言：没有记日记的习惯。素材来自各个方面，但无论多么好的素材，都必须和作家的个人经验结合后，才可能变成作品。

木叶：诗人北岛说，“除了怀旧外，我们对80年代甚至70年代必须有足够的反省，否则就不可能有什么进步”。作为一个作家，一个在山东大学带研究生的客座教授，你对于“80年代”有怎样的缅怀与反思？

莫言：从文学的意义上，我们已经把80年代称为“黄金时代”，那个时代人们还是比较政治化的，比较理想化的，在那样的环境下，文学受到重视是必然的。

木叶：那么城市化呢？再往远了问问，怎么看待中国的“崛起”？

莫言：我是反对城市化的，但这句话也很矛盾，因为我自己就住在城市里。我希望农民过上好日子，但不一定都要进城上楼。另外城市化应该是社会发展的必然结果，而不是逼迫。至于中国的崛起，我觉得泡沫很大。中国的富裕，实际上是以牺牲农民为代价的。如果让所有的农民都享受和公务员一样的医保和养老金，那中国还是一个很穷的国家。

木叶：随着引进来与走出去的交加，而今，怎么看待中国现当代文学在世界上的影响力？会不会产生一种反向的“影响的焦虑”呢？

莫言：我没有什么焦虑。慢慢来，只要是好东西，总有一天会被认识的。

木叶：最后一个问题，就是你一直强调“没有思想”的写作，但是我觉得你的“思想”是一个微妙的概念。2006年，顾彬批评中国作家缺乏思想。

莫言：我说没有思想，实际上是一种反讽。我就讨厌以思想家自居的作家，老是认为自己已经发现了什么伟大的深刻的思想，然后谈一些极其玄奥的东西。我觉得作家本质上来讲还不是以思想性取胜的，我们纵观历史上成功的作品还是以生活，以人物，以典型人物来反映一种社会生活，这才是构成一部伟大作品的基本要素。

思想性并不是作家有意识往作品里面灌的，而真正的好小说往往是形象大于思想。就是作家写的时候没有意识到这个问题，反而会真的出现一种东西。我想曹雪芹写《红楼梦》的时候没有想过那么多，后来被那么多人研究，发现那么多的思想，这才是最高的境界。假如一个作家在写的时候，对这个生活、这个人物、这个故事想得特别明白，指向性非常明确的话，很难写好。恰恰就是他朦朦胧胧地意识到这个问题里有很多看不透的模糊地带，而他把它写出来了，这样一个小说弹性巨大，有无数的可解性。假如一个小说读过一遍以后，答案非常明确，我觉得不好。有无穷无尽的可解性，这样的小说是好的。在写作的时候，作家应该尽量不要把思想搞得那么明确。

木叶：我看到不少人评价莫言是“天才”，还有人用“伟大”“大师”，我想知道你自己怎么看，或者说回首这几年自己的创作有没有什么遗憾，或者说有没有什么野心、雄心？

莫言：天才也好，大师也好，伟大也好，这些我都是不敢担当的。我和这个相距甚远，是不是可以堂而皇之地讲自己是一个作家，我想我真的有点怀疑。我这么说的话，大家肯定会觉得虚伪，但这是我内心深处一贯的真实想法。我经常开玩笑说要做一个作家，我说没想到弄假成真了。很多事情原来没想得这么复杂，而且我觉得有点浪得虚名。

野心当然还是有，这种野心我觉得也是一种本能的东西，还是希望能够继续写作啦，希望能够写出我不敢说是超越前人——文学的超越是很难很难的——就是能超越自我的，最大的挑战毕竟还是自己。说得简单一点，我还是希望能够写出几部跟我过去的小说不太一样的小说，这才无愧作家的称号。

2008 年 8 月 14 日访，2010 年莫言确认修订

残雪：零与零度

木叶： 邓小华是你的原名，我想知道，残雪和邓小华之间到底是一个什么关系？残雪这个名字挺先锋的。

残雪： 邓小华是一般的、“正常的”、家常的，残雪是笔名，从《黄泥街》一开始就叫这个，随便取的，有那个冷峻、独立的味道吧。我比较善于转换身份。

我根本就不是国内所说的那种“先锋”。我写的是拿自己做实验的文学，不是随便什么人都能搞的，需要那种特殊的天赋。我写作的状态就是很特殊的。

木叶： 你说话总是这么自信？

残雪： 我只是说实话。

木叶： 我看格非的《人面桃花》《山河入梦》，觉得他试图把一些古意的东西复活，你为什么断言他写得差？

残雪： 主要是你为什么写这个东西，你作为一个先锋去写表面的外部的历史，那能有什么创新呢？要有自己特殊的刻骨铭心的感情，他那个可以看出来没有什么东西在里面嘛，投机啊。因为没有力量深入下去，就都搞投机，回归传统，他已经多年都没有写东西了。这是大的趋势，不是他一个人。你要搞现代文学的话，要有那个发自内在的灵魂的冲动，没这个的话，搞那个花里胡哨的……

是有很多人叫好，但那些写评论的人有什么冲动呢？他们能看出什么来？他们评论作品的依据全是中国传统的，混一下啦，如今这个行当好混呢，陶醉了。

木叶：同样是先锋作家，对《兄弟》批评的声音很大……

残雪：余华他那个东西是写得不好，他写实的能力很差啦，掩饰得又不好。余华写不了当下状态，到处都是破绽，太明显了。格非那个是假借历史，装得深沉一点。

木叶：你说自己在国内受到的关注不如在国外，为什么国外比国内更理解你？是大众、批评界还是你作品本身的原因？

残雪：是批评界。文学，我说的文学是批判意义上的文学，来自西方。国外现在也没什么了不起的作品，但人家的底子在那里了，我们这里没有底子。1980年代，吴亮、程德培他们还认真地读作品，可惜他们也不搞了。后来的人越来越差了。

木叶：国内的评论你常看吗，像年轻的批评家谢有顺呢？

残雪：国内的能到手的（评论）我就看一下，还是有一定程度的关注的。谢有顺比较差吧，他艺术感觉不好，只有一点点传统的老底子，上大学的时候的老底子，中国古典文学的老底子吧，也很薄。他的艺术感觉的确很粗糙。

木叶：今年日本编的《世界文学全集》，唯一入选的中国作家是你。在日本这么受关注，而在国内要说出三到五个重要作家，很多学者未必会提到残雪，对这一点你是怎么想的？

残雪：那当然了。所以我觉得我任重道远啊。在这个国家推行我的文学理念，还要有很长时间，所以我拼命锻炼身体啊，搞到底啊……我锻炼有二十五年了，每天长跑，现在半个小时，年轻的时候一个小时。（村上春树也很喜欢跑步）村上春树还可以，但不是我说的新实验文学。

木叶：那你比较关注谁呢？

残雪：有一个松浦理英子，她写一个女孩子的大拇指变成男性的生殖器了。写得很好，就叫《大拇指P的修炼时代》吧。我的评论在日本发表了，他们说中国的作家给出了自己的角度，在日本都没多少人注意到的纯文学的角度。

木叶：中国作家真正做评论家的不多，而你表现出了一种酷评的姿态。

残雪：我写过六本评论集了，国外叫我作家兼评论家啦。哪个方面顺手我就搞哪个方面，哪个方面能发挥自己的才能我就搞哪个方面，搞起来之后，发现这个方面也有才能，就是贯彻我的艺术的主张吧。

国内对于卡夫卡和博尔赫斯从来没有人讲在点子上！读卡夫卡，我就是把艺术本身作为独立的东西来看，不是从社会学等表面去牵强附会地解释。所谓艺术的规律就是人性的规律，人性就两个东西，一个是原始的创造力，一个是高贵的理性，这两个东西之间有斗争，有矛盾。把艺术看成艺术来评论，这种不仅在中国缺，在世界上都缺。

《变形记》不够成熟，卡夫卡是那种爆发型的天才，我的才能不是爆发型的，而是几千年压抑的产物。我不像卡夫卡他们一样，灵感来了半夜里起来把它写出来，我就像农民种田一样，每天去搞一点啊。无论写小说、散文还是评论，它总在那里，已经压了几千年了，非常完整。这是中国人才有的统一的力量。

木叶：难听的说法认为，再怎么搞还是在玩人家西方人玩剩下的东西？

残雪：我的作品不是给这样的人看的，是给水平更高的读者看的。我创造性的东西已得到世界的公认了。自从我找出了艺术的规律之后，作家都逃不了我的眼睛，一看就能分出谁是一流的作家，谁是差的，就像特异功能一样。一流的有卡夫卡、卡尔维诺、品钦、博尔赫斯、塞万提斯，有圣埃克苏佩里的部分作品，还有早期的但丁、莎士比亚、歌德，以及《圣经》的一些故事。现在在世界流行的现代派，大都是二三流。

木叶：没有女的？

残雪：可能是历史的原因吧，伍尔夫我也曾很喜欢过，她差那么一点点吧。你提到张爱玲，我不想多谈。

木叶：在《残雪文学观》这本书里，你指名道姓地批评当代作家，王蒙、王安忆、余华、格非等，有没有人通过什么方式跟你沟通？

残雪：都一点反应也没有。假如你诚恳的话就应该去考虑人家的意见嘛，不能因为人家提得尖锐你就……我本来也没想过要他们说话，写这些东西主要是对读者负责，自己有一点义务感和责任感。作为内行，要把一些真相告诉读者，管人家听不听呢。因为唱赞歌已经这么多年了，完全没有不同的意见。

格非在报上有一点回应，等于没有回应，就是说要经受得起历史考验。

木叶：这时候你是否很失落？

残雪：没有，这我早就料到了。我以前提出自己的意见也是没有收到一点回应。我已经习惯这种状况了。

木叶：我喜欢贾平凹，还想知道你对大江健三郎推崇的莫言怎么看？

残雪：贾平凹80年代的我看过一些，有好的有差的，后来的没怎么看，《废都》看了一下，感觉还是士大夫习气吧，没有追求的文学，批判性也是很有限的，没有什么宗教感。莫言的一些中短篇好。他也有问题，跟大家一样的问题，向西方学得不够，就回归传统了。

木叶：发表了这么多评论，会不会言多必失？

残雪：几乎没有失的情况，从自己的一贯性出发嘛。我的写作都是冲动，有感而发。我五十四岁了，没有一个作家观念的整体性像我这么强。

木叶：有很强的残雪风格了？

残雪：那还用说，那还用说，哈哈。我现在的创作正处于最高峰的时候，国外也这么看，美国出版的我的作品很多都是近作。我现在还在成长。

木叶：你的短篇像《陨石山》，我非常喜欢，但读长篇《突围表演》就缺乏快感。

残雪：可能跟气质有关。那也是一个阶段性的标志作品。这个作品排斥读者，读者耐不了那个烦，还很可能以一种社会学的角度来看，实际上那些人物全是内部的……我希望有天才的读者出现。

木叶：问题是能有多少"天才的读者"？

残雪：我做了很多工作。我对西方经典的阐释就是为了这个目的。读者掌握了文学生成的规律，会好一些。我潜意识里还是希望有更多人接受的。我的小说肯定不是给大众看的，但是小众也不是都能进来的。像吴亮也主要喜欢我的中短篇，我也看重他的感觉。我还没写完的长篇《边疆》应该是最成熟的，也可能最难看懂。

木叶：近年先锋作家的转变可能也有让更多人容易接受的考虑。

残雪：一方面有经济效益，另一方面主要是上不去了。西方的东西对于土生土长的中国人来说确实难学，难学就只能回归了，像格非就去搞历史感悟了。太可笑了，文学就是文学，搞什么历史感悟。那不是什么文学，误入歧途。

木叶：但格非的出发点可能跟你说的并不一样……有的作家干脆不写了，譬如阿城，我很欣赏他。有没有可能既先锋又传统……

残雪：阿城那个东西不可能发展的，今天单靠传统你怎么能发展呢？已经历史证明了呀。抱残守缺，不可能发展，需要一种文化来反观它。没有他的土壤了，他的理念今天行不通了。

木叶：也有人批评说，残雪的语言不够美。

残雪：那还是指遣词造句吧，我追求的语言跟他们是完全相反的。我根本不管遣词造句，我关心语言的层次，语言的层次就是精神的层次，这在国际上都是最新的。一定要找到一个混沌的暗示性的东西，向语言的原始性靠近。因为世俗语言就是一个重复的东西，大家都在用嘛，已经走到它初衷的反面了。遣词造句再老练也不会有什么发展了，有时反而令人生厌，比如阿城的《遍地风流》。要把那种零度的东西重新揭示出来。外国人就是说我的语言美，批评我的那些人所说的“美”还是现实主义的那种浅层次的美，很表面的。也有很多中国读者说我的语言美，这个方面我比较高明吧，因为第一次自觉地将现代性带到了中国语言里面。

木叶：一种断言是，文学史上有了博尔赫斯就不会有马原，那么残雪的不可替代性在哪里？

残雪：相对于卡夫卡，我是另一个极端。对自己很清醒，文化的底蕴不同，这也是中国文化的优势，几千年的老谋深算熬出来的。压抑产生了一个巨大的潜意识库，我们中国文化是一个巨大的潜意识库，一旦拿了西方工具来开拓，用不完，这就是我们相较西方经典作家的优势。但是你不用西方的工具去开拓，它就是一个零，一个无。

木叶：为什么非要用西方的工具？

残雪：本来就是西方的。我说的“真正作为人的文学”是从西方来的，从“五四”开始，从鲁迅才有了自我矛盾、自我批判的东西。这种东西《红楼梦》里也没有，这部小说虽好，其世界观却是颓废的，是虚无主义的。只有中国文化才虚无。

我的作品每个都不虚无，每个人都是顽强的，抵抗的。

木叶：要这么说，卡夫卡也虚无吧？

残雪：不虚无。K到最后一刻还要表演一下的，作者他自己把自己都判死刑了，还在挣扎。他才不是虚无的，尤其是《城堡》，有着非常积极的生活态度。《等待戈多》的作者贝克特，也是非常热爱生命的。但是，西方人要看《红楼梦》。那是另外一个问题，我一直强调这部小说不是不好，而是不够好，我们处在中国这个文化之内，只有批判了才能前进。

卡夫卡没用希伯来语写作，而是用自己独有的冗长拗口的、逻辑性极强的小说语言将德语发展到一个新高度。博尔赫斯更说他的传统就是整个西方。

木叶：看似反传统，你骨子里可能很爱传统。

残雪：日本朋友近藤直子就说嘛，往往是那些不跟自己的传统妥协的人、批判传统的那些人，才可能是真正爱传统的。表面上说传统好的那些人，无所谓爱和恨，是稀里糊涂的。

木叶：我还要先问一下，你为什么不写城市？

残雪：写得少，不过也写，但是小城市，如《边疆》，写的是边疆小城。我潜意识里就是一个边缘人，既不能脱离人群，又对人群厌恶。我不写外部，只关心人的内心和精神的规律。

那种把文学分成农村和城市题材的（做法），很可笑。

木叶：你对当下或时尚也很少关注，多年这么写下来，是否觉得自己离生活远了？至少你的作品总感觉离当下人的生活远。

残雪：我的作品没有时间性，不是写外部的时间，而是写时间本身。我是离生活最近的人。那些说我离生活远的人，是因为他们对有精神的生活特别陌生吧。这是我们民族最可悲的特点。

2007 年 7 月

余华：我又成了文坛新人

上篇

木叶：作为一名小说家，对于从三十五岁到四十五岁的这种“停顿”，不后悔吗？

余华：从合理地分配年龄来说，确实犯了一个错误。随笔对身体状况和记忆力的要求不高，而长篇小说要求高。不过也没什么后悔，我没到七十五岁，还能弥补吧。

灵感是写的时候才来的，不写它永远不会来。写《兄弟》时灵感非常踊跃，所以才写得那么长。

木叶：十年了只是先亮出“半部小说”，是否太急于证明自己的才华——余华没有江郎才尽。

余华：上部有自己的完整性，单单上部也绝对不会在前边三部小说之下。而且，光上部已是我最长的小说了。实际还有一个原因，是出版社为了迎接上海书展，希望拿出一本受关注的书来……

木叶：我发现《兄弟》写作前后你一再提到狄更斯……

余华：还有陀思妥耶夫斯基。整体上来说，19世纪作家的叙事强度高于20世纪的。我说的“强度叙述”就是把那些情绪、细部写得更饱满，可能以前几千字就解决的问题，现在用几万字，且不能有废话。“强度叙述”并不是指描写细腻，它在阅读时是始终高昂的，《红楼梦》有起伏，而整体上比较舒缓，笔触平均，不像陀思妥耶夫斯基的《罪与罚》和狄更斯的作品。“聪明的方法”是写到关键时没有能力就绕开了，这样的小说比较多。“强度叙述”在中国古典小说里我还没发现，如果说当代有的话是在莫言那里。“强度叙述”就像国家的综合国力，要求你各方面能力都跟上来。

木叶：有人批评《活着》不断地写灾难与死亡，给人以编的痕迹，所谓匠气。这部写异姓兄弟的复杂故事是否也会有类似问题？

余华：我想没有。《活着》主要是一个老人在讲述，讲得快，很多地方点到为止，交代得更充分的话就不会有这种（编和匠气）想法了。《兄弟》的每一个转折都很充分，没有匠气。

木叶：你说《兄弟》在写法上独特之处主要是叙述的强度增加了，所谓“正面强攻”。那么，对于小说本体、形式有什么新探索呢？

余华：这个问题对我来说已经不存在了，对刚写小说的年轻人可能会有。对于一个写了二十多年的人来说依然是问题的话，他还是不要写了！因为那是一个技巧问题，等于你刚开始学木工时要学手艺一样，二十年后则该研究产品了。

不是我不注重，现在我们文学也不太注重这个了。那是20世纪文学的一个特征，走上了形式主义的道路，许多形式主义的作家现在不是被遗忘就是逐步被遗忘。因为小说最根本的就是故事和里面的人物，你不能说我把大海变成天空——大海变来变去还是大海！这是根本的。只不过我是在好望角看大海，还是在旧金山或海南岛看，方式不同而已。19世纪比较时髦的是在好望角看，20世纪在旧金山看，我们中国是在海南岛看就妄自菲薄，那个不对！

木叶：看来似乎你这个先锋派作家对先锋的说法不屑一顾了？

余华：先锋不知该怎么理解，假如用法国“新小说”来理解，这样的文学也差不多寿终正寝了。克劳德·西蒙刚过世，他的《弗兰德公路》一开始我就怀疑，他把语言堆得跟垃圾一样多……不要以为得诺贝尔奖就如何，它一塌糊涂，还有他的那个《农事诗》。

木叶：这种话似乎不像余华说的？

余华：就是我说的！我一直觉得“新小说”不怎么的，有人老说我受“新小说”的影响，其实“新小说”作家和20世纪那些伟大的作家有本质的区别。像普鲁斯特那种音乐一样流淌的叙述在“新小说”中是没有的，再看看卡夫卡、福克纳和马尔克斯……这样的作家是20世纪伟大的作家，而“新小说”就是一个时髦的东西且现在已经过了，在法国、美国对“新小说”

也都一副不屑一顾的神态。还有像乔伊斯的《尤利西斯》可能也不是那么好读，但他对细部的描述、对行为的观察细致入微，譬如他写一个人从马车上下来是三个动作，车门有点坏了，那人先是推了一下，再用胳膊肘撞一下，又撞不开，结果用脚啪一下踹开，那种细节在《弗兰德公路》里根本没有。

木叶：上次采访李欧梵，他说“伟大的美国小说”的提法过时了，他对哈金“伟大的中国小说”也持不同看法，你认为呢？

余华：我是从一个作家的角度去理解的，当一个人怀着这样的理想去写未必就能写出来，但怀着和不怀着这样的理想是不一样的。哈金的意思是写作要带着什么态度，不是指结果，而是过程。我写的时候是怀有这种态度的，但小说的命运最终由读者说了算。

木叶：有没有感到来自年轻一代的挑战，譬如写有《十八岁给我一个姑娘》风头正劲的冯唐。

余华：没觉得有什么挑战。世界那么大，中国那么大，作家多一个少一个不会影响就业状况的。不像银行行长，行长不下台，几个副行长急死了，于是希望他调走，最好犯生活错误或贪污腐化什么的。而中国的作家再增加一千个、一万个，对中国 GDP 也不会有什么影响。读者不会因为出来别的作家就不买你的书，除非他对你写的东西失望了。

木叶：还看到你一个妙论：读完大仲马，再读 J.K. 罗琳，孩子会更喜欢大仲马的。

余华：我认为马尔克斯是在世的最伟大的作家之一。克林顿在当总统时曾请马尔克斯去白宫，让他在全世界文学里举出一本最了不起的，马尔克斯不假思索地选择了《基督山伯爵》，这本书是非常伟大的。不要以为读不下去的才是文学……

木叶：这是否表示你转向对文学好看性或娱乐性的关注了？

余华：吸引人是文学最重要的一个特性，不过娱乐性就难说了，色情的也娱乐啊。文学要引人入胜，勾起无限感受，并能从中发现自己的东西。

木叶：对于有"中国大仲马"之称的金庸，又怎么看呢？

余华：金庸的作品我也是一拿起来就放不下。但大仲马更宽广，写的是历史小说；金庸是武侠，虚构的。金庸更接近罗琳，不过金庸很难被替代，罗琳则容易被替代——她已到顶峰了。反正根据我儿子的阅读，《哈利·波特》五不如四，对现在的第六部他也不抱什么希望。我儿子说罗琳一、二、三（部）还行，四、五（部）就在重复自己了。我的儿子十二岁了，他在看《卓别林自传》，那种喜爱也超过《哈利·波特》……永远不要低估小孩的智慧。

2005 年 7 月

下篇

木叶：小说分上下部（或多部）出版不乏先例，不过，万一修改下部时想再改一下上部怎么办？就像换衣服往往不能只是换下身而不搭配着考虑上身吧，的确已有人觉得上下部的风格也不统一。

余华：记得马尔克斯说过，给我半年我会把小说修改得好一些，再给半年会更好，但永远是有缺陷的。上下部不一样，那是因为所写的时代不一样了。

木叶：是否有意在给同时代的人书写历史呢？你多次受访时提到自己读这部小说也流了泪，但有论者认为在艺术面前泪水是“可疑的”，甚至可能是为了煽情。

余华：小说里的兄弟和我年龄是差不多，但还真没想过要给同时代人写历史什么的。有记者说自己读时流了泪，我便说我也流了泪，说这话是有语境的。我当然知道不能简单以流泪与否来评判作品好坏。

木叶：你对女性的描写，如李兰和林红，还是显得不够丰满，不过有报道说你对宋钢和林红的爱情描写很满意……

余华：这部小说毕竟写的是兄弟，下笔总要有主次，另外女作家往往会更擅长写女性些，男作家更会写男性些吧。我说觉得自己会写爱情了，主要指的是这回是我第一次写初恋，感觉还是比较成功的。

木叶：在写法上，一些人觉得下部比上部变化还大，甚至有着“闹剧”的色彩？

余华：余华也可以变化啊，再说，闹剧有什么不好？今天这个时代本身就有着闹剧的色彩。

木叶：一些读者和评论者的问题是，这种“漫画式”的描写看上去并不舒服。

余华：这样的人太多了……这二十年来就是“漫画”！我喜欢李光头这个人，并不是赞成他的言行。但现实中的人有自己的言行，虚构中的人也有自己的言行。今天的社会充满了荒诞和超现实，我的小说是把这些集中了起来，不是夸张！这样写是为了回到现实。譬如李光头从日本弄来垃圾西装3567吨，不可能像小说中写的那样全国群众都穿上这些西装，但80年代的确有着一个中山装迅速变成西装的过程，80年代在物质上多么崇洋媚外啊。小说里写了“处美人大赛”，我以为是李光头的发明，但有位记者跟我说到了当地的一个选美，其中一个参赛要求竟然是要有医院开具的“处女证明”，我阴差阳错地给碰上了，生活中类似的荒诞比赛已经层出不穷了！

木叶：你自称这部小说是“强度叙述”，且“没有废话”，但似乎语言缺乏真正的密度和当初那种质地，人们起疑了。

余华：我自己感觉没有废话，每个读者有自己的角度阅读并得出结论。读者都是从自己的情感、经历阅读一本书，有喜欢就有不喜欢的，两个人喜欢的地方可能有差异，所不喜欢的也会有差异。至于质地，每部小说的文字都是不一样的。今天这个时代好就好在没有什么权威了，不会因为谁的一句话就大家都如何如何。大部分愚昧就是产生在权威盛行的时代，现在一个个的人觉醒了。

木叶：批评家李敬泽认为你不善于处理人类复杂的经验，

沧桑历史被简化成了善与恶的斗争……

余华：“人类复杂的经验”这种说法属于大话，太宽泛。米兰·昆德拉就嘲笑过批评家喜欢用大词，使得你没办法证明其正确，也没办法证明其错误。一部小说怎么能表达人类复杂的经验呢？我甚至觉得全世界的小说都表达不出世界那么复杂的东西，世界和生活本身才是真正复杂的！托尔斯泰的《安娜·卡列尼娜》你可以说是复杂的，也可以说是简单的。简单和复杂有时就是一个问题。鲁迅一辈子也没写过长篇，但我从他的小说里读出了复杂，而有些复杂的小说其实很简单。将善恶“模糊”了，能写出伟大作品，将善恶“明确”了也有写出伟大作品的。

木叶：前几天见面时，你说最早评论你的文章自己看了多少多少遍，但后来的评论就不大看了？

余华：那是张新颖，当时他还是一个大学生吧，我看了得有三十多遍，如果现在他写了批评文字我还是会看的，但说实在的，有些批评家的文章就未必了。批评家其实也是一个读者，有着自己的趣味，只不过平台大些。譬如有人说把父亲宋凡平写得太完美了，不好，但又有人觉得当代小说中就是需要这种完美。

我自己也觉得宋凡平确实是完美的，但他的完美决不是“文革”年代作品里的那种“高大全”。当代文学批评是最吃力不讨好也最值得同情的。我们中国，批评家跟作家的关系算非常友好的，福克纳、海明威和当时的批评家关系都不大好，像海明威经常骂批评家。马尔克斯跟批评家的关系也不怎么样。

在中国，作家和批评家都成了“统一战线”了，而在国外就像几十年前国共间的关系似的。在中国，一群作家和批评家开会，年年都开，真是多；在外国，我常见到作家一提批评家就立马大拇指朝下……

木叶： 有个批评意见认为，小说中对“文革”的描写流于表面化，一方面令经历过那段历史的人觉得不准确或也就那么回事，另一方面令未经历那段历史的人觉得是个传奇，失真了。

余华： 这话听起来有道理，但事实上未必。你到网上去看看，很多经历过的人也是认同我的描写的；七八十年代出生的人也大量留言表示他们的父母说“文革”就是这样的，当然也有人说不是这样。

对于那段历史，有人写家庭里人与人的背叛、反目和相互揭发，但这样的事情不过1%，大家觉得普通可能是因为这些事多发生在名人、文化人身上，且大多写成了文章，大部分的家庭不是这样，譬如我的父母当时说什么事时就不让我们听到，是为了保护我们。我小学同学的父亲的成分也就是中农，硬是给划成了地主，打得浑身血淋淋，直吐血，他拉着我的那个同学在路上走，脸是肿的，但是笑着跟孩子说话。后来，他为了保护家人投井自杀。所以，我写的是“文革”中一个家庭的团结。

木叶： 但是，已有人不喜欢现在这样写作的余华了……

余华： 我写《活着》《许三观卖血记》时便失去了以前的

一些读者，但失去旧读者的同时会赢得新读者，有人就是读了《兄弟》才开始喜欢我，并没读过我以前的作品。我感觉自己又成了80年代的文学新人，在当时的先锋时代，喜欢的人真喜欢，不喜欢的人真的不喜欢，当时只有少部分人接受马原、苏童、格非、孙甘露、叶兆言等。如今两个极端又都出现了。

木叶：一位网友有一种奇特的担心，觉得《兄弟》会不会像陈凯歌的《无极》，都是高期待、高解读、高议论，甚至可能都会是“浮华”的！小说里那个“屁股”会不会变成“馒头”？

余华：这部小说最终将如何，需要时间的考验，如果明年就被人忘了，那就是批评的人说对了；如果过了五十年还有人看，那就是作品走出自己的道路来了。我有着一个不断被批评的“历史”，《兄弟》上部出来后又有了一个集中被批评的“现实”，批评不会影响我的写作，我不在乎批评……作品好坏要看时间。

木叶：你现在四处签售，作品畅销得很，但古人云“文章憎命达”，你怎么看呢？

余华：其实，说到底每个作家都希望他的书有更多的读者，但一本书的发行量的确是不能说明其质的。也有人为现在的我感到欢欣鼓舞，但是我本人觉得挺难过的。为什么呢？人家哥伦比亚才一千万人口，《百年孤独》上市后居然卖出了一百万册，十人里就有一人买了——当时马尔克斯还没得诺贝尔奖呢。我的书才卖了四十万册，而中国的人口是十三四亿啊！

在美国，菲利普·罗斯的《反美阴谋》卖得很好，哈金的作品也能卖几十万册，我的才一万多。我觉得我这种数量级的畅销在中国这么大的国家不足以说明什么，也不应受到什么指责。

木叶：以自己的经验谈谈在国外签售是什么样子的吧。

余华：法国和意大利好像没这种习惯，德国有。美国的书店里几乎天天有作家在朗诵、签售。像获诺贝尔文学奖的库切快七十了还去朗诵、签售。托尼·莫里森在纽约签售时，先是二十分钟的朗诵然后才是签售。在我国“朗诵＋签售”还不大有……海明威签售时特认真，特谦虚。芝加哥一个书店的老板特牛逼，因为好多牛人来过这里。纳博科夫到来前的一天，老板做了个梦，梦里纳博科夫签到一半拉肚子要去厕所，他肚皮大，上完厕所突然从楼上踩空掉了下来，所以老板绝对不让纳博科夫上楼上厕所。纳博科夫每签完一本书，要跟读者握一下手，还要鞠一个躬。真厉害。大江健三郎当年来北京签售，用的是毛笔，写的是书法，他签一本书的时间我能签二三十本。人太多，时间太长，最后大家硬是把大江健三郎架走了，老人后来不断念叨“我太对不起中国读者了”。

我一直怀疑那些对读者不真诚的作家。巴金有一句话叫“把心交给读者”，写了二十多年我终于理解了，作家的自信和力量就是来自读者。巴老的话简单，但是真理往往就是在陈词滥调里。

木叶：你很善于讲话，这使我想起有网友说你现在说得比写得好，自我解释太多了……

余华：我知道有读者不耐烦了，但其实有记者来问我才说，我是被动的，没人问就不说。你这么看就简单了。作品会走出自己的路，作者也会走出自己的路。

2006年3月

附录：

谁为死去的见证者作见证——余华《第七天》

一

她走近两步，放低了声音，极秘密似的切切的说，“一个人死了之后，究竟有没有魂灵的？”

…………

“也许有罢，——我想。”我于是吞吞吐吐的说。

因为《第七天》，想起《祝福》里的对话。有几个问题，两者均有涉及：贫与富，死后有没有魂灵，地狱存在与否，为什么不幸总是成功到来。余华是否在回应鲁迅等先行者，这并不重要，重要的是在祥林嫂之前就已有无数人这么问过，之后还会有，而“我”的困惑，也远非一个时代一个（准）知识分子的困惑。

我隐隐在期待一种小说，既有先锋的皮囊，又能像孙悟空般钻进时代这只老妖肚子里闯荡。《第七天》遭到劈头盖脸的“正面强攻”，而小说里，那种生死之思，那种构想，那种闯荡，冲击着我。这么写，似乎谁都能想到，却有赖于内心的强悍和实验精神；这文本，看上去很简单，实则复杂。

二

见余华引入了新闻，有些人便请出与新闻有关的几部世界名著。在审美上，人们还是有着太多的既定观念。事实上，小说之大，法无定法。有的经典，如《红与黑》，是把一个新闻性的事件作为灵感源头，深层次展开，虚构与升华。从余华在研讨会上的发言可见，他志不在此。《冷血》看上去更具可比性。照此思路，似乎余华应瞄准一个新闻事件，写下去，穷尽它，才算“正确”。而这仿佛要求一个写过《许三观卖血记》的人，再写一部“伍超卖肾记”，真写了，他本人不会满足，可爱的读者怕也另有说辞。更重要的是，当代中国已然一个世界级文本，曾在时代浪尖上的李光头如果归来，才几年的光景，他可能也要慨叹，并刷新自己的思维了。就文本来看，余华是把源自社会的一系列事件集束性地回敬给了这个社会。

作一个类比。杜鲁门·卡波特创作《冷血》的方法，仿佛安格尔画《泉》，是静穆丰腴一笔一画的写实之美。而《第七天》，更接近于杜尚的《泉》所开启的，以“现成品”进行艺术创作的风尚。除了将买来的小便池翻转之后，命名为《泉》并送去展览，杜尚还曾在《蒙娜丽莎》之上添了两撇小胡子。这样借助“现成品”的先锋实验，是破坏，也是开创。后来，安迪·沃霍尔等人，对于“现成品”艺术又多有发挥，在“反艺术”之上增添了新的艺术手法和建设性。他们注目于“香蕉”“格瓦拉头像”、文字和艺术文本、生产和生活用品等等社会现成品，对这一切进行复制或组合后再创作，在上面直接签名或重新命名，进而别开生面。

在音乐界，左小祖咒曾从一份重大报告中抽取一段作为歌词，谱上曲，直接唱成了摇滚。在小说界，波拉尼奥的《2666》很突出，第四部分名为“罪行”，中译本260页（比很多长篇还长），全是在以编年体的方式“列举”奸杀惨案，计一两百起。对于“罪行”的写法有人赞叹，有人吃不消，不过，波拉尼奥和余华都堪称当代先锋，一如欧仁·尤奈斯库的洞见，“所谓先锋派，就是自由”。这自由，是对文学传统、习惯趣味的逃脱，是对现实的敏感和叛逆，是一种敞开。谁不知道沿着传统经典和当代经典的路数写，或是待在自己业已被接受的风格中最是安全呢？但这二人都选择在社会事件（文字现成品）的基础上，进行极限性书写。

面对时代的喧嚣，《第七天》是一次近乎疯狂的写作，难得的是，作者的叙述不动声色。我觉得，新闻还可以更多些，要“草船借箭”就要更胆大包天，更理直气壮。

事实上，余华从不曾简单地拼贴，其先锋性是以文学洞察和个人经验为依傍。死后，李青遇见前夫杨飞，她把他遇难后掉在外面的眼珠放回眼眶，把他横在旁边的鼻子和挂在下面的下巴，一一归位，退后一步，细看，说“你现在像杨飞了”，他说“我就是杨飞”。熟悉的笑容让他们彼此相认。谈了一段，她说：“你的眼神像是在悼念我。”他说：“我们好像同时在悼念对方。”在灾难报道里，有过这样的描写吗？是作者的想象力，超越了新闻，让死者在另一世界里，拥有了一个生命本应得到的关照与温暖。

喜欢音乐的余华，很善于变奏。脱胎于杨佳袭警案的故事，就是一例。在现实中，杨佳生殖能力受损一说在一般报道中系谣言，小说则可大胆采用，易名后发挥想象。男扮女装、卖淫、上访、截访、维稳耗资惨重等，也是作者另取原型或独出心裁的虚构，更具张力与荒诞。尤为关键的是，在死后的世界里，张与李成为了好朋友，一起下棋，开玩笑，“像是双胞胎”。这进一步反讽了现实的残酷。在生活中，到底是什么把两个人推到了不共戴天的地步？

或许，在厚重与推动力上，《第七天》还有一段路可走，但我已惊喜地看到一个作家的大破大立。这是一个新媒体、全媒体、自媒体时代的文本，为后来者辟了道路，也立了台阶。

三

余华没有纠缠于灵魂的有无，而是径直写人在死后有神志（灵魂？），有行动。小说给出了别样的死后世界。有意思的是，小说没有着重写权贵和安逸离世者，而是注目于枉死者、非正常死亡者，以及更广阔的“被侮辱与被损害的人”。死亡涉及自杀、他杀、集体遇难，重病、火灾、灭口、冤狱、无妄之灾……这些人大都没有骨灰盒与墓地，迎候他们的是“死无葬身之地”。

策兰的诗句发人深省，“没人 / 为见证者 / 作见证”。现实世界的不幸总是及时、精确、成功地到来，这些时代的卑弱的亲历者、见证者，充当了时代的“牺牲”，而对于他们的见证往往是不全面、扭曲甚至残缺的，典型如李月珍和 27 个死婴，他们是怎么死的，又是怎么失踪的？他们的尊严何在？又如杨金彪，他放弃了自己的婚姻，将一个捡来的孩子养大，终因没钱，出走，病死，社会关照他了吗？就更不必说火灾中被瞒报的死者了。是“死无葬身之地”里的生活与倾听，圆满了他们的生命轨迹。也正因此，小说中多次写到死者“自己悼念自己”。就像鲁迅所言，“……历史结帐，不能像数学一般精密，写下许多小数，却只能学粗人算帐的四舍五入法门，记一笔整数。”《第七天》着墨最多的正是这些“小数”，让他们在死后拥有了“历史”。

“死无葬身之地”不同于桃花源，但也有别于天堂，也许，还可以描画得更加宏阔、深远。不过，这已是卓越的构想。在这里，没有“尸体”，也没有现实世界的龌龊、虚伪和仇恨，有的是和解与爱。“死无葬身之地”，这六个字原是先人创造的一个可怖说法，余华用作名词来容纳“永生”，是博厚，是绝望，还是反讽？

耐人寻味的是，杨飞、伍超和火灾中被瞒报的死者，生前渺小、凄惨，死后却未对强权和不公进行反抗或声讨，连倾诉与省思也是平缓的。书中还不止一次写到，养父杨金彪告诉儿子和后来的人，只能在普通区域候烧，不能越位到贵宾区，大家也未表示异议。他们将带着这样的思维，走向“死无葬身之地”。在那里，石头会向你微笑，人人死而平等。然而，他们将失去血肉，失去体温，饮食也不是真的，更重要的是，这并非一个彻底解决了问题的所在，在抵达之前，没有经过任何意义上的“末日审判”。或许，作者也未必认为可以一劳永逸地解决一切问题。就此而言，这是个近乎透明的时空，清浅的时空，使得“受难”有了终局，有了一种释然与平静，却也并未对那些造成苦难的根子，给出决绝的审判和处置。进一步而言，它拥有的只是一种“无能的力量”（崔健语），更多的是一种见证，一种安慰，一种有限的美好，而不是终极性的伸张和美好。

较之《祝福》，“我”的一双眼睛在打量着祥林嫂，另有很多眼睛也在注视着她，她是一个“被看见”“被言说”的人。而在《第七天》里，同样是“被侮辱与被损害的人”，同样是一个“小数”，杨飞本人在看并看见了太多。又比如《神曲》，但丁是由维吉尔引领着走过地狱和炼狱，又由贝雅特丽齐引领着走在天堂，《第七天》里没有这样的引领者，不过，也可以说，作为虚构人物的杨飞，就是作者的引领者，作者默默地信赖杨飞的所见所闻，信赖他的良善与公正，信赖他的叙述，同时，杨飞也信赖他所遇到的每一个人，以及他们的爱、回忆和转述。是他们的所遇所思所言所行，温暖了这个小小的死后世界。杨飞

“叙事”的过程，也就是作者（和读者）见证的过程。“死无葬身之地”究竟是由“谁”所创？不太清楚。起初，它是由刘梅指给杨飞，结尾又由杨飞指给伍超。刘梅和杨飞这样的“小数”在此暂行了命名权，而更多的“小数”在此拥有了死后的“生活”。这是否折射出他们被压抑的不自觉的创世冲动？没办法，现实凶猛。就结果而言，“死无葬身之地”乃至整个“死托邦”的故事，似乎可以看作一个“创世记”，只不过它是从死亡开始创世，它不彻底，它是被侮辱与被损害者所见证的“创世记”，它最打动人的不是有多么了不起的新生的力量、变革的力量，而是一种“无能”，一种“无用”。

相对于引入新闻时的大开大阖，在处理死后世界时，先锋余华是审慎的。那些透明的、清浅的存在，那些无能的力量，那些文学意义上的见证，是渺小的也可能是浩大的，是柔弱的也可能是尖锐的，是无用的也可能是意味深长的。

2013 年 7 月

苏童：一个漫长而简洁的仪式

木叶：在长篇小说《碧奴》中，你不仅把孟姜女改成了碧奴，其他很多人名地名也虚化了，这种创作上的自由是否也是一种冒险呢？

苏童：这个延续了我一贯的做法，我以前很多小说的地点和时间基本上都是模糊的。这部小说在我所有创作当中原有信息是最清楚的，在我看来就更有理由模糊了。说白了，可能只有哭长城、千里送寒衣、孟姜女是葫芦变的这几点是和民间神话传说相吻合的……

木叶：为什么没有写当初碧奴和岂梁间的恩爱，也极少正面描写岂梁其人，就直接写碧奴千里送寒衣呢？

苏童：我一开始就没想把这个小说写成两个或两个以上主要人物，就想用一种最简单的叙述结构，也就是说一个人唱戏，其他的人都是绿叶。岂梁可以说是碧奴生活中要追逐的一片云，若有若无的一片云，我不想多作描写，干脆就让他们的恩爱变成一个大家都知道的背景。再说，我并不认为必须要交代他们多么恩爱才会有她千里送寒衣这么一个动作，不交代也是可以理解的。

木叶：但一上来就说碧奴如何如何执著，似乎缺乏思想基础和心理转变？

苏童：你没察觉我也一直在写碧奴在放弃吗？譬如女巫曾有个关于死的预言，所以碧奴后来感觉自己要死了，立刻就有了一种解脱感……

木叶：但是那种命运推着她往前走的感觉不够强……

苏童：我在写的就是一个乌托邦的事情，乌托邦的爱情。碧奴这个行为某种意义上具有一种不可理喻性，不能用常态来理解……我觉得碧奴身上不应该有常人的辩证法。

木叶：碧奴这样的人在当代还会有吗？

苏童：这样的情感还会有的，这样的一个动作和行为恐怕是不会再有了吧。

木叶：很多背景中国人清楚，但你是否考虑过外国读者能否接受呢？“重述神话”毕竟是一个国际间合作的出版项目。

苏童：没法考虑那么清楚，我也没那样的习惯，基本上是自说自话。况且这小说也不能说是为外国人写的吧？

木叶：如果放在十年前，你会决定参与“重述神话”吗？

苏童：原来这个负责人是石涛，他跟我说时讲到若泽·萨拉马戈和玛格丽特·阿特伍德在里头写，这样我就“农民式”地接了，我就觉得那里已经有了两个好把式在种地，那我就挨着在旁边也种一块吧……就是这么一个农民心理嘛。石涛跟我说的时候根本没有谈钱。

约瑟夫·海勒，就是写《第二十二条军规》那个，他写过一个小说《上帝知道》，来自《圣经》。我没有读到过他为什么要写大卫王的原因，但的确有时作家会出于某种兴趣就创作出一部新作品，它只和一个人的创作有关，和别的无关。

木叶：评论家葛红兵反对重述神话，他认为原始思维是神话形成的基础，而原始思维不存在了，全是现代理性了，他的意思可能是认为你写起来会吃力不讨好吧。

苏童：吃力肯定是吃力的，不讨好也是可能的。像尤瑟纳尔写了很多神话，各种各样的写法。提到小说的资源，我们一直说现实生活对你的启发，那么我们能不能暂时跳离现实生活，看一看民族的神话到底对你有什么刺激，会和你产生什么互动……我觉得写作本质上不是在追索一种思维，我不是不认同葛红兵的说法，而是没想过这个说法。既然是重述神话，那核心词就是“述”这个动词，而不是“神话”那个名词。

木叶：葛红兵说你写这个小说是在浪费生命，认为你更应该去写针对现实发言的长篇。后来我又采访了学者王宏图，他认为现在写神话很难，写出来会变成神话的仿制品，而学者严锋认为现在是一个“新神话”的时代……

苏童：我是会去写那样对现实发言的小说，但这不影响我写《碧奴》。葛红兵的说法应该是善意的。一部小说不能概括我所有今后的创作，也不能破坏我以前的创作。

木叶：孟姜女这个故事的结尾几乎家喻户晓，在这种悬念缺乏的情况下你是怎么带来惊奇的？希区柯克电影《夺魂索》似乎就是这么个结构。

苏童：小说的神秘就是你不读完便不知结尾是什么，但这部小说不同，难度也就在这里。孟姜女的故事最动人心魄之处就是这个结尾，所以我不能舍弃它，结果势必就昭告天下了，既然结尾不会超出期待，过程就变得更为重要了。是有点像希区柯克的电影……

木叶：但我能读出你书写时的那种自信，你自己最得意的是哪些段落呢？

苏童：门客芹素的故事；国王死了，碧奴的泪从笼子里漫出来之后各色人等的表现；还有百春台内外的马人和鹿人等。

木叶：我看后觉得，一个女人的美丽似乎全体现在其泪水之上了……

苏童：我从来没想让人相信孟姜女是（外貌）美丽的女人，这恐怕不重要，我其实是让人相信这是一个眼泪的仪式，疯狂地哭泣的仪式，这个仪式的结尾大家知道：长城倒了。但这个仪式具体是什么样子的呢？我的小说就是在写这个漫长的仪式，孟姜女就是这个仪式的执行人。

木叶：一直在写哭泣的故事，自己写作时有没有哭出来？

苏童：谈不上。写的时候其实也是在和主人公培养感情，写的时间越长感情越深。快到大燕岭的时候看到一群女人背着石头（一定要将一块石头献给山神，这样才能保佑丈夫），碧奴也背上一块，这时我确实有一种非常痛的感觉。但是我不能说我哭，就是我哭了也不能告诉你。

木叶：同样是先锋作家，同样是推出最新作品，余华坦承在写《兄弟》时自己哭了，而你不说。

苏童：作家没必要把工作时的状态告诉读者。我觉得这是一个隐私，真的。

木叶：一见《碧奴》写了青蛙，我就开始怀疑，因为一些好莱坞、迪士尼影片会在主角旁安排一个小动物，如《花木兰》，你这么写是否落入了别人的模式？

苏童：那你觉得呢？我其实完全出于小说的结构和人物配置上的考虑，碧奴应该有一个同行的旅伴，原来是考虑让盲妇人跟着，后来越想越不对，两个人一起走，她会抢她的戏，从直觉上也觉得不好，后来就让她变成了一个幽魂，一只青蛙。

木叶：我回答你刚才的那个问题。我开始是担心的，后来变了，一是青蛙消失了很久，二是青蛙也是有使命的，碧奴是寻夫，她是寻子。

苏童：有戏我就让它出现，没戏就暂时把它轰走了，呵呵。

木叶：你早期的《1934年的逃亡》和后来的一些作品都有一种逃避、拒绝的意味，这部小说则是寻找，是否有意为之呢？

苏童：一个寻夫，一个寻子，肯定是有意安排的。我没有具体写老妇人的儿子是干什么去了，估计也是去北方修长城吧，后来又说百春台里的很多门客都可能是她的儿子，这样比较有意思。

木叶：你一直在想象并设置苦难，但故事并不显得多么丰富，看上去反而累，张力也似乎削弱了……

苏童：不断给苦难加码的这种写法，可能使小说空间失去弹性。你这个说到我心里了，对苦难的设置是可能过度了。我也考虑过另外一种写法，试图将单纯、紧张的叙述变一下。比如写到了孩子成立的一个政权的更迭，但又觉得离整个故事远了……有时非常精彩的东西并不一定能和小说形成一股合力，就删去了。

这部小说情感上的温度过于单一化，可能会给人造成一种压抑。这就牵扯到这么一个小说到底怎么写，我还是觉得我就写一个简洁的仪式吧，而不一定要延伸出别的什么。

木叶：是否想过写当下，就像《尤利西斯》源自古希腊罗马的神话，但写的是现代的事情。

苏童：曾经想过。孟姜女最感人的就是哭长城，但我怎么才能让一个现实中的女人把长城哭坏了呢？还有就是大家都想解构，而我恐怕不是对解构感兴趣，而是喜欢神话，你比如说我最初曾想过重述“大禹治水”，也是对人与水斗的那种象征意味着迷。神话和现实是天空和水的关系，互为倒映的。我说神话是飞翔的现实，这可能太抒情了，但它是事实，即便神话小说依然是对现实发言的。我对当下并不是那么感兴趣，在我看来好多神话是现实的隐喻，在营造神话空间的同时其实也就是在营造现实空间。即使是《碧奴》和现实的关系也是若即若离的，所以不存在我自我安慰、逃避现实或逃避困难……

木叶：看惯了《西游记》，再看《大话西游》就觉得别有趣味，颠覆了呀。但《碧奴》的书写不是解构也不是还原……

苏童：我不知道这种“逗乐活动”从什么时候开始变成了一个大众心理，这种“文化暴乱”变成了一种时尚。我正相反，我对读者可能不喜欢小说这一点并不警惕，我倒是比较警惕《大话西游》这一种……我只是觉得，第一这是我的小说，第二才是跟孟姜女哭长城有关系。这是我的定位。

木叶：你的《蛇为什么会飞》转向当下的现实，但不是很成功，如今你又去写古代的事了……

苏童：时间的标签不是那么重要，想不起来是谁说的，所有的时间都是对历史碎片的重复和堆砌，从这个意义上来说，时间是一贯的。所以我的小说探索的是当下还是过去，我不认为有太大的区别。

木叶：但包括对余华《兄弟》的评价也褒贬不一，众说纷纭。当代作家直接对当下的书写“公认”的成功文本很少，你怎么看?

苏童：我不认为“当下”是那么需要迫切解决的一个文学理想……

木叶：《碧奴》序言里你说，我递给孟姜女一根绳子，让她牵着我去长城。还想听听你和碧奴或孟姜女的关系。

苏童：我想我更像是孟姜女（碧奴）身下那匹马，其实是我驮着她去长城。

木叶：很多读者认为你是写女性的高手，这次又写女性了……

苏童：所谓女性写得好，在我看来也是浪得虚名。这真不是谦虚，很多文本的流传和认同可能真的跟作者没什么关系。在我的作品中写女性的还是少的，就四个中篇加这个长篇，可能是因为正好改编成电影，外界的判断被加深了……

木叶：《英雄》《夜宴》等古装的作品，很多对白容易使人笑场，电影如此，小说营造出古意也不易。但我看《碧奴》的人名、地名和气氛很有古意，你是怎么营造的？

苏童：很大程度是一种模拟。孟姜女好就好在是一个传说，我怎么想象，怎么改写它都是从民间到民间的，如果是重述历史那我永远也不会写……写《武则天》是例外，我并不喜欢，它是一次违背我天性的写作。

木叶：一直有人欣赏你的中短篇而怀疑你的长篇写作，这一部是你最长的作品吧，很自信吗？

苏童：应该是最长的吧。如果你决定写一个长篇了还在怀疑自己，几乎是没法写的。真写起来的话，自信就不是一个奢侈品而是必需品。

木叶：有没有想过谁最适合演绎碧奴？

苏童：没想过。这东西也没法拍吧，这个核心的东西是没法表达的——眼泪的仪式你觉得适合影像化吗？那干脆你投资吧……

2006年9月

附录：

被缚的宿命——苏童《黄雀记》

一

苏童有个短篇不算出名，却很有意思，讲的是儿子的脚不安定，心喜远行，他梦到父亲要把自己的脚捆起来。后来，父亲似乎真要这么做而未做。父亲过世，他看见父亲的亡灵拎着绳子说，我要把你的脚捆起来。长篇《黄雀记》里，祖父在拍照时惊呼魂儿丢了，他四处挖魂找魂，被送进精神病院后还是挖。此时，绳子应运而生，攥在孙子保润的手里，他绑了祖父。待绳子再度大显身手，缚住的是十五岁的“仙女”……看上去，小说潜伏着爱情的可能。苏童的手筋在于，绳子时松时紧，绳结花样繁多。

伍迪·艾伦说过，“爱是答案。可是当你在等答案的时候，性会提出几个很好的问题。”保润对仙女的爱意和幻想，是朦胧的。想看电影，不顺利；想跳个80年代流行的“小拉”，她不肯。后来，本是柳生强奸了她，但在收买之下，她和柳生一起让保润做了替罪羊，锒铛入狱。《黄雀记》中性提出的问题确乎“很好”，因为它足够粗暴，它的解答方式，除了粗暴，还很龌龊。

性再次发问，已是十年后，仙女回返，身份是郑老板的公关“白小姐”。后来，她和台商庞先生游欧洲，意外怀孕，他自是不爱她的。这回的答案是粗糙的。进退为难之际，她有过一闪念，把这辈子交给柳生，而他躲开了。最终，在柳生的大婚之夜，刑满释放了一段时间的保润捅死了他。

十年，正正好，青春作伴。性给爱情提的问题，身体给灵魂出的“谜语”，都没有等来完好的答案。当然，这也是灵魂在给身体、给自己出谜语，提问题。

事实上，广义的爱在小说里也是稀薄的。

小说指向或击中的东西实是不少，而若沿着笔意再往深处远处探看，你又可能不够满足。

二

真正的黄雀，“其实是这个时代，这个社会现实。”这思路，精准宏阔。不过，文本中的时代和社会现实，不是那么精准宏阔。

从书中很是紧要的井亭医院说起，院长姓乔，院里住着郑老板、康司令，还有祖父等等。仿佛代表人物可都在这了：祖父，本应颐养天年却丢了魂儿；郑老板，有钱的弄潮儿，也进了精神病院；康司令，老红军、老革命、老领导，在精神病院里同样占了一席；一院之长，也有这样那样的问题……

如此设置，清清楚楚明明白白，却也透出一种简单化或符号化的倾向。具体的描写，同样值得细思量。像郑老板，他和姐姐旗下最多时拥有二十多个洗浴中心，企业扩张，甚至买下越南两座矿山的经营权，富甲一方。一夜，郑老板闯进公安局，声称有人追杀他。“值班人员发现他浑身上下只穿了一条三角内裤，两只手腕则戴满了名贵的瑞士手表，问他为什么是这副装束，他说，来不及，来不及了。打开箱子检查，里面除了几盒避孕套，都是一捆一捆的人民币……指称杀手乔装打扮成美艳的按摩小姐，今夜就要伺机下手。”就这样，年纪轻轻，被姐姐送进了精神病院。在院中，郑老板是可以消费女色的，最嚣张时，三十位小姐来为他庆祝三十岁生日，而他的姐姐能拿着宝剑在院长办公室里逞威风。此外，乔院长让柳生在医院的水塔内为郑老板设立香火庙，请菩萨；康司令能持枪、开枪，并曾用枪指着乔院长……可怜的精神病院成了作者的实验基地，郑老板和康司令更像是被断了根、植入精神病院的奇葩景观，而不是活生生的个体。

网友吐槽，“小说中有很多情节很是别扭，还不如男一号保润打的绳结顺畅”。有记者问及，苏童坦言：“我无意再现人们眼中的现实，写实的外套下或许有一件‘表现主义’的毛衣，夸张、变形、隐喻，这些手法并不新鲜，只要符合我的叙述利益，我都用了。”写实好的，表现也好的，问题就出在，“外套”和“毛衣”结合得不很融洽。《黄雀记》有一种静悄悄的野心，大的框架是现实范儿，细节和细部的刻画亦属谨严，而那些过于戏剧性的桥段，就仿佛不速之客，虽然推动了情节，增加了可看性，但终究是一种破坏性的叙事。

另有一些情节和叙事的逻辑，也欠说服力。第一页便说祖父曾自杀，就五个字，“突然活腻了”，后来，丢了魂，作者安排他不止一次赞叹“祖国的面貌日新月异！”用意深沉而浅白，莫非社会之凶猛，真这么容易揭示？保润的母亲似乎天生狭隘，容不得祖父年年去拍照，对老公情分亦有限，最后还放弃了保润和香椿树街上的家。仙女，幼时被领养，后来被强暴，那么她是否必定走上靠身体吃饭这条路？上述角色，无不屈从于作者的意图，少有鲜活的内心流转。小说家理想远大，手段高强，但对于笔下的人物，还是要更感同身受，更体贴入微。苏童赞赏过福楼拜的伟大，“他不光是在一个单纯的平面上写人性，另外一方面，他兼顾到了社会对一个心灵的影响”。看来，对经典的研习或感佩，与自身实践还是有些距离的。

这种期许和文本、虚构和现实之间的缝隙，可能另有一些缘由。早就有人注意到宿命在苏童小说中的位置，王德威说：“苏童一辈的作者从不汲汲探求死亡之所以发生的动机。宿命成了最好的借口。”“但就算是最具有‘时代意义’的题材，也常在他笔下化为轻颦浅叹，转瞬如烟而逝。”如果说，王德威的评析，包含着对同辈尤其是先锋作家创作特点的思考，那么，葛红兵则以鲁迅等启蒙作家为参照，认为鲁迅写人物命运是注重社会原因的（有时也值得检讨），“苏童常常不能为自己笔下的人物的遭际提供一个社会性的解释，苏童笔下的人物常常是宿命的”。整体上，两个评论家颇为欣赏苏童，但他们都轻轻地点到了同一个弱项。当然，我丝毫不否认宿命是一个强力的存在，体现了人在天地间的一种根本性欠缺和走向，也促生了包括苏童小说在内的众多优秀作品，不过，在宿命之外还有看不见的手，尤其是在时代的发展空前汹涌诡异之际，对社会性因素的捕捉和处理，就尤为考验作者的思想力，以及叙事功夫。

也不是说社会因素介入了就行，而是要和叙事打成一片，并有所“焕发”。比如，香椿树街开了时髦服装店，河里漂着工业油污，上部提及邓丽君、朱明瑛和程琳，下部写到田震、那英和王菲，都更像是符号性的点缀，未能很有效地参与叙事，提升叙事。

仙女多年之后又回到伤心地，并巧遇冤家，进而故事不断。后来，她竟一度和柳生共同住进了保润家。还有就是，水塔中跳小拉，水塔中绑仙女，水塔中强奸，水塔中请菩萨，再次在水塔中和仙女（白小姐）跳舞，生产之后白小姐又住到水塔里……作者的计算过于明了，构思过于巧妙，反而在格局上矮了下去。一味凭借宿命推进小说，在中短篇里不易显出什么问题，到了长篇，则往往会暴露出局限性。写长篇是下一盘大棋，《黄雀记》更多地是在写表象与结果，没能深入挖掘社会之“根源”、繁杂之因缘。

不知是不是意识到了相关问题，小说中生出了大量的隐喻和象征。除了无数次出镜的绳子，还有蛇、小拉、兔笼、水塔、白马、莲花、天井、善人桥、手电筒、两根尸骨、红脸婴儿……无疑，有的是自然生成的，必不可少的，但隐喻或象征的纷至沓来，此起彼伏，争奇斗艳，构成了相互的消解，也磨损着现实感，未免令人觉得，是作者的思想不够清晰强大，还是取巧？

白小姐、保润和柳生的故事长达二十余万字，然而弹性和厚重度却不尽如人意。隐隐约约间，读者看到了背后的那根绳子、那只黄雀，但是绳子背后的网，黄雀背后的林木和世界，是薄弱的。事实上，这可能是苏童长篇中，最为介入当下和社会的一部，不过，还是有所不逮，未能最大限度而又微妙地瞄准大转型时期的血脉偾张与难言之隐。小说似乎还是在讲述一段久远的往事或小区域的故事，这和香椿树街以及井亭医院的规模无关，而是一种结构性的张力的匮乏。是的，作家要避免被庞然多变的现实所俘虏，但也应勇于直面时代，哪怕是有些粗粝或隐含困惑。而这一切，我想，除了当代读者，也是五龙（《米》）或颂莲（《妻妾成群》），极其想看到的吧。

有了这样的遗憾，祖父及他人的失魂，就像是旗子，挂在细细高高的杆子上，写满了象征意味（失魂的国族？），却也甚为孤寂。

三

小说里，关于谁是强奸犯的真相是被遮蔽的，纵是受害的一方，也不曾誓死捍卫名誉与自由。同时，也看不到真正的怜悯。强奸者柳生，没有真心悔过，也没有得到安宁；担负莫须有罪名的保润，决计复仇，一再延宕，到底还是出了手，等待他的是法律的惩罚。没有宽恕，没有解脱……这是另一种“活着”：一边互相伤害，一边苟且偷生，带有伤害的苟活，带有苟活的伤害。人们忍着受着，人们以暴制暴，传统的道德、现代的法制统统乏力。抑或，这正是它们发挥作用后的结果。

在此间，信仰也是混沌的，有人似乎笃信基督教，有人在想上帝和菩萨谁大，有人就知道巴结财神爷……这曾是一个最讲究人与人关系（仁）的国度，如今却不知该如何与别人相处，又如何与自己的历史相处，现世不得安生，未来不得而知。

苏童把一个问号，打在了新生儿奇异的红脸上。祖父丢了魂儿；父辈要么无能，要么自私；三个青年人都是受害者，也都是施害方，他们的青春被撕毁；徒有“怒婴”，依偎在似乎长生不老的祖父怀里，其母可能明天回来，可能永远不再回来……几乎所有人都是失败的，败给了原始的本能和现实的欲念。就书写失败而言，这是小说中最为成功之处。

此刻，我仿佛也看到有个亡灵拎着绳子，说起宿命，说起遗憾。于是，不禁联想到里尔克的诗行：

我们与之搏斗的，何等渺小，
与我们搏斗的，大而无形。

2013年9月

格非：衰世之书

木叶：和《敌人》《欲望的旗帜》相比，我感觉“江南三部曲”野心蛮大的，但是从语言、语气、语调上来讲，挺放松，咱们能不能从这里开始？

格非：我觉得你这个开头很好。从《人面桃花》到《春尽江南》是越来越日常化的，《人面桃花》行文方面还有点夹生。我希望它能够平实一些，日常化一些。因为我自己很希望真正能够驾驭日常生活。这“三部曲”就是这么一个过程，我完成了这个过程。接下来可能会做一些新的实验。这“三部曲”语言是有连贯性的，我希望它越来越朴素。

木叶：第一部是雅致；第二部可能是受制于五六十年代的那个背景，有一种“仿”的感觉；《春尽江南》就又生活化了，“放松”的过程能看得出来。这个名字我也很好奇，《人面桃花》《山河入梦》《春尽江南》，一种古典的意韵，但它遭遇了一个时代，说大变局也好，说越来越粗鄙化粗粝化也好，从书名到表达的内容，有点对峙了……

格非：这个我没有仔细想过，如果有这方面的考虑，恐怕也是无意识的。但你这么一说，我觉得你是有道理的，我不希望我要写日常生活了，就所有的都日常生活化。当然这跟“三部曲”的结构也有关系，我希望至少从书名上来讲，有一点连续性。

木叶：书名有连续性，精神的延续性也特强。我国有巴金的三部曲等，外国的三部曲非常多，你还专门提到过埃及大作家马哈富兹，他也是以三部曲著称。自己这“三部曲”，像三个珠子一样，到底怎么串连，应该也是颇费周张。

格非：是，我这个小说写了这么多年，随时会有变化，也会有很多修订，改变原来的一些意图。你说颇费周张，是这样的。我以后肯定不会再写三部曲了，这个过程给了我一个很大的教训，我没想到这个作品持续这么长的时间，也许我觉得一年一部，三年就写完了，没想到它居然牵扯了十多年的精力。

木叶：牵扯了十几年，但它的跨度是约百年，相对来讲很值得。《春尽江南》刚开始这个女主角叫李秀蓉，后来变成了庞家玉，这个转换，你当初是挺得意的还是不得已而为之？

格非：当然，这个话不应该由我来说，应该由读者去看。这个小说我是做了一些设计的，里面所有的故事都发生过两次，这是我自己写作时候的考虑，读者不一定看出来。如果认真读的话会知道所有的事情都发生过两次。设计庞家玉这个人物的时候，因为我已考虑到上世纪80年代和当前生活的区别，所以我想怎么把这两个人区分开来，当时没有办法，有的时候就很痛苦啊。后来我想到可以用两个名字，把它合理化。剩下的就很容易了，让她认识一个人，比如是公安局的，他父亲怎么怎么样，让它合理化……但是我考虑让她确实变成两个人，让这一个人变成两个人。这样一个变化实际上有两个考虑，一个就是谭端午（谭功达之子），当他和庞家玉结婚以后，他永远会想到若干年前在招隐寺的那个女孩（李秀蓉）。第二，会让读者感到这两个时代是不同的，她们分别代表两个不同的时代，其中的界限应该是是非常清楚的。

木叶：家玉找的小保姆来自安徽无为，这是一个“无”；谭端午供职的地方志办公室的“老大”叫老冯，这个知识分子的名言是：得首先成为一个无用的人，才能最终成为自己。这话是说给也算风光过的诗人谭端午听的。这两个“无”在前二十页全出现了，仿佛作者把一根绳子交到读者的手里了。

格非：嗯，冯延鹤有一些特殊的观点，但是并不能代表我的观点，我觉得成熟的读者会看到作者的意见跟老冯的不同。但老冯有一些意见也能代表作者的意见，这个很复杂。跟另外两个朋友也谈到了，我希望让小说里所有的人物来分摊作者的意见，不管这个人好坏，好人会有精彩的思想，坏人也会有精彩的思想。所有这些人物在我笔下一视同仁，他们或多或少会代表一些作者的想法。

你说的无用或者无为，是我思考的一个方面。我觉得在当今社会当中，一个个体要能接受失败、接受无为，我觉得这个已经变得特别重要了。整个社会已经停不下来，在发展主义关于成功的道路上已跑得太快了，停不下来的话就不会有自我意识的反省，就不会对自己的生活、生命进行反观，这在中国是最可怕的。小说里面有个“新人”，一代“新人”开始出现——这是老冯的想法。实际上是我自己的一个观察，我觉得社会出现了很多“新人”，这个“新人”在绿珠眼里就是“非人”。

木叶：当初读《欲望的旗帜》，就感觉里面哲学思考或精神性的探讨多。《春尽江南》里这两个“人”让我们想到，比如尼采“末人”“超人”的说法，小说的这种安排是否也对应当下人的一种焦虑？

格非：有各种各样的人，所以我把第三章的题目就定为“人的分类”，我自己也不断把人在分类。我们会把人分成各种各样的种类，但这种分类，我自己已经感到一个非常重要的问题。小说里面我也写到布莱希特，我特别喜欢布莱希特，布莱希特所考虑的问题还不是社会腐败到什么程度、崩溃到什么程度，而是这个社会里面的个体，具体的个人。他那个《四川好人》对我影响很大：这个社会机制是不允许好人出现的。我小说里写到了布莱希特的这个见解。这个社会在成批地制造“新人”，因为新的规则出现了，一定会有新人出现。从 1980 年代延续过来——你知道 1980 年代是一个什么样的时代——对端午这样的“过来人”来讲，当然会有恍惚之感。这是我们日常经验当中最重要的一个部分，所以我想把这个部分作为一种类型加以展开。

木叶：说到人，还有像冷小秋这样的角色，他对应现在搞强拆的这种混混，但是你在里面赐他“国舅”之名，这个像是作者一种坏坏的叙述策略。“国舅”等于皇亲国戚，契诃夫说，你安排一杆枪，到最后它一定要打出去的。

格非：（笑）我不能说完全没有这方面的考虑。这样的人物我确实碰到过。另外，顺便说一下，我真的有个朋友叫冷小秋，但他是个好人，为人很善良。他是做装修的，原来是我同班同学，就生活在我的老家，我当时随手就写了他的名字，但写的是另外的人。我认识一些这样的人。他们会告诉我，他们怎么去做拆迁，带有一点炫耀。我经常跟他们聊天，因为我自己的老家也被拆了。你知道苏南的一些地方已经看不见像样的村庄了。不久前碰到韩少功，我说你写《赶马的老三》那个小说我非常羡慕，你们湖南那个地方还有那么多的村庄，还写到那么多的农民，我们那个地方已经完全没有了，连村庄都没有了，都是城市，一个个的小城镇。我们村子里面已经有四星级宾馆，常有外国人出没，你就感觉到这个世界突然变了。书里面有的事情实际上是我个人经验，特别是朋友的经历。

木叶：说回女主角家玉，我发现她无论是跟自己的父母还是跟孩子，情感是断裂的，她要教育的东西是小孩不要的，但她到最后突然发现人的平安健康至关重要，其余是次要。她和老公端午也常吵架，最后写邮件说：“我爱你。一直。”这也算一种幡然醒悟。

格非：你觉得是醒悟吗？

木叶：还是死亡对人的一种规训？

格非：嗯，我的解释不一定对，但是我可以试着解释，我是怎么考虑这个问题的呢？家玉如果不死，还是跟以前一样。一个人是斗不过这个社会的。那么多父母折腾自己的孩子，让自己的孩子去出人头地，你以为他们不爱自己的孩子吗？因为社会提出了要求，你小孩成绩不好，一定会成为社会的垃圾，所以父母没办法，也很纠结，会让孩子不断地储备，为未来的生活做准备，然后把他整个生活毁掉了。这是一种自觉的无意识悲剧。但是家玉恰好有一个“机会”，她要死了。她不再像常人那么去思考问题了，所以她会有悔悟，这个悔悟有价值吗？有价值。但是坦率地说，如果家玉发现她的病突然治好了，她又变成一个健康人，她仍然会像以前一样。这个背后实际上是社会机制强加的一种规则。

木叶：我不知道这个是否扯得有点远，我就想到《非诚勿扰》，冯小刚拍的，王朔写的，孙红雷演的，最后那种死亡方式，大家有一定质疑。我们只能用死亡来警示当下忙碌又焦虑的人？作为艺术创作者可能会有无奈的感觉。

格非：这是必然的，因为我觉得最后只有这个东西。对人的生命来说，最大的反省动力就是死亡。

木叶：因为猜到了，家玉不是说跟他不好了才离婚，而是她得了绝症。有人也讲过类似故事，有点老套，我不知道你当时有所担心吗？

格非：我不担心，这个事情我是公开的，我可以透露一个信息。我原来小说里面有这么一个句子，就是说有一帮朋友在讨论养生的问题，喝什么牛奶，喝什么水，怎么样让自己活得长一点。底下有一句话“其实他比家玉死得还早”。我希望在很早的时候就先告诉读者，这个人会死，这个不是悬念。后来我把它删掉了。我之所以第一稿会写这句话，并不是把家玉的死作为一个悬念来安排。我刚才说我所有的事情都写了两遍，比如家玉有个同事（徐景阳），查出来肺癌，突然又宣布不是。敏感的读者读到这个地方，就会知道家玉会死。因为这两个人刚好是互为镜像的，一个人说是得癌症，结果查出不是；一个人看着很健康，最后就会死。所以死亡这个东西在小说里面，它不构成很重要的悬念。我没什么可担心的。

木叶： 当死亡或者失踪出现的时候，旁人会“发自内心”地说一些话。家玉的律所合伙人徐景阳就对端午说，家玉其实不是真正的法律专业出身，她对法律的认识，好像是不对的。又说法律不是以公平和正义为出发点的，现代法律从没带来过真正的公平，而是着眼于“社会管理的效果和相应的成本”。这赤裸裸的思维，可能是现实教给这个人的。

格非： 你怎么看，你同意他的看法吗？

木叶： 这句话未必没有道理。

格非： 说实话，我是有一点认同的。法律本来就是这么一个东西，法律不是为公正而设立的，它是为了怎么有效地管理这个社会。法律为谁服务？答案一目了然。全世界都如此。它永远在为社会的主体服务，所以它肯定要牺牲掉一些人。比如现在正讨论的《婚姻法》，它的制定必然有一个背景，它要满足特定群体的需要。对法律的这种理解，有一句话很著名，所谓的法律实际上就是某种意识形态。当然不是我说的，是马克思的话。马克思对所谓的法权，对现代法律的批判是非常深刻的。实际上我觉得作为家玉来说，她可能误解了，尤其作为女性，她有很好的精神情感方面的敏锐性，所以她受不了，受不了那就会出问题。但是徐景阳他们很清楚。

西方社会里面的法律更加复杂。我个人认为，西方的现代小说，是从反思法律开始它的历史进程的。从陀思妥耶夫斯基、卡夫卡到加缪，法律问题一直是文本的核心。

木叶：有人认为是假定人本质上有一定的恶，所以通过制度或者法律法规来规范。我谈一个好奇的地方，就是诗歌，因为最终的结局是把那六句诗续完整了，《睡莲》。为什么要以一首残诗开头（时名《祭台上的月亮》），又把它续全作为结尾？网上有人说这诗蛮美，而且以前没发现你有这种才华，他们挺喜欢那个“睡莲”的意象。

格非：读者可能会有很多的想象，每个读者的解释是不一样的。当然从我的角度来讲，我可能会考虑写一部分，留一部分，因为这个非常必要。当家玉去世以后，我要给端午留下机会，重新来修改这首诗，来续写这首诗。所以我希望通过这首诗能够暗示端午最后的变化，这个变化我不愿意写，但是我愿意通过诗歌暗示出来。你知道诗歌是比较模糊的，我不愿意给出一个具体的答案，通过一首诗来做一些暗示，比较符合我的习惯。

我自己从来没写过诗，当然我也请教了很多诗人朋友（欧阳江河、翟永明、宋琳等），最后我自己还是硬着头皮把这首诗写完了，我知道一定要写这首诗，因为刚开始写作的时候，我就考虑用诗歌来结尾，这个是老早就想好的。当时这个稿子发给陈蕾（责编）的时候，诗还没写完，我想最后一个月的时间来写这首有六十行的诗绰绰有余，后来发现不对，一个月的时间不够。（笑）因为我考虑的东西可能比较多，也不希望这个诗写得太难，但是也要尽可能把想法放进去，承担它应该承担的功能。

木叶：小说里很多人和诗歌有关，男主角端午是诗人，因诗歌认识女主角家玉，绿珠和守仁的事跟诗歌也相关，还出现了翟永明、欧阳江河和唐晓渡等真人。端午同母异父的哥哥王元庆最初也写诗，但后来疯了，这个挺有意思的——福克纳小说里的白痴代表某种意象或思维触角——《春尽江南》里也有这么一个人，这个人可以拿掉，但是拿掉了张力就缺失了一部分（《人面桃花》开篇时秀米的父亲也疯了）。王元庆还有一些诗性的、哲性的话，也可能是废话，如，“老实人总吃亏”“幸福是最易腐败的食物”。

格非：（笑）疯子比较好玩，想法有可能是有意思的，有可能是没意思的，这也是我为小说设置的另外一个面向。当然，这个人物在《山河入梦》里就出现过，我必须交代，这也是个很重要的原因。这个小孩比端午大，拖油瓶过来的，你要么把他写死掉，要么你让他活下来，但你必须要给他安排一个结局。

木叶：还说这个承续性，“花家舍”在前两部里是很明显的，最初有点像一个世外桃源，后来变化很大。《春尽江南》里“呼啸山庄”还有私人会所“荼蘼花事”被突显（末尾的全国性诗歌研讨会还是在花家舍举行）。这几个东西放在一起看，就发现作者一个是在承续自身，另外也想对当下的五光十色也好混乱也好，有所回应……

格非：当然，花家舍，前边两部写得比较充分，基本上是单独的一章，占了整个长篇小说几乎四分之一的篇幅，第三部如果再这么做就特别刻板。所以我当时写《春尽江南》第一章的时候，就考虑是不是把它放到第四章，再将篇幅削去一半，使它跟前两部稍微有所区别。它的一部分功能，实际上像你刚才讲到的“荼蘼花事”已经能够承担了。因为到处是花家舍了，不再是一个花家舍，需要你作为一个特殊类型去描述。但是花家舍不交代也不对，不交代的话没有连续性。所以我做这样一个选择，我觉得你的直感是准确的。

木叶：回到诗歌，这里面有个节点，无论作为作者还是作为整个中国人，可能都是重要的，就是1989年，里面谈到了。有两点，我先提第一点，这里面有纪念海子，有对海子的评述，因为格非先生是真正经历过那段时期的人，那件事发生时的震撼和过了二十二年把它写进小说的时候相比，有什么变化吗？我知道，当初有些人对海子不是很推崇的，现在海子的纯洁性和震撼性在一些人心目中是很高的。这部分内容在小说中，我觉得有很强的文本结构性。

格非：我跟海子不认识，我当然知道他，读过他的诗歌。海子周围的那些朋友我都认识，我跟诗歌界的关系也很密切，所以比较了解海子死的过程，以及各种不同的人对海子的评价。海子是一个抒情诗人，他代表了一个特殊的历史时期。今天如果我们再来看海子的话，会有很多的变化。比如，海子的诗歌究竟和当代的生活构成什么样的关系？比如，当我们把海子作为一个象征性的人物挂起来的时候，要怎么看？比如，无数人喜欢“面朝大海，春暖花开”那样的诗歌，海子在某种意义上已经被符号化了，当一个人、一个事物被符号化的时候，我觉得是有问题的。所以我在长篇里面也试图做一些解释，有一些感觉，但这个感觉很微妙，我不太愿意说。

木叶：这个很有意思。苏童说，小说家不谈政治其实是不可能的。（原话是“一个作家如果不关心政治，他是瞎掰。”）问题在于怎么谈。《春尽江南》里有一定的涉及。海子的死太微妙了，包括时间和原由。

格非：政治是小说家所处理的生活的一部分，生活中非常重要的一个部分就是政治生活，毫无疑问。精神生活和政治生活也是密切相关的，当然你在作品里要做出解释，要描述。苏童说得很对。

木叶：刚开始没几页就出现了端午在读欧阳修的《新五代史》，中间也读过，最后结局的时候，引录了陈寅恪等大师对《新五代史》的评说，等于作者自揭了一个棋谜。你不是那种会自揭棋谜的人，你先锋时期的小说里有一句话——揭开一个事

实，然后又用这个事实把另外一个事实给遮住了。（笑）

格非：那我问你，最后你读到这个地方，你发现它有没有盖掉什么东西？

木叶：你用了一个词，衰世之书。

格非：对。我把这段话写完了，底下又出现了一个“呜呼”。你注意到了吗？所以当要揭开一个东西的时候，我仍然想盖掉它。后面那个“呜呼”不是欧阳修说的。我觉得你今天的很多问题，都涉及创作当中的一念之差。这个东西存乎一心。有的时候很难说的。所有东西我都思考好了去写，当然是不可能的。有时候这个地方应该点一下，应该做一点暗示，那就做了。

木叶：最后的这种“揭示”，我个人觉得好。里面还有一点，比如和家玉有婚外情的陶建新，“两腿间的棍子可笑地耸立着”；小说后面还有一句，“女人的爱在阴道里”等等。对于性描写，你的底线和期许各是什么？

格非：我觉得第一个，不要写得很脏，那种很脏很炫耀的东西，我是很反感的。但是性我们谁都不应该回避，所以我就用“棍子”，我觉得给它实在化，没什么了不得。“女人的爱在阴道里”，这个话是很多女人讲的，不是我讲的。

木叶：张爱玲有个小说也是跟它相关的。

格非：某些女性会说，你跟男的在一起，如果你没跟他发生性关系，等于白交往了。但对于另一些人来说，也许永远都会停在调情阶段。性是一种激情，而调情不是。性是日常生活的一个部分，所以我会涉及到一部分，我尽可能让它简洁、简单，它是生活中一个必然的东西，所以也没必要神秘化。

木叶：我跟朋友聊天的时候，他说有人概括“江南三部曲”是反乌托邦的乌托邦三部曲，其实这也是“爱情三部曲”（陆秀米和张季元、谭功达和姚佩佩、端午和家玉）。

格非：我赞同。爱情都是第二主题。三部作品都存在这个主题。

木叶：爱情是一个很有力的载体。

格非：没错，这是毫无疑问的。

木叶：端午和家玉，两个人无论是精神上还是身体上，都有出轨和不忠。但是，我觉得作者没有穷追不舍，无论是端午发现家玉的包里夹带着精液的避孕套，还是端午和绿珠的故事，你都点到为止。我在想是否作者觉得专一的爱情、婚姻形式遭遇了当下社会的复杂性，你有所宽容？因为有些人也认为婚姻制度未必将来能够存多久。

格非：对我来说，这些东西都是材料，都是文化的一个部分，文化的对应物是自然，你看狗和猫它们很简单，它们没有文化。因为人有文化，人就会对东西做出解释。比如一个男人为什么不能娶两个老婆，为什么不道德，有各种各样的规定，这是文化的规定。规定这个东西我尊重它，同时也不会特别认为它是一个应该遵守的东西。文化的观念是可以改变的，比如我们对性的看法一直在变。所以我对这些东西抱有一个宽容的态度。

木叶：有人写文章，一交稿之后就感觉自己少写了一句，或者哪个词语不是很到位。我想知道小说家，尤其写长篇，会不会出版了之后，觉得可能有某种缺陷或不足，就是自我的一种省思。

格非：当然，长篇写完以后，我习惯把它读一遍，读两遍，然后不断地改，改到觉得需要交稿的时候，你会本能地感觉到里面可能还有遗憾。但是你要知道修改是无穷无尽的。你知道福楼拜的习惯吗？福楼拜有时候为一个词可以改两个月，觉得这个词不好，换一个词，改了两个月之后，又改回第一个词。有的时候你如果太注重这种东西，你也会糊涂的。所以文字这个东西它就是一种符号信息，只要你能把握这个信息的准确度，它在相当部分把你要表达的信息表达出来了，就可以了。遗憾永远会有的。我并不是要把它改得完全没有错误，不可能的。

海明威不断修改自己的作品，你知道福克纳怎么评价吗？福克纳认为他越改越差。所以《老人与海》写出来以后，福克纳就写文章说，老天保佑，让海明威不要改了，现在就很好了，一改可能改坏掉。作家有的时候很难说的，他可能觉得这个地方不够好，其实挺好的。他有时候改了半天，还不如原来的好，所以有的时候真的很难讲。

我觉得一个作家对自己的作品要认真，这是毫无疑问的，但是也不要过于钻牛角尖，像福楼拜那样，其实没必要，一个词改两个月，有必要吗？

木叶：看一些访谈，发现你在重读《金瓶梅》《红楼梦》这些作品，我就觉得这“三部曲”里有一些感觉，就是笔意，行文的那种感觉。在写的过程中，有人直接把章回体为我所用，有人采用白描的写法，但有些人认为复活或复兴古代的东西蛮难的。你是大学教授，教文学，又有过很强烈的先锋时期，这时候对于古典手法是怎么处理的呢？

格非：最简单的办法，把章回体搬过来用，这当然也是一个办法。所谓化腐朽为神奇。我喜欢另外的方法，刚才你说得很好，就是笔意。《金瓶梅》里面最让我感动的是对话，《金瓶梅》的对话是所有中国古典小说里写得最好的，人物对话漂亮得不得了，我觉得远远超过《红楼梦》。里面那些人物说的那些话都极其精彩，包括花子虚这样一类很次要的人物，不得了。这并不意味着你要把《金瓶梅》的对话搬到你的小说里面。而是告诉你，对话的最高原则，是准确。你要让这个人说话，就要让这个人站在你跟前，他所有的东西都在那儿。如果你掌握了这个要领的话，你就知道你没必要去搬《金瓶梅》，它告诉你一种方法，它达到的目标是准确的。应伯爵他每句话都有意思，又像嘲弄，又很复杂，又很得体，又很坏。这个境界是非常高的，我们可以学习。你是做什么的呢现在？

木叶：我自己也随便写一些东西。

格非：所以我觉得你问的东西非常专业，都是叙事的关键问题。

木叶：那些学生都是所谓的“80后”“90后”，他们可能是从你的“三部曲”开始读的，也可能是从你的先锋时代读起，如果他们要问你的《青黄》《褐色鸟群》或《唿哨》的时候，你会怎么去讲早年之作呢？

格非：我跟同学从来不讲。我从来不跟学生谈自己的作品，学生也从来不敢跟我谈我的作品。

木叶：为什么用“不敢”这个词呢？

格非：因为我不愿意跟他们谈，他们知道我的习惯。一个作家，如在古代社会，你根本就没有可能认识我，你怎么见到我？今天因为交通发达、信息发达，你可以随时找作家，问他这个是什么意思，那个是什么意思。在过去的话，你想找曹雪芹，能找到吗？所以我说我的作品写完了，你要知道我的看法，就去看小说好了。本来你就是中文系的，干吗还来问我？你问你自己不就得了。学生不敢问，所以我从来不跟他们说《青黄》什么的。我在课堂上有时候也讲到中国当代文学，但是从来不讲自己，选一些莫言、余华的作品讲一讲。学生有时候也很好奇，老师你讲讲你自己的作品，我说那不行。（笑）那学生就算了。

木叶：学生也蛮可爱的。

格非：清华的学生很好的，他们很善解人意的。

木叶：有没有觉得“80后”“90后”，他们对文学的热衷很多元化……

格非：我觉得是一样的。“80后”“90后”跟我们有什么代沟啊，其实这个很扯淡。为什么呢？因为我给学生上课，我能深切体会到，有一些小区别，很自然。但是最重要的地方没有区别。比如我给他们上过一门电影课，我跟他们一起看电影作品，他们在讨论的时候，发言让我非常吃惊。有很多地方我根本没看出来，有的电影我可能看过五六遍，但是当你和四十个人一起看电影的时候，跟你一个人看完全不同。第二堂课我们讨论这部电影的时候，他们会关注非常非常多的东西。比如有学生问我，《四百击》里面那个小孩被抓去的时候，他为什么流眼泪，导演为什么让他流眼泪？咦，我觉得这是一个大问题啊。小孩平时浑浑噩噩的，怎么突然会流下眼泪？为什么？我觉得这个问题很好，我说你们怎么看？他为什么流眼泪？最后有个学生说，一个完全没有罪的人终于被抓进了监牢。灯火辉煌的傍晚时分，他被运到另外一个地方去关押，一个孩子面对这个世界的时候，他突然流眼泪，非常复杂的，触目惊心。这不是我看出来的，是学生看出来的。

他们思想丰富。我跟学生聊天，我从来没觉得他们简单，他们在很多地方也在帮助我。我跟他们在一起很愉快。

木叶：我有一个朋友也写小说，就谈到，有时候会从电影之中“窃取”一些写作手法，艺术是相通的，能够相互借鉴。

格非：就像刚才说《金瓶梅》是一样的，你可以借鉴，但是怎么借鉴是很重要的，你不能说我把那个电影的故事再改写一遍，人家已经写过了，你写它干吗？你要知道那个电影为什么那么拍，背后的东西是什么，这个我觉得对写作来说很重要。因为这些方面是通的，是用的材料不同。电影和文学的关系可能更近。那音乐呢？音乐的材料更不一样。

木叶： 小说里有好几次端午先听了某段音乐，然后再去干某件事，以至于他的房产证都丢掉了。这个也是个人的生活、作者的生活进入了人物的日常行为吧。

格非： 对，我日常生活里有很多这样的人，他们都是古典音乐的爱好者。我周围这样的朋友大概有几十个，包括北京的、香港的、台湾的、广州的，我很了解他们的生活。

木叶： 提到不同的人有不同的思维，我看到网上有人说《山河入梦》里的谭功达，某种角度看，有点胡兰成的意思，这是我看到的很怪的解读方式。

格非： 这个我是不能同意的，因为我不太喜欢胡兰成这个人，所以我主观上不可能把胡兰成揉到谭功达的形象里面去。

木叶： 董启章从卡尔维诺《树上的男爵》谈到，知识分子要和世界保持一点距离，要有广阔眼光，但也不能脱离社会。他认为你"三部曲"的前两部可能是在树上写的，到了《春尽江南》，树就没有了，要在地上写。我的问题是，你以一个诗人为主角，"希望能重新来召回文学或者诗歌的力量"，"通过诗歌的方式让小说里面有一些安慰性的东西"，这个愿望较充分地抵达了吗？在地上写地上的事、在当下写当下的事，其挑战性和完满感哪个更强烈些？

格非： 启章的那个观点很有意思，我也很认同。既然是到了地面上，当然你要赋予它地面的特质。需要对现实生活，特别是精神生活给予准确的表现。当然我还是有点不太甘心。最后只能求助于诗歌。诗歌既是对现实的回应方式，同时也是一种超越性的象征。

木叶：《人面桃花》的秀米和《山河入梦》的谭功达都有理想主义色彩，而他们的共通处是行止无悔，实践大胆。当这个百年历程到了当代，到了诗人端午，他比较“无为”，比较“消极”。你表示希望他“既在风暴中心又在世界之外”，这不失为一种操守。胡适说“不降志，不辱身，不追赶时髦，也不回避危险”；陈寅恪秉持“独立之精神，自由之思想”；萨义德指出“知识分子的公共角色是局外人、‘业余者’、搅扰现状的人”。在诡异喧嚣的当下，你怎么看待作为一个知识分子的种种可能？

格非：我觉得作家和所谓的知识分子形象上或许有重叠，但从功能上说有重要的区别。我们今天的作家可能习惯上完全投向外部世界，这当然可以理解的。但作家同时也必须向内看，看到内部的问题。文学在任何时代，都不仅仅是一个记录器，同时也是一种自觉反省的力量。

木叶：“三部曲”写下来，对第一部的赞誉目前来看是最多的，第二部稍微有一些波澜，第三部还没有多少说法出来。有些作家说我对评论家的话不关心，爱怎么说怎么说，有些人其实也很关注评论，只不过他不跟别人讲。你对评论持什么态度？

格非：我不会主动去看。我很关注朋友的意见。批评界有很多人是我的朋友，他们无论说我好还是不好，我觉得都能接受。

作家都有虚荣心，当然都希望别人说你好，别人说你不好，你的心情通常不是很好。这是人之常情。但是，最近一段时间，我对这个问题的认识有很大的变化。我觉得只要是认真完成的东西，或者说自己已经全力以赴，发表和出版之后，就不会去想它了。至于评价，它本来就是一件很诡异的事。

木叶：刚才提到一些同学或者朋友的故事，可能会化在自己的小说之中。也有人说，成名的一些作家，他们现在距离普通的一般人的生活可能远一点，这时候作家的创作是否面临题材问题？毕竟接触生活的这种自由度是不一样了。但是，其实童年是写不尽的，其实作家本身也有自己的生活。

格非：是这样，一个作家他是一个感受器，这个主体不是一成不变的。你想想二十年前你是什么样子，你当时对世界是什么看法，今天是什么看法，你也无法预料十年以后是什么看法。所以童年经历也好，现实生活经历也好，自我是变动不居的，千万不要给规定死了，说“我就这样一个人，我的看法就是这样”，很难说，你有可能走到你的反面去。所以我觉得作家最重要的是谦虚、敬畏，别老觉得自己的想法总是对的，藐视其他人。所以我特别喜欢陀思妥耶夫斯基，他总是把头低到最低，所有的人物他都尊重，这了不得，所以很多人说他是圣人，我觉得有道理。

木叶：最推崇的是他，不是老托尔斯泰？

格非：在思想深度上两个没法比，托尔斯泰比他差远了，陀思妥耶夫斯基了不得，他的那种力量，那种磅礴的气势和思想的复杂程度，达到的那种近乎自然的效果，都是托尔斯泰没法比的。当然托尔斯泰也很了不得，我也很敬佩。但是他们相比，陀思妥耶夫斯基要好一些。

木叶：说到这个我就想到，这“三部曲”最终可能在追问当下中国人或者百年中国人的信仰问题？这个信仰可能是宗教，也可能就是一己的信念。

格非：这要留给读者去思考了，我不愿意谈这个问题。

木叶：“花家舍”包含了作者部分的乌托邦寄托，不过，我觉得你真正的乌托邦思考更多地体现在对百年知识分子的辗转及精神困境的持续探测。“没有乌托邦的人总是沉沦于现在之中”，神学家蒂利希的这句话传播较广。“三部曲”已经完成，你是否觉得乌托邦在当下中国有着一种不可承受之轻呢？

格非：乌托邦这个概念在今天已经成了消费文化的符号之一。很遗憾。我对这个概念已经有些反感。在这一点上，我同意老托尔斯泰的观点。真正的乌托邦是在我们心里的。

木叶：王安忆和张新颖的谈话录里有一句话，就是如何对当下经验进行审美化，怎么样把现象化成文字，并超拔出来，这是否困扰很多作家？

格非：每个人有每个人的方法，她的方法我并不一定能用，我的方法可能有所不同，我可能不会去审美化。

木叶：他们的审美化不一定是往美了写，可能是叙述的概念，怎么样把它真正地写出来。

格非：作家当然对生活要重新思考，写作本身是对经验的一次重新整理。整理过程中，你会发现你变了。这样的例子太多了，托尔斯泰一边写，一边改变自己。他从那么讨厌安娜·卡列尼娜，到最后对她充满深情，这个当中，作家自己有的时候很难控制。如果托尔斯泰是一个很笨的人，一开始规定自己就要把安娜写成一个偷情的女人，那不会有《安娜·卡列尼娜》这样辉煌的巨著出现。所以我就觉得作家在写作中也在不断地寻找另外一个自己。

木叶：你心中的好小说有什么标准吗？

格非：（点了一支烟，思索）嗯，不同时期的判断标准不一样，文学当中有很多很多的标准，但是我现在最喜欢的标准是准确。你不管写什么，你只要把准确写出来，美就在其中。

美是包含在准确里的。我们往往觉得这两个东西是不一样的，其实是一样的，你真的把一个世界，把一个世界里面的个人，把他的情感把握得很准、很好，所有的东西都解决了，这就是大师了，所以我可能会用这个标准来衡量。

木叶：你刚才提到自己也在教一个电影方面的课。比如张艺谋、姜文他们分别谈过《迷舟》《赝品》，最终没有实现电影化。莫言、余华、苏童，他们小说的电影化都蛮多的。这个在你这里不知是不是一个遗憾。

格非：我觉得确实没有什么关系，严格意义上来讲，电影跟小说没有什么大的关系，哪怕是改编了，也不过是利用里面一个故事框架而已，导演最终要筛选什么东西很难说。导演在改编的过程中，当然在传统电影里面，他可能对作者的尊重更强一点，但现在可能不太会尊重作者。所以我就觉得这个无所谓的。

我就觉得电影这个东西其实就是一个导演的作品。有编剧，有摄影师，但最终是导演来决定的。希区柯克的电影当然由希区柯克来主导，希区柯克就是一个神，他觉得这个地方应该怎么弄，那就怎么弄，助手和技术团队帮他达到这个效果，所有的都得根据导演的意思来做。编剧或者小说改编者、原作者在电影当中的作用非常有限。同样一个剧作，两个不同的导演拍出来的完全不同。所以我觉得改编不改编这个东西，其实对我没有什么大的影响，我很少思考这个问题。我热爱电影，特别喜欢看电影，对所有好导演都非常尊重。

木叶： 写作究竟对你意味着什么？如果没有它呢？

格非： 这个问题当然你也可以问过去那么多的作者，比如在唐代或者明清时期，很多作者很多小说家看不到自己的作品出版。他为什么还要写呢？这个问题很有意思，他为什么还要写作？如果你想清楚了，可能也知道我是怎么想的。

木叶： 但是今天版权和署名权已经成为一种标识，它和以前无名写作或者集体创作的时代可能有点不同了。

格非： 通常，我们会认为，作家之所以写作，是需要跟社会上不同的人进行交流，这当然也没错。但对于杜甫来说，那个时代没有商业出版机制，他不可能拥有很多读者，只有几个朋友在读。我刚才说，在清代中期之前，中国绝大多数古典小说家清楚地知道，他们不可能活着看到自己的作品出版。那他们写作动力又在什么地方？那些参与无数民间故事、神话创作的无名作者呢？

虽然今天有现代版权制度，有稿酬、声名、道德上的满足感等等诱惑，但我仍倾向于认为，促使一个人写作的最大动力，是源于与虚构读者的想象性交流。作家与读者的交流，从作家一方来说，不是在作品发表或出版之后才开始，而是在写作过程中就已经完成了。

2011 年 8 月 18 日

叶兆言：好小说一定是“有问题的”

木叶：《驰向黑夜的女人》的第二、第九章和《枣树的故事》最后几章很接近，两部小说相差二十多年，但都融汇了真实与虚构，叙事者“我”和小说里的人物有一种对冲。

叶兆言：小说里的“我”是虚构的。这不过是伪装的真实，故意做得像真的一样。小说绝对是虚构的东西，不能当真。但是，真实可以作为一种技法，譬如有的画跟真的一样，引起注意甚至反感，这就达到一种效果。像阿特伍德，她就伪造过报纸上的报道，作家应该是无所不能的。

木叶：《没有玻璃的花房》里李道始是田汉的学生，《驰向黑夜的女人》里竺德霖是周佛海的同学，《一号命令》里潜在的真实人物也不少，你不直接写田汉或周佛海这样或正或反的名人，但又让笔下人物和大历史相勾连。

叶兆言：我要让真的历史人物变成我小说中的“装饰”。比如说写的时间和周佛海的日记要对得上，要逼真，我写的竺德霖流鼻血，周佛海就是经常流鼻血，我觉得写到小说里很好玩。

我并不希望小说靠真实取胜，小说主要还是依靠人物和故事。比如卡夫卡的《在流放地》，那个人对断头台又迷恋又着魔，其实写小说也是这样，要不择一切手段，要迷恋和着魔。可能周佛海等历史人物和场景都只是零部件，是螺丝，我要把它和自己的小说拧紧，拧得好看，目的还是为了这个小说。

木叶：小说第二章写到哈威尔（又译哈维尔），上次我们其实也提到过，很有深意，就是说他国读者心中的哈威尔和捷克人所理解的可能非常不同。大的历史由很多小的部分组成，看似强大的地方也有一些破绽。

叶兆言：我不喜欢搞政治的人。比如汪精卫，说起来大片国土也不是他丢的，他只是用“和平”的方式、投降的方式来抗日，为什么不可以呢？政客可以利用各种东西，政客永远是理直气壮。我一向都不喜欢激进的人，包括那些高喊反腐的，喊得响的人都很可怕。我不太喜欢那种动不动就要求别人的人，所以我特别欣赏吴亮对我的评论（《还有无数人的记忆像鸿毛那样飞向天空》），他看到点子上了。比如“向雷锋同志学习”，我就特别不喜欢，这哪是老百姓喊的，这都是在号召别人。我对政治天生反感，觉得政治天生就是脏的，我属于那种离政治远的人。各人有各的选择，真的打起仗来了，那些热血的人肯定会冲到我前面，我承认我有怯懦的一面。今天我们总讲鲁迅硬骨头，难道不是包装的结果吗？你想他在革命党中间就属于懦弱的，暗杀也不去，集会也不参加，说起来也是同盟会会员，这个会员说到底就是个革命群众，辛亥革命与他基本无关。

"一·二八"淞沪抗战，他是躲到日本朋友那里去。鲁迅的想法很朴实，你要跟日本打，你先要把自己弄弄好。我伯父的老丈人夏丏尊也是日本留学的，我伯父一直讲他，说夏先生从来不赞成抗日，他说你怎么能打得过日本人，你要把自己国家先弄弄好，但是有一个底线，汉奸他是不做的，做人要有最基本的气节。

木叶：小说出来后，似乎对这段历史讨论得并不多，较多关注的是"文革"。你好像说过，文革没有文化，只有革命。对孩子而言，更多的是一种狂欢性。我觉得《没有玻璃的花房》，可能是被低估的作品，至少没有被充分关注。比如里面写到小孩批斗唐老太，"大家并不争先，却多少有点恐后"。这是对民族心理非常尖锐而微妙的洞察。多年之后，对"文革"的看法有什么变化？

叶兆言：一个人所有的作品是一部大作品。作家的一生是用所有作品来堆的，每一本书都是一铲或一筐土，你要把它夯实。《没有玻璃的花房》是一个标准的成长小说，和《动物凶猛》以及国外的《铁皮鼓》是一个类型的，都是少年目光。《驰向黑夜的女人》可能野心更大一些，历史纵深不太一样，它是从汪伪时期的南京一直写到今天，没有简单的好坏判断。比如，生在汪伪时期，你可能做同龄少年都做的事，要是生在"文革"时期你也许就是造反派。你运气好你就处在这一端，运气不好就在那一端。

木叶：这也有些虚无的。

叶兆言：吴亮一眼就看到小说中看似无意的一笔，为什么小芋会是这样的结局。这可能也反映出一种虚无观吧，因为这个女孩到了国外，她能够忘却过去的唯一办法，就是完全变成一个现代的“世界人”，这中间是不是也隐含着这个意思：我们必须要杂成这个样子，要经过很多可怕的改造，最后才能把老祖宗给的根深蒂固的那些东西去掉。

今天把很多问题都推到“文革”也不对。为什么会有“文革”？因为有“文革”前。为什么有“文革”前那些年？因为有 1949。为什么有 1949？因为有 1945……每一环都扣着，中国没有 1937 年又不一样。也许将来我们会说，中国没有今天又会不一样。

木叶：《没有玻璃的花房》里吕文被判处死刑是因为“现行反革命罪”。《驰向黑夜的女人》里欣慰也是“现行反革命”。吕文质疑林彪为毛主席选定的接班人在程序上的合法性，然后又说知识青年上山下乡政策不是历史进步而是倒退。1980 年代初他又被追认为与“四人帮”斗争的英雄了。但是，欣慰的死就有点不值。

叶兆言：这也是我反复想的。欣慰这事多多少少和我在后记里的话有些关系。就是我们已经习惯把“文革”中死掉的某些人视为英雄或神，事实上未必。林昭幻想着和柯庆施冥婚，这简直不可思议，因为“四人帮”的真正后台之一就是柯庆施。他死得早，否则一定是一个大奸大坏的人。我一直觉得，一个需要英雄的时代不是一个好时代。还有一个就是，小说需要

"避"，就是这个东西我不太愿意写得很具体，比如说她为什么被枪毙？如果说把欣慰为什么被枪毙写得逻辑性很强，这个死就不可怕了。我特别要强调的是她的不为什么被枪毙，当逻辑不再成为逻辑的时候，往往才是最可怕的。

木叶：荒诞。

叶兆言：我最得意的一笔，就是她的朋友春兰的反应，她听说欣慰被枪毙以后，她就觉得她去看布告的一眼决定了这个人的命运，我看见有她的名字她就死了；我看见没有，她就没死。人生有时就是这样，就这么惨。但是，一个时代如果是能预测的，是死刑或不是死刑，这都很正常，"文革"就是很荒诞的，莫名其妙，你死了就死了。她看了一眼还内疚，好像她这一眼把欣慰给看死了，我不这样欣慰就会有幸运的结果。

木叶：这两个人有些像是林黛玉和薛宝钗，但又不太一样。

叶兆言：其实，我想写这两个人近似同性恋。她们绝对是闺密，一见如故，我觉得你最好，你觉得我最好，好到可以共享一个男人。没有嫉妒之心，互相欣赏。

木叶：我很能理解她们都喜欢明德，但后来两个人先后嫁给了闾逵，这种事自有其真实性，但前边明德部分处理得比较有说服力，后边春兰嫁给闾逵时似乎缺了一些既具决定性又很柔韧的铺垫。

叶兆言：写作就是弥补这些东西，作家一定是要想到这些细节问题的。其实最重要的是去肉联厂洗澡，那一段把闾逵所有的辉煌都显示出来了。过去洗澡很不易，女人又特别爱干净。

她到了他的厂子里发现，这个“杀猪的”男人原来在那个女人群里居然有魅力。我这是在写她内心的变化，而且我着重写她柔软的一面，这个男人没有向她炫耀，我是让旁边的女人来表现，那群女人喜欢这样的一个男人，她能看到的。

木叶：这是一个推动力，还有吗？

叶兆言：还有很实际的一点，女人是需要保护的。另外，女人也有性的问题。时代很压抑，最大的一点就是自虐，女人也自虐，别人不把我当东西，最后自己也不把自己当东西。鲜花插在牛粪上的事太多了。那个时代的婚姻有些是很怪的。

木叶：但我总感觉再有一个她心理转变的细节会更好。

叶兆言：写作就是如何解决这样的差异，我也不能把这个男的写可爱写可怜了，就不对了。但是我也不能写他不可爱，所以有一个度的问题。小说还是有变化的，最早说这个男的很恶……我甚至想写这个男的还动小芋的脑筋，但写着写着就不允许往这个方向去了，拧不到那里去了。我曾想写成“罗生门”，也想过整个小说就是闾逵的回忆，回忆、吹嘘他的艳遇，最后把欣慰的女儿小芋也给睡了。其实是一种鬼魂在叙事，但我觉得这太像外国小说，比如福克纳的小说。我也想过用小芋的角度来写。

目前的第二章其实是原来第一章，为什么叫“很久以来”，也是用古诗取标题的办法，这章一开始就是“很久以来”嘛。小说都是为了虚构得更真实，就像一个钟，不一定非要从零点或一点开始，完全可以从四点开始，我先写七点也没有关系。

木叶： 就来说说这个书名，《收获》版的名字“很久以来”出自顾城的诗句，后来单行本变成多多的诗句了。

叶兆言： 是一个巧合，一开始我倒真没想到顾城的诗，后来改的时候把顾城的诗歌加了进去。我对顾城的诗还算喜欢，但没到入迷的程度，我非常着迷多多的诗。而且有个误会特别有意思，我一直记得“驰向黑夜的女人”出自多多的诗《青春》，其实是《黄昏》。它就是我需要的意象。取名“驰向黑夜的女人”，有人问写的春兰还是谁，我说都不是，其实就是一尊女神的像，你也可以说张志新或所谓的“文革”英雄。我是取于哪里呢？是高尔基的小说《丹柯》。高尔基早期小说很棒，社会主义化了以后就不光彩了，但他十月革命以前的作品是有世界地位的。《丹柯》非常好，写的是一群人特别迷惘，有个人特别想惊醒他们，带他们离开这个像森林一样愚昧的地方。高尔基的优点是浪漫主义，后来的变化是你想不到的，他就写丹柯把手伸到自己胸口，把自己心脏掏出来，像一团火一样的，然后举着自己燃烧着的心脏，带着这批人走出来。我少年时代特别喜欢这个细节，特别浪漫。“驰向黑夜的女人”也是举着火把行走的意象。我们所有人都觉得她 / 他把我们带向光明，她 / 他也觉得自己把人们带向光明，大家都以为是早晨四五点钟、五六点钟，会越来越亮，其实春兰和欣慰，包括读者，所有的人都不知道结局。这里面当然是有隐喻，隐喻着我们什么时候可能会出事，我们以为在走向光明，其实我们正向黑夜走去。

木叶： 这个很不错，但有的读者会认为是指两个女主角，也可能认为是这样的标题吸引眼球，这都无所谓，有深意就好。尽管重点写了几个女性，但我觉得这部长篇里没有一个完整的爱情、纯真的爱情，要么苟且，要么不得不，要么是时代的错位……欣慰的几段情感如此，小芋的飘转也引人遐思。

叶兆言：你说的不错，这里边的男女关系都让人非常失望，都是一些不圆满的爱情故事。明德不学无术，败家形象。这种人不得志，像个诗人；得了志，就会像流氓一样。但肯定有才。这种人注定是要被无产阶级代替，要被工人阶级代替的，这是上个世纪历史潮流。女人注定要受这两种男人的蹂躏，不是被堕落的封建余孽蹂躏，就是被流氓无产阶级的粗鲁糟蹋。其实我很悲观的，上个世纪有文化的女性，普遍遭受这两种人的欺负。

木叶：闾逵去劳改农场探视欣慰，她曾跟他提起春兰，“反正我现在也不在了，你们干脆就生活在一起算了”，闾逵听了还有几分不高兴。后来春兰真就跟他走到一起去了。在这么写时和自己有没有较量？想过别的结局吗？

叶兆言：我就觉得它很真实，因为在我所处的环境里这样的事太正常了。孤独，居住空间，还有一个就是豁出去了，很多东西放在一起，这么发生就很正常。

木叶：还有一个是认命。

叶兆言：认命有时就是生命的体现，被风言风语的女人，在那个时代，她待在那里就会被认为可能偷人。至于欣慰这么说是不是托付，我只是写到而已，甚至是反话。

木叶：这个结局有些不一般，毕竟他强暴过她（春兰）。

叶兆言：小说家的想法跟别人不太一样，因为如果没有这个强暴，就没有后面的那种认同。男的说反正睡过你了，再上也容易了；女的内心深处可能是想，我反正给他弄过了。当然强暴是犯罪，百分之百的恶心，她们两个为这事憋了一天，想去告，最后忍了。所以我要写两个女的一边看电影，一边痛哭，那是一种压力的宣泄，很纠结的。我还写她们回到童年最优美最值得怀念的地方，一起回忆美好的往昔，我觉得有这一笔就写透了。

木叶：小说的故事核儿很好，即两个女人都喜欢同一个男的。后来又和另一个男人相遇，并先后嫁给他，其间还有一个强暴的故事。你是“反高潮的”。我就想，写的时候是否可以让它略微痛快淋漓些？

叶兆言：痛快淋漓肯定是我要制止的。我不是一个善于制造高潮的人，推得太高就托不住了，我的办法就是宁可不足，也不过。过了你就会认定我写坏了，不足你觉得我还有希望，这种希望会拉近我们的关系。

木叶：在和余斌对谈时，你说自己在进行一些性描写时会想海明威是怎么写的，你认为他“在写性爱场面上非常典雅”。这些话很微妙。

叶兆言：海明威是我的少年记忆。我堂哥叶三午一直跟我讲，海明威什么都写了但什么都没写。就是要有一个度，一方面你要尽可能把性的强弱写出来，但同时不能色情，至少不能下作，要有情怀。

木叶： 你提到欣慰床上运动时的动静很大，间逵跟欣慰做爱时响动也一度很大，这对听者是有刺激的。这也是一种猥亵，男人对另一女人的猥亵，带有一种意淫，一种快感。小说里说是故意要恶心春兰，是不是为了表现时代压抑……

叶兆言： 不完全是时代压抑，男人可能都这样。更宽泛而言，一个男人看一个女人近在身边，就像有一块肉在那里，会产生一些想法，就像今天把闺密办掉的事太多了。

木叶： 网上有人提出商榷或质疑，第一就是欣慰之父在国民政府里位置不低，去了台湾，母亲后来也出去了，这种家庭背景，欣慰要想入党应该比较难。欣慰是以“现行反革命”罪被枪毙，小芋高考时母亲好像还未平反，她政审也不易通过。

叶兆言： 这不一定。入党这种事是很怪的，不是完全有逻辑的。很多原国民党党员新中国成立之后很容易地入了共产党。有时你家庭成分不好，我就是要让你入党，表现我们的统战政策，给你出路啊。

高考政审也是可上可下的，好像上海有个很有名的人，是谁不说了，父亲就是被枪毙的，这个就叫可教育好的子女。

木叶： 张艺谋《归来》里的女儿因为家庭原因就不能当主演。

叶兆言：“文革”不是一刀切的，有一句很流行的话：既看家庭出身，又看本人表现。

木叶： 你认为，陀斯妥耶夫斯基以自己的作品给了现代作家一个忠告：用不着玩什么雕虫小技。我觉得《驰向黑夜的女人》的主体故事很好，但还是没有写出像陀氏的那种特别触动灵魂深处的东西，似乎还缺些什么。

叶兆言：我们今天可能是精雕细琢有余而厚重不足，但我们同时也要看到陀思妥耶夫斯基的“重”所带来的“粗”的问题。你分析他的对话、场景、故事的跳动，会发现有时有些笨拙、重复、说教。

木叶：那么，小说出来有一段时间了，除了前面提到的评论，有没有见到特别严苛但是又感觉有道理的批评？

叶兆言：目前没有。其实是悲哀的，除了记者采访，很少有人跟我正面谈这本书。当然有朋友看过，觉得还不错。文学边缘化了。我特别羡慕金庸，他的小说，很多老百姓就是想看，不为什么。也许好看的东西我也写不了。

写作就是思考的过程。我们不妨说说另一个俄国作家托尔斯泰，对年轻人来讲，他最好看的小说是《复活》，触及人天生的犯罪感，然后又有赎罪，还有些励志。而成年读者是看《安娜》，因为它毕竟轻，而且很多地方像电影镜头，一段一段的。《安娜》不好看的地方呢？就是中间有大量说教。

木叶：那个时代的读者比较能接受。

叶兆言：其实我也说教，第一人称出现的段落讲白了就是说教。包括我的政治观，对某些诗人的不满。又比如《驰向黑夜的女人》里为什么写在一个高楼上面砌了围墙就看不到天安门，甚至会忘却自己置身于首都北京，而事实上你又仿佛是在北京的天上撒野。我觉得这其实是一首诗的意象，今天我们已经开始在北京的天上撒野了，墙一围起来天安门就不在了。不过，这么写就可能会失败，读者未必想到我为什么要这么写，艺术从来就是点到为止。比如还有在北京街头的茫然，又比如可能涉及到的盛世、中国梦，这些在这个时候也相当于《安娜》中的某些议论，我们可能叫好，也可能不叫好，之所以叫好因为背后有托尔斯泰主义。为什么说托尔斯泰是个大作家？他不仅仅写了一个偷情的故事，还写了理想，表达了思想等等。但是小说光有一个主义是不够的，一个作家得到的可能就是失去的，失去的也可能是得到的，一个作家心里要有东西，要明白我为什么要这么写？

木叶：就全书而言，出版后还有什么未尽之意或遗憾？

叶兆言：写一本书就是一次做爱的经历，直到最后成人。你会觉得不满意，鼻子或眼睛不舒服，不漂亮，但书是活的，印出来了，基本没办法了。

木叶：前面说到，《没有玻璃的花房》被低估，至少没有被充分发现。回望自己的创作，哪些作品是别具纪念意义的？

叶兆言：《没有玻璃的花房》是我最直接的一个作品，它起码是外形最像我的一个小说。首先写的这个人物跟我同年，视角是我的视角。小说中两个人都是“我”，一个是木木，一个是“我”。我就是反复强调“我”，至于说是不是低估呢，是另外一回事，当然它肯定是我非常看重的一部小说。

木叶：整本都写“文革”的小说不多，如王朔《动物凶猛》，王安忆《启蒙时代》。

叶兆言：这本书赶上了很不好的时期，《没有玻璃的花房》正遇上 SARS，宣传等什么都没做，当然也不能怪别人。我是很尴尬的一个作家，很难定位，这一波人不待见，那一波人也不待见；这一波人觉得你马马虎虎，那一波人也觉得你还可以。我就是属于这样还有那么一口气的作家，还没死掉。（笑）

木叶：一直是值得尊敬的作家。最初好像是北岛说过：你不要写小说，你诗歌写得好。

叶兆言：他说，你可以写诗。他可能是为了否定我的小说而说的这话。（笑）其实，我不能写诗。小说写得也不好，这是实事求是。我笔下有诗意的东西，但还是更适合于写小说。我的写作是有表演性的。我有一个大布局、大概想法，真写的时候是放开的，完全控制不住的，不知道第二天要写什么。我的写作，就像一个人在跳舞。所以我写作时神神鬼鬼的，不愿意被人打断，很脆弱。我感觉自己是在黑暗中摸索，我希望能抓到灯绳，一拉，灯就亮了。（苏童也这么说过。）

在写的时候，它不是一本书，是很多困难。比如闾逵把春兰睡了，怎么睡的？睡了以后怎么才能成为夫妻？你只有一个大概的方向，怎么解决这个问题需要一个过程。一般会有像工笔一样的描述，没办法工笔就用泼墨的办法，最后实在不行就用破罐破摔的办法。你要想尽一切办法。

木叶：说得好。不过你不会破罐破摔的。

叶兆言：写作本身就是一个挑战，挑战自我。你写“文革”

就不能再写一部《没有玻璃的花房》，同样，写民国也不能再写第二部《一九三七年的爱情》。

木叶：上次我们谈到，上午写的短篇《无题》给父亲看，父亲说不错，就帮你誊写。在他誊的时候你又写了第二篇《舅舅村上的陈世美》。这两篇都刊出了，但后来一段时间运气就没这么好了。真正让你闻名于文坛的是《悬挂的绿苹果》，以及阿城和王安忆的贵人相助。而今如果要和当时二十出头的自己对话，会跟他说些什么？

叶兆言：有些作品我已经记不得了。我看《夜泊秦淮》时不知道后面是怎么安排的。有好多故事我完全忘掉了，很可怕。所以，小说就是你生命中的那种体验，可能就像你做爱做多了记不住一样。我看《追月楼》后面两篇，完全不知道接下去的结果，就像看别人的东西一样，而且我产生一种恐惧的感觉，就是我居然觉得写得好了。我过去看自己的小说，从来不欣赏。《十字铺》我觉得写得挺好，我不知道后面是什么就看进去了。现在年龄大了，记不得写了什么，确实开始老了，年轻时一个短篇小说写完以后，立刻可以重写出来。

木叶：说到这个，想起上海书展那天见到八十多岁的奈保尔，真是英雄暮年啊！《枣树的故事》被认为有先锋性，不过这样的小说不多，比较有这种感觉的是《关于厕所》等，《一九三七年的爱情》也有些新潮。我很喜欢《枣树的故事》里边所具有的元气。

叶兆言：我懂你的这个意思，其实很简单，这个恰恰是作家要认真思考的。什么叫元气，元气只能出现在一篇小说里，这种写法只能有一篇。《枣树的故事》和《关于厕所》本质上不一样，接近的可能就是那股气。其实我这么多年来都努力保持这股气，这股气很重要。我写过一组小说，叫《走近赛珍珠》。

木叶：我曾以为是非虚构。

叶兆言：我们这些人像一群饥饿的狼一样寻找没写过的东西。你觉得像纪实，我认为是在往一个新的领域里走。你不能再写第二篇《枣树的故事》。一个作家如果只有一种功力，是很要命的，必须具备很多手法。其实我做过很多尝试。我早期的很多小说主人公是一个名字，有一种所谓的先锋因素，这个人在这个小说是杀人犯，在另一篇里是个淑女。我有七八篇甚至更多的小说，女主人公都叫张英。这本身就是一种姿态，我还有一个同名小说，写过四篇。

木叶：《挽歌》。

叶兆言：对。这种做法，它本身也是一种姿态。为什么我会写《一九三七年的爱情》？那时写民国的人不多，后来民国特别热，我就不愿意写。先锋是孤独的，先锋就是永不满足，对先锋最大的杀伤就是成功。博尔赫斯迷宫式的小说被大家认为是好小说的标准，这时迷宫就没有（先锋）意义了。对于作家来说，一个不被认可的标准才是好的东西。现在最好的小说一定是“有问题的”。就像有的画家以为我画得像毕加索那样就会被认可，事实上，我们要学的是毕加索还未被认可时的那种冲锋。

木叶：1990年代初，很多作家，像莫言余华苏童等都在变化，你在某个时期会不会有些困惑，又是哪部作品把自己解救出来的？

叶兆言：我不存在这个问题，为什么呢，我始终不是一个对写作充满信心的人。作家的人格可能是分裂的，一方面很有信心，一方面非常脆弱。像我就总觉得自己没写好。当然有一种作家就会觉得自己写得好，会自我欣赏，活得很潇洒。有的作家确实好，但有的不好，对这种人的迷信怎么才能破除呢，你只有认真读他的小说，你会发现不像他说得那么好。

木叶：像也写过小说的李敖。

叶兆言：李敖是。像我父亲的朋友高晓声、陆文夫，他们都觉得自己写得很好。反正我是特别希望别人认可，可能有一点自卑。有些人提的意见，我认为不是我的漏洞，我不怕它。但我知道自己是有漏洞的，我老觉得衣服后面有个洞，别人会盯着这个洞看。

木叶：这是一个小说家极好的比喻。真正的作家，其实是应该有老子天下第一的意识，但也确实需要不断自省。有的人担心自己会江郎才尽，但要去问余华，我想他会说：不会的！

叶兆言：文坛杀机四伏。就说2014年的中篇《白天不懂夜的黑》吧，我想说的是，一个文学那么热的时代很匆忙地过去了。我们这一代作家都过去了。我写的是一个人，曾经大红大紫的作家林放，最后要把自己的肾捐给一个他所不爱的女人。文学已经到这个份儿上了，它成了这样一个可以被人利用的

“肾”，只是一个可以捐出去的活体器官。

木叶：我刚看开头时就想到余华的小说《战栗》，1990年代初的。它也是讲文学退潮之后，文学中人的遭遇。你们都写到女性、情爱，不过处理方式不同。

叶兆言：我们现在认为整个80年代都是文学热，其实不是，在80年代就已经不行了。所以我写的这个人非常聪明地看到这一点，他就做生意去了，他也成功了，或者说经济上成功了。唯一失败的是文学。我在写文学的处境。我想表述的就是我们今天的文学可能只剩下了这么一个“活体”，而且很可能是移植到自己未必爱的人身上去了。有一种巨大的悲凉。这种写法是有冒险性的，有可能失败。一个信念支撑着我：不怕失败。一个真正的写作者是一定要去碰撞失败的。因为你不冒险，你就不能往前走。

木叶：最早的长篇是《死水》。有意思的是，80年代较少出长篇，你当时写长篇有什么推动力吗？

叶兆言：我想跟别人不一样。当时最热的就是短篇，还有中篇小说。对于自己这第一部长篇，也谈不上特别满意，但这种想跟别人不一样的气息是很好的。当初人家都觉得，现在哪有人看长篇？写这部长篇还有一个原因，就是我的中短篇老被退稿，一赌气，与其写这么短的东西被退来退去，还不如写一个长的。

木叶：是么？问个具体的，《日本鬼子来了》里你对作家方之说“中国根本就没什么作家”，在《驰向黑夜的女人》里吕武问的是“今天的中国还有像点样子的文学吗？”有人认为三四十年代是文学高峰，有人认为八九十年代已经构成了超越……

叶兆言：我们今天的文学肯定超过现代。我是研究现代文学出身的，看过太多现代小说，现代文学层次其实非常低。很多人都在说鲁迅，但不知道自己在说什么。其实鲁迅最好的小说很少被人提到，像《在酒楼上》等。鲁迅很好的小说并不多，不足以称为一个小说大家。鲁迅是一个大作家，是一个立体的人，有一系列作品，但是从数量上来讲达不到一个小说大家最基本的要求。

木叶：但博尔赫斯的小说也不多啊。

叶兆言：也不少，比鲁迅要多得多。而且关键是，人家开创了一种文体。莫泊桑、契诃夫、海明威……短篇小说的变化一圈一圈的，人家博尔赫斯又画了一个圈。鲁迅的小说不存在一个开山的问题。

木叶：在中国有。

叶兆言：在中国勉强有，但也算不上开山吧。很多人说“乡土文学”，但那不能完全算开山。你看沈从文就不一样，他有大堆大堆的东西。还有老舍，包括巴金。

木叶：不能光以量而言吧？

叶兆言：但是，作家的量非常重要。一个年轻人能写10万字的好东西不要吃惊，没什么大不了，有才华的人都有可能写出来。写了10万字之后才知道可能无路可走了，是有一个瓶颈的。奈保尔如果只有一个《米格尔街》，他就不是奈保尔，不是大作家。虽然这个短篇集也写得好，但需要后面庞大的作品体系来呼应和支撑。通过互文，你就发现，这是个大作家。

木叶： 从更广阔的范围来看，一定的量确实跟一定的质相联系。

叶兆言： 质与量形成了整体。轻、重、柔、活……会看出整体来，否则是不行的。

木叶： 是的。有人认为现代小说好，顾彬就持这种观点，有人则不。

叶兆言： 顾彬是胡扯的。顾彬说很多中国作家语言不好，他举例说孙犁的语言就不好，我实在忍不住了，你这么说，说明你的汉语能力也不怎么样。孙犁小说的语言是好的，远高于同龄人。顾彬写《二十世纪中国文学史》，我看了觉得可笑，他对 1950 年代文学评价很高。顾彬的优点是能够吸引媒体的眼球，让那些喜欢找话题的记者有文章可写。

木叶： 有些也是被媒体放大了。

叶兆言： 他平时讲话就是这个风格。

木叶： 你有句话很好，就是有些人起点不是很高，比如巴金，沈从文也相似，茅盾起点比较高，但茅盾又是倒着长的。你心中真正称得上大师级的现代作家是？

叶兆言： 沈从文、张爱玲、钱锺书、巴金，师陀也应该算。巴金最强的是后面几个，《寒夜》，尤其《憩园》真的很棒，我去年重读仍很感动，非常忧郁。

木叶：他一直试图变化，晚年还在写《随想录》，尽管他的思想未必多么深刻。书展时奈保尔来中国，止庵说他是被给予诺贝尔奖荣誉的作家，后来就有人说，莫言怎么算？

叶兆言：起码在最近十年的诺奖得主中，莫言是个好作家，这是我最基本的一个判断。攻击莫言的赫塔·米勒的那套书，我看了一大半，问题蛮大。我觉得她更多的是控诉，描写集中营的生活，有很强的揭露性，这样的小说一定是有反响的，因为说出了问题，但最大的问题就是……

木叶：这类作品要依靠一个对立面而存在。

叶兆言：对，这种作品要依靠特定时代、特定问题，而文学应该面对永恒的话题。

木叶：文学要关注真正的人，真正广袤的命运流转。

叶兆言：小说的合理性不是说一个特定时代的问题解决了，问题就不存在了。所以《寒夜》好就好在这个地方，它不是写因为日本人在这里才出现问题，而是告诉你两种爱加在一起对一个男人的扼杀。本来是两爱相加……结果来自母亲和妻子的这两种爱形成两把刀，他老讲你们别吵了，杀死我算了，你们刺死我算了，这个也是我们人生很尴尬的一面。这个东西是永恒的。我觉得这是小说中最漂亮的，当然巴金也写到战争等等。

木叶：你读了福克纳就对海明威“忘恩负义”了，这说明首先前面是有个海明威的，然后福克纳把他“覆盖”了。

叶兆言：其实海明威对我影响最大，他是我们少年心中的英雄，“迷惘的一代”的风格和我们在“文革”后期的青春情绪是相契合的。《永别了，武器》一开始那种描写，那种场景，那种句子和句子之间的关系，它和我所有的小说都有关系，影响了我一生。他说雨下个不停，死去了多少多少人……他很平静地叙述一件非常严重的事情，对我的影响很深。

木叶：海明威有时看似轻描淡写，但是又招招致敌。

叶兆言：他为我提供了很多文学的尺度，文学的标准。

木叶：海明威有很激烈的一面，比如涉及斗牛、打猎、战争，你不一样。

叶兆言：这恰恰是他假的一面。他活得累，比如他特强调自己是个男人。他又因为太有名了，不能容忍一个人的小说卖得比他好、名声比他大。他好虚荣。这种东西，福克纳身上没有。福克纳说，不行我就写剧本挣钱去，他说我的小说你读不懂就读两遍。海明威哪能容忍别人说读不懂他的小说？而且，看海明威《丧钟为谁而鸣》写西班牙游击队时，就感觉他那个路子开始拧了，又想写得畅销，又想要口碑。他老告诉别人，我才是真正的男人。小说家没有必要特意来展示自己是男人的一面。当然，海明威的小说轻松得多、好看得多，读福克纳的小说多累啊，读死你。

木叶：福克纳每一部长篇在形式上，都有独特之处。

叶兆言：海明威教了我怎么把握“度”，福克纳教给我大局和完全不一样的东西，所以我说我开始移情别恋——学福克纳，学他的大气和不讲理，海明威是告诉我要有细节，要讲理，要有章法，就像写毛笔字，哪一笔应该怎么写怎么写，他就是像楷书一样。

木叶：简洁、节制这方面，是跟海明威的影响有关？

叶兆言：海明威对我是有恩的，是我第一个真正意义上的老师。

木叶：除了这两个作家，马尔克斯是你心目中的文学英雄吗？譬如《枣树的故事》里出现了多次“多少年以后”字样。

叶兆言：真心话，马尔克斯谈不上。不过我刚开始写的时候，他特别热。说到我心目中的文学，我写了一篇谈契诃夫的文章（《契诃夫的夹鼻镜》，《长江文艺》2014 年第 9 期），特能说明我的心境。我跟我女儿一起去看契诃夫的戏剧《海鸥》，小孩看这个无动于衷，我看完恨不得大哭一场，忽然觉得我跟这世界上很多人完全不一样。我老婆也很吃惊，因为这把老骨头写小说以冷静闻名，是一个反高潮的人，不易激动的人，看了戏变成这个样子，很奇怪。

木叶：这就见出一个作家的性情。

叶兆言：作家是需要克制的，没有克制是不行的，但我真是想大哭一场。我自己都觉得羞涩，因为大庭广众之下，确实是很难受。我心目中的英雄，我的文学理想，我的写作愿望，其实都写在这个文章里了，有一万四千字。

木叶：真要看看，这么有内容的长文。以前看你的短文较多。记得是在“走向诺贝尔”那套书的序言里你说，作家的压力在于对自己不满意。时至今日，对自己的不满在哪里？

叶兆言：那可能太多了，我一下子不知道该说什么，起码是不死心吧，很多想写的没写出来。一个作家脑子里像垃圾一样有很多构思，就像《驰》这个故事，没写之前有很多想法，最早的念头就是两个越剧演员，尹桂芳和竺水招，她们是非常好的姐妹，后来好像就是为了一个男的而翻脸。

木叶：是有原型的（有人以为欣慰来自李香芝的故事），是个引子。

叶兆言：对，然后它就放射放射，在这个过程中有很多乱七八糟的附加，包括被枪毙的人，蹂躏等。写作，打一个很不恰当的例子，就像精子一样，很多很多，最后只有一个成功。所以说不满是很正常的，不是说对你的文学地位不满意，更重要的是有些垃圾没宣泄出来，好多好东西都没写出来。

我睡不着时做两件事，一个是背唐诗，开会时也会默写唐诗，别人以为我在做记录呢。今天开会我就默了几首李白。

木叶：有些人开会时会画画，把领导画得很夸张或难看。

叶兆言：另一件事，就是想下一步要写什么。

木叶：其实你的进度算快的。

叶兆言：仔细想想也不快。

木叶：你还写很多小散文。

叶兆言：小散文对我来说很容易，就是我的基本功。这个是周作人的影响。我特喜欢他，他有个观念深刻影响我。他写文章是没有开头结尾的，为什么大家觉得他文章好？我们写文章，即便千字文也似乎有一个规定，应该怎么怎么写，写到哪里结尾，就像高考作文一样，很快就被摸到路数了。周作人最大的特点是，他把一篇篇的短文章当做一个长篇来写。就是说，我到五百字就停了，任何五百字或更长些，都可以结尾，最后这些作品是一个整体。文章没有不能停的地方。

木叶：有些人在写长篇小说时是不能写短文的。

叶兆言：我觉得写长篇是很有仪式感的，但是写的时间长了会中断，比如说过年肯定受影响，这时我就不写了，这两三个月我会写一批小东西，慢慢发掉。

木叶：忘了谁说的，写作这一行都是苦役犯。印象中你对这话很有感触。

叶兆言：其实是心甘情愿的。

木叶：心甘情愿，但又强调创作本身其实是克服困难的一个过程。

叶兆言：苦也是很正常的，运动员打球也累。倒是有些东西会伤害你，包括名利，得意也好，绝望也罢，都会伤害到你。所以说到苦役犯，其实也包含这样一种心情，就是不能陶醉。

木叶：有些人一定要在上午写，有些人喜欢熬夜，叶老师你的写作习惯是怎样的？

叶兆言：我起来第一件事就是写作。我是在醒来后平静的状态下写，最好的状态就是老婆上班小孩上学，然后我就很平静地写，她们下班我也下班了。我最烦的就是有这个事那个事。

木叶：这么多年下来，写作对于你来讲到底意味着什么？

叶兆言：习惯。我也不知道意味着什么，我没有想过。成了习惯以后，我不写就会茫然若失，一写就正常。出门做活动就要吃安眠药，在家能写东西就不用吃药，所以我天生就是苦役犯。

木叶：有意思。诺奖颁给了短篇小说家门罗，不过太多人还是崇拜长篇。你对长短有何侧重？

叶兆言：我短篇写得比较少，其实也没侧重。好短篇有好短篇的标准，好中篇有好中篇的标准，好长篇有好长篇的标准。我就是想写出好东西，也不想长短。一个短篇集其实应该像一个长篇。所以我说我们中国人特别讲互补互文，你如果不能互文，那就都是孤立的，那不行。

木叶：不知你是否还像十五年前一样，“希望自己能有莫言的放纵，就像希望有阿城的精致一样”？

叶兆言：还是这样。应该说，这依旧是我最羡慕的两件事，或者说是我希望努力的方向。

木叶：在评随笔集《沉默的大多数》时你说，这是一本充满了思想的书。现在我们的小说家有没有在思想上很让你震撼的？

叶兆言：《沉默的大多数》是散文集，小说不太一样，在小说里有时候思想会成为负面的东西。《沉默的大多数》完全是个思想家的言论，很直白，谈基本的道理，谈怎么做人，谈科学，谈罗素，这和小说的东西不一样，小说要这么写会出问题的。王小波的小说和随笔不一样。文载道，诗言志。你如果写文章，必须用载道的方式；如果写诗就不能载道了，要言志。王小波做得很好，小说就是小说的路数，散文就是散文的路数。当然散文还可以有别的东西，但是他的散文道理说得非常好。

木叶：莫言得诺贝尔奖时，有人问刘震云，他就说“莫言能获奖，表明中国至少有十个人，也可以获奖”。你前面说到当代文学超越了现代，那么你有刘震云那么乐观吗？

叶兆言：话反过来说，如果中国有一个人得，莫言确实当之无愧。我不管别人高兴不高兴，如果说让我来投这票，就一票的话，我会投给莫言。至于说十个人，我没法讲。

木叶：还有一个高行健，是否想过他们为华语文学各提供了什么？

叶兆言：我不太想这个东西，其实诺贝尔奖也没什么大不了。我早就说过，把获诺奖的作家组织一个球队，把没得诺奖的再组织一个球队，那这两个球队……

木叶：很多大师未获诺奖，如托尔斯泰、普鲁斯特、卡夫卡。

叶兆言：太多了。所以我父亲他们那一辈或再上一辈，对诺奖根本不看重的。像纪德这样的人，不是因为他得诺贝尔奖而成功，他在抗战时就被大量翻译过来，雷马克也没得过诺贝尔奖，但是他们在三四十年代，包括五六十年代，红得不得了。我父亲他们追的是这样的人，那时没追诺贝尔奖。诺奖广受关注是在改革开放以后，跟新闻传播有很大的关系。

木叶：有关系，在中国影响尤其大，原因还很多。不过说到底，是文学在影响着具体的人。你就属于认为写小说影响了自己怎么“做人”的作家。

叶兆言：如果不写小说，我不会越来越封闭。其实，我原来性格不像今天这样什么事都怕，什么事都烦。我已经越来越职业化，所有的选择都是以对写作最有利为准，我老婆看不惯，我女儿也看不惯，她们就觉得这个人活得很无趣。快过年了，她们就觉得我情绪不好，很简单，不能写小说了。这个家平时都以你为重，你过年不能快活两天吗？我的这种状态会影响别人。上午写作，午饭后再写两个小时，然后睡个午觉，再然后我就去游泳，游半小时，一千米，也不是因为热爱游泳，是要写作必须要游。生活中我真是很无趣的，作为丈夫，作为父亲。

木叶：看似无趣，自己却也乐在其中。最近看过什么比较心动的书？

叶兆言：《地球上最后的夜晚》，那种忧郁，悲伤，好。波拉尼奥确实是一个好作家。

木叶：有人说他超过马尔克斯，就另当别论了。

叶兆言：他和马尔克斯的叙事方式不一样，马尔克斯是个非常精到的人，句子像经过雕刻一样，他的文体非常优秀。相比而言，略萨就不一样，同样是拉美作家，感觉就是一稿写出来的，就是一股气。我觉得自己与波拉尼奥的状态有些像，他比马尔克斯和略萨更孤独。

木叶：有道理。你的作品和影视的距离不近也不远，多年前《花影》被陈凯歌拍成《风月》，近年有《马文的战争》。关于影视似乎被说得太多，不过还是想听听你怎么看？其实，像莫言、余华、苏童等，如果没有小说被拍成电影，影响力肯定是不一样的。国外也是，如《铁皮鼓》，又如《蒂凡尼的早餐》。小说和电影的相互影响，在这个时代似乎越来越耐人寻味。

叶兆言：这个我没什么好说的，希望有人能改编我的小说，但没人改也无所谓。影视不是什么坏东西，畅销也很好，我一直在想，纳博科夫如果没有《洛丽塔》，难道就不是一个好作家？他写这本书的时候，已经是个老家伙，一个很老的家伙，差不多都快过气了，他也不会知道这本书能带来那么大的影响。因此，写作之外很多事都是可遇不可求的，譬如电影和畅销。最好的办法是别去想，想了也是白想。

木叶：曾有人跟我谈起你的身世，建议我让叶老师你再谈谈。那次我们已谈过一些。

叶兆言：对我来讲这曾经是个大空白，我不愿意说，是因为养母还活着，在她生前，我不愿意多谈这个话题。我知道这件事，最初是在“文革”中，我九岁，突然我看到父母被批斗、游街。造反派，曾经很宠我的女学生说，你不是他们的亲儿子，你是革命烈士的后代。我当时很奇怪，我怎么会是革命烈士的后代？我始终想不明白这是怎么一回事。多少年来一直如此。当然，我父亲在世时，他也不回避这个问题，也不可能多说，我也不愿意问。他觉得很遗憾，我也是，多年父子成兄弟，我们很谈得来，因为文学，因为我在很多方面受到他的影响。我父亲去世之后，我写了一篇文章《纪念》。我自己原来的家人看了，联系上了我，这样就有了接触。

我自己的根是在浙江嵊县，我也查出亲生父亲的来龙去脉。

他姓郑，被追认为烈士，杭州革命烈士陵园的第一排中就有他的墓，上面还有一张照片。我去献过花。为了抗日，他当年来南京受训过，当过伪保长，日本人来了之后他就在当地打游击，1939 年成为共产党。新中国成立以后，先是一个部队医院的院长，然后是省科协的秘书长。母亲生了三个孩子，相差都是一两岁，我最小。父亲 1959 年去世，那时我两岁。我父亲（叶至诚）家里条件好，不过没有孩子，领导和领导的太太就介绍收养一个孩子，本来是想找一个小女孩，结果有个小男孩抱着他不撒手，那就带回去玩一天吧，玩一天以后，觉得好像很有缘，就留下来了。现在我想，可能因为当时家里刚出变故，根本没人照应，有个人对你好，你肯定就抱住他，当然我一点记忆也没有。就这样，据说是跟我生母签了一个领养协议，停掉我的每个月的革命烈士子女抚恤金。我见过我的亲生母亲，当时她答应过永远不来见我。

木叶：后来联系上之后，他们对于你的文学创作应该是欣慰的。

叶兆言：完全不一样的家庭环境，他们觉得有这么个弟弟也挺好，毕竟血浓于水，仅此而已。但性格完全不一样，后天作用确实太大了。我的懦弱、胆子小都太像我的养父，不像我亲生父亲，他胆子大，打游击，战争年代受过伤，性格很外向，留了一把胡子，标准的浙江人。

木叶：看照片，我觉得你挺像叶老和叶至诚先生的。

叶兆言：有人也这么说。我父亲跟我祖父不一样，而我跟我父亲的性格太像了，就是那种都不成事，软弱，怕事，因为家庭条件比较好，也有些公子哥儿少爷脾气，既自尊，也低调。

木叶：你后来写了很多陈旧人物，隐隐地跟叶老是有关的。

叶兆言：跟读研究生也有关，我毕竟研究现代文学的，跟我从小喜欢历史也有关系。

木叶：最后一个问题，觉得自己是一个有文学使命感的人吗？

叶兆言：我没觉得自己有文学使命感。使命感这个东西都是空的。我不太相信使命感，一个写过《没有玻璃的花房》的人，从那个时代走出来的人，对使命这样的大话可能抱有怀疑。这点上我和王小波是一样的，我特别不喜欢崇高，对这样的词始终保持警惕，对使命感这样的词也保持警惕。

木叶：但你和王朔那种反对崇高又不一样。

叶兆言：也有一样的地方，就是我见到用到使命这个词的人通常都是在装，所以我就觉得你老老实实写好就行了，别说什么使命。我们跟文学的关系，不是文学需要我们，而是我们需要文学。

木叶：我觉得你日常讲话跟小说的语体非常不同，小说还是比较文的，一步是一步，但说话语速快，语气有时也强烈。

叶兆言：我太太老说，“你在外边讲话要注意啊”。（笑）我开会是不讲话的，能不讲话就尽量不讲话，我发言很少。不喜欢在公众场合说话，我永远是个怯场的人。

2015 年 7 月 20 日

辑二

吴亮：先锋就是历史上的一座座墓碑

木叶：*吴亮先生还记得，最早认识的先锋作家是谁吗？*

吴亮：你讲的是中国作家吧……1988年到1989年初，我有一系列文章谈先锋文学，反复强调这个概念，但在这个名号下面，没有指名道姓，谁是谁不是，采取布告式的，或者说宣言式的方式，把这个先锋文学人格化地来鼓吹来倡导。被认为是先锋作家是后来的事，但当时好像不这么提，说是文学探索啦，或者说是一种实验……究竟怎么命名我记不太清楚，比如说我最早评马原的时候……

木叶：*在《马原的叙述圈套》之前评过吗？*

吴亮：我想想……这时间我不是记得特别清楚，我当时比较频繁地为一些作家鼓吹，通过专栏，一些作家作品评论，或通过一种言论的方式，在1987年、1988年写得比较多。再往前，1985年到1986年的时候我曾经和程德培在《文汇读书周报》有一个专栏，从1985年的夏天，那年7月份一直做到了1987年年底，前后两年半。两年半两个人总共写了超过一百篇文章，每周一篇。那时候，这个专栏兼顾了不同风格，要呈现出当代文学的多样性，要适当考虑平衡。虽没有明显的分工，相对来讲，关于语言叙述或者比较传统的作家，德培评论得比较多一点。我评论的作家则比较新潮，当时一般叫新潮小说，但也不是所有人一致认可的。后来有个纯文学讨论，我记不太清楚它发生在哪个时间，什么叫纯文学我也不太清楚。我最早在1986年在《中国青年报》发表过一篇题为《谁是“先锋作家”》的短文，现在有人在做这个研究，我不知道当年还有谁这么提，我没有功夫做研究去确定这个概念发生的时间。

木叶：现在很难说写的第一篇先锋小说评论是哪一篇了？

吴亮：很难说，对我来说，这个一点都不重要……我觉得我主要还是在写那种布告式的文章，就是宣言。

木叶：就是古代那种点评式的？

吴亮：不是。我什么都写，短评、报纸专栏、作家点评，然后是作家论，或者是一种现象描述或展望，什么都来一点。

木叶：大家一提到当时的先锋文学，往往就想到《马原的叙述圈套》，但它可能遮蔽了很多先锋评论，甚至遮蔽了吴亮先生自己其他的先锋评论。能否举几篇评论，可能在80年代很重要，但今天被淡化甚至被遗忘的。

吴亮：从自己的写作记忆来讲，我觉得这个问题很难再让我兴奋，因为我关心的事情太多太杂，那么多年过去了，而且中间隔了一个脑子松懈充满惰性的90年代，对我来说很致命，这十年非常致命。假如你还记得我在网上发的《八十年代琐记》，尽写一些鸡毛蒜皮的小事，似乎我在故意忘掉一些重大事件，故意说这个才觉得比较有意思。

木叶：所以我一开始就问，最早见到马原、余华是什么场景，什么场合，比如一起吃饭、书店邂逅，还是会议上？

吴亮：当时我和程德培在作协理论研究室时，几乎每天都有人来访，经过上海，或者在上海写作，他们去《收获》多半会顺便到我们办公室来坐一下，同行到作协来办事，肯定都要见见我和德培，聊一聊。这种事情太多了，我当时没有记日记的习惯。

木叶：别人可能会说起传奇性的一些细节。

吴亮：没有，我不会编故事。

木叶：那你最早关注到马原这个人，还是马原的小说？

吴亮：马原是我的好朋友，问题是后来有不少选本都选了我这篇文章，再谈就没有什么意思了，好像我在80年代就写了这个文章，那完全是一个错觉。但是我想我这个文章的确比较特别，这可能是很多人选我这篇文章的原因。我把马原作为一个叙事学的典范来谈论，那个时候也没有太多的叙事学方面的理论让我参考，可以说我是没有什么理论凭据地在解释马原。

木叶：可不可以这样讲，先锋最大的优势就是叙述，或者说是形式。

吴亮：好像是1993年，大陆作家代表团去台湾，参加《联合报》搞的一个叫“海峡两岸文学”的会议。假如我没记错的话，可能是第一次大陆比较庞大的作家团队到台湾去。带队的是王蒙，王蒙当时已经不做文化部长了，还有刘恒，海外过去的有李陀、黄子平、阿城、刘再复、高行健，上海有李子云、程德培和我。当时我为这个会议准备了一篇论文，《回顾先锋文学》，回顾式的，副标题还点明“兼论八十年代的写作环境和‘文革’记忆”。这个文章后来《作家》发表了，是1994年、1995年吧，做了一些删节，删得不多，但是比较关键——1989年的一个变化造成的文学后果。

木叶：这是1994年的事，那么往前推呢？

吴亮：在这以前，没有大的文章来谈先锋文学。我只是用理论语言来鼓吹这个先锋文学，就像一个人在什么地方叫阵，隐隐中感到先锋文学面临着好多误解与歪曲，面对好多批评，说这类文学脱离人民脱离时代，读者抱怨看不懂，诸如此类。这个你可以翻翻《文学角》的合订本。至于具体作家评论，除了我和程德培那个《文汇读书周报》的专栏“文坛掠影”，我还有一个专栏是在1988年给天津《文学自由谈》写的“微型作家论”，其中有一组写的都是先锋作家，孙甘露、余华、莫言、残雪……当然也写过一些我熟悉的作家，王蒙、张贤亮、刘心武、王安忆等等。

木叶：区别于李陀、程永新这些人，我觉得没有一个先锋作家是吴亮先生把他推出来的。

吴亮：是期刊在推作家，不可能批评家推作家，批评家肯定得等作品出来再评吧。李陀是文学活动家，兄弟我不是，我不是文学活动家。

木叶：那时李陀在文学青年当中，就是在先锋探索的作家心目中，要比吴亮还厉害一点儿？

吴亮：他出道比我早。80年代初的时候，他们几个人搞了一个现代派讨论，"三只风筝"，他那个时候已经在风口浪尖了。李陀那时在《北京文学》，好像是副主编，我记不太清楚。据说他在《北京文学》的时候经常有一些稿子最后落在他手里。上海嘛，一般来说比较规矩，作者都是把稿子邮寄给杂志社，主要是《收获》和《上海文学》。

木叶：这些都是从批评家的角度切入，我想知道外来因子对于先锋文学的影响。高行健1981年就出版了《现代小说技巧初探》，很早。

吴亮：这本书我到现在也没有看过，我只是知道这件事情引起他们讨论，他们几个人是冯骥才和李陀，还有刘心武，被北京《文艺报》称之为"三只小风筝"，好像是。那个时候我才刚刚开始给《上海文学》写评论。

木叶：对，写的还是评《乔厂长上任记》的《变革者面临的新任务》什么的。

吴亮：那是我第一篇评论，1980年写的。

木叶：如果吴亮先生受外国理论的影响，我不想讲那些传统的，比如说受马克思或苏俄的影响很明显，真正比较新锐的，或者用先锋这个词来说，是哪些理论呢？

吴亮：我说不上来，我总是在看别人受谁的影响，很少有时间看自己受谁的影响。假如以后我要给自己写一个自传，我会想这个事情。

木叶：博尔赫斯看过没有？

吴亮：翻过，当时翻译进来的书很杂，都翻。

木叶：作家突然看到某一部小说，哎，原来小说可以这么写，那么批评家是否会说，理论文章原来能这么写，有没有这种震动？

吴亮：没有，对我来说一切都很轻松。我觉得用比较西方的表达方式来写很好，也不难，我在70年代读了一些西方著作。

木叶：70年代？

吴亮：对。

木叶：比如说哪些？

吴亮：反正是能看到的我都会看，我是一个胃口很好食欲旺盛的人。

木叶：具体篇目呢？

吴亮：嗯，马克思，毫无疑问。嗯，黑格尔，《精神现象学》《美学》《哲学史讲演录》《小逻辑》，都看好几遍，特别喜欢他的《精神现象学》。康德看的则是片断。我记得当时在上海图书馆借过一本选译本，是“德国古典哲学”，商务印书馆的，里面有费希特啊，谢林啊，费尔巴哈啊。当时主要看马克思，后来也看列宁的书。“马克思主义的三个来源和三个组成部分”，根据这个线索就去读德国古典哲学，英国古典经济学和社会主义理论看得不多，亚当·斯密还算通俗，经济学实在太晦涩，沉闷，好看的还是一些涉及历史和政论方面的，马克思的《法兰西内战》《路易·波拿巴的雾月十八日》《评普鲁士最近的书报检查令》，逻辑和文采都是一流。就文体与逻辑而言，马克思对我影响很大，后来看多了，我发现这不是马克思的问题，实际是德国哲学思维的问题，思辨哲学的问题。那个时候我还断断续续看过一些别的书，俄罗斯文学，看俄国文学肯定会涉及别林斯基、杜勃罗留波夫、车尔尼雪夫斯基或者赫尔岑这些人的评论。假如你喜欢看《约翰·克里斯朵夫》，巴尔扎克什么的，那你也许还会看狄德罗与伏尔泰。

木叶：是 70 年代？

吴亮：对，70 年代。就文章的表述风格来说，这些西方先人对我的影响一定是潜移默化的。后来再看西方哲学，我特别容易进入，十五六岁时过脑子的就是这种语言，除了这些理论作品，还有诗、消遣的小说、爱情小说、科幻小说、普希金、《基督山恩仇记》、屠格涅夫、凡尔纳，我们也都看，传来传去的，谁有好书，大家都会相互借阅。

木叶：我比较早读吴亮先生写的书是《城市漫游者》，1991 年出版的，好像是讲酒吧，讲街道。

吴亮：这不是我最早的，我最早的是 1985 年写的《城市笔记》。

木叶：我感觉有点儿像本雅明的某种状态，我不知道猜测得怎么样？

吴亮：本雅明，对。

木叶：他对于城市的批评是非常有名的，讲波德莱尔，讲现代。其实，还有一个人，罗兰·巴特。

吴亮：你所说的这些人实际上我都浏览过，我只能说浏览，当时的翻译很有限。对我来讲，我自己的东西就是自己的问题，假如硬让我分析自己的话，在精神发育的时候，比如说语言习惯和整个思维方向什么的，我和社会之间是有隔阂的。我在工厂里面就是一个工人，当时这个社会是险恶的，政治险恶文化封闭。我 1971 年进了一家工厂，那时父亲因为历史政治的问题还没有解决，这种情况使你和这个时期的现实产生距离。我逃避任何组织性的生活，比如入党、入团之类。在那个时候与其说我介入生活，不如说我逃避生活。因为家里面的原因，因为政治险恶，也因为有一些朋友，大家都会讨论周围发生了什么事情，有一些共同话题。作为私人的精神生活，或者说为了逃避生活，也尝试写作。

木叶：有一点儿接近孙甘露，他当初是邮递员。

吴亮：他有他的情况，可能有一些地方有一点类似，但我和他在气质方面还是有很大的区别，他那种游离的、幻想的东西比我更多，我思考的问题还是很现实的，只是我的姿态和我的行为从不介入现实。

木叶：就是说有及物和不及物两种身份？

吴亮：我是一种与社会保持距离的及物思考，他是不及物的……这样说也不太准确。不必要去把我和孙甘露进行比较，但是我想，我们这代人当时有这个状态的可能很多。

木叶： 我检索上海图书馆的藏书，最早以“先锋小说”命名的是朱伟的《中国先锋小说》，1990年，花城出版社。再往下就是1993年，陈晓明的《无边的挑战——中国先锋文学的后现代性》。我的意思是说这些离1986年、1987年已经好几年了。马原有一个说法，他认为中国先锋小说有两个人吹响了号角，一个是阿城，《棋王》，一个是他自己，《冈底斯的诱惑》，这些更早。如果让吴亮先生追溯先锋小说源头的话，应该是哪一个矗立在那里？

吴亮： 这个问题我没有办法回答你，谁是第一篇，我觉得这个问题不是很重要，不符合我判断问题的方式。

木叶： 这完全可以。那最触动你的先锋小说呢？

吴亮： 我只是感到一种亢奋，我只是觉得这种情况出现了，很多人的写作和官方倡导的主旋律以及现实主义背道而驰。写作要反映时代的精神，反映时代的本质，但是什么是时代精神，什么是时代本质，最终解释权都在官方手里。所以当时这些小说的多样性和形式探索，现在看起来，实际上就是单一的主流写作的异质化。

木叶： 异质化？

吴亮： 异质化写作，那时可能就只能从形式上来突破，话是可以这么说的，小说是可以这么写的。“无主题、无人物、无情节”，三无主义，当时都是贬义词，因此你很茫然……但是一种不一样的言说方式出现了，或者说一种新的中文写作出现了。虽然现在很多人喜欢批评说当时那些写作是模仿西方翻译作品，我觉得都无所谓，我认为翻译成中文的西方文学就是中国文学的一部分，它不再是拼音文学，它已经是方块字汉语文学了。嗯，我一直坚持这样的观点。至于“先锋”这个词嘛，我比较频繁地使用这个词是 1988 年，比如说《向先锋派致敬》《真正的先锋一如既往》《为先锋文学辩护》，这些文章都发表在《文学角》上。

木叶：对。苏童特别喜欢“真正的先锋一如既往”这个说法。如果要让吴亮先生描述一下先锋，会是什么呢？有一种说法是“先锋到死”。

吴亮：马原肯定是先锋派吧，阿城有人说不是，有人说是，他算寻根派领袖，完全用中国味的语言写作。先锋派小说刚出来的时候，有很多不同的议论，还有来自年轻人内部的批评，意见更尖锐。

木叶：伪现代派？

吴亮：对，伪先锋，说他们是方法主题横移，比方讲现代派好多小说当中描写人的处境，在中国当时根本没有出现，孤独感、苦闷、绝望都是我们这里所没有的。确实有模仿，但我认为这是表象，全是表象。就是说有这么一群年轻人不愿意像以前那样写了，他就这样写。他想摆脱那样的阴影，他就进入这样的阴影。用雷蒙·阿隆的话来说，从一个神圣家族走向另一个神圣家族，当然可能两个家族都是谬误。我觉得这些统统不重要，先锋文学起的作用就是写作方式、叙述方式、思维方式的解放：中文写作、说话、思考是可以这样进行的。

木叶：换个角度来问，如果80年代把先锋派抽掉，会不会出现巨大的空虚？

吴亮：这个假设我不能想象，毫无必要。

木叶：先锋文学在80年代是非常重要的一种创作方式。1986年到1988年，现代派、伪现代派的争论出现了。吴亮先生也有好几个以先锋命名的文章为他们辩护。至今二十年了，觉得自己的观点没有任何变化吗？

吴亮：所有的问题都要放在历史当中来考虑。当时就是这么发生的，当时我确实为它辩护，不管你辩护有效没效，已经载入史册了。当然，后来人们可以站在各自的制高点上回看它，以至得出不同的结论，这个都无所谓了。

木叶：查建英访阿城时，阿城提到先锋派小说是"另开了一桌"，没有真正影响中国当下日常生活的语言，而王朔却真正影响到了，对这个问题有什么想法？

吴亮：具体的对日常生活的影响我想肯定是很深远的，它不那么直接，我们一个一个讲。像余华，被称为先锋派文学的代表人物之一，他后来采取了另外的写作方式，格非也变了。当然有一些人基本还延续原有风格，莫言，他有点变化，但没有根本性的转型。残雪也没有变，还是那个套路。也有一些被称为先锋派的人，主要特征倒不是叙述角度，可能有一些现代观念，或一种精神状态，比如张承志、韩少功，他们写作没有停顿……张辛欣不写了，刘索拉不写了，徐星不写了，都隐退了，干别的去了，还有洪峰，后来也不怎么写了。每一个单独去看，都不一样，所以你要把他们捏在一起这是很难说的，他们首先不是群体，一开始就是各写各的，他们是被一个共同氛围凑在一起的，大家基于不同的原因在写自己的东西，就是用这种方式写。当然，毫无疑问，西方翻译作品对他们影响非常之大。在我看，中国传统影响下的作家和西方翻译影响下的作家没有本质区别。没有说什么受中国传统的影响就一定高级，或者说受西方翻译的影响更高级，人就是一个处在一切影响之下的“精神生成物”。

木叶：李锐说，90年代中期，法国人找了中国先锋作家的书去看，他们想编一个中国先锋小说集，但他们看完之后的结果是——他们是两方面的人，一方面是编辑，一方面是小说家——说这个都是咱们玩儿过的。这个对他触动很大。

吴亮：假如你把阿城的东西拿给一百年以前的人看，一百年前的人说，这个都是我们玩儿过的，你会觉得触动很大吗？西方人看中国的先锋小说，要把它再翻成法语或者英语，可能会感觉语言上没什么新意，但是在中文里它就是一个新东西，他们应该把这种中国先锋派小说和以前的传统中国话本小说进行比较，而且必须在汉语语境里比较。

木叶：但问题是，我们不能期待欧洲人或美国人这么细地读咱们的文本，他整体一看觉得跟自己相似，这已是很可怕的一件事。

吴亮：什么意思？

木叶：就是你不能期待他拿先锋小说和70年代、40年代、

20年代的小说或是和明清话本去纵向进行比较。他直接一看，哦，这个是我们玩儿过的，不新鲜。你又不可能给他上一堂中国文学史的课！

吴亮：把中国小说翻译成法文给他们看，这本来就是错。

木叶：但其实，包括一些汉学家看完之后也并不认为怎样……

吴亮：汉学家他们是喜欢汉字，所以凡是翻成外文的东西，他们完全是另外一个眼光来看。明白我的意思吗？

木叶：是这种眼光！

吴亮：他们首先就是崇敬中国汉字的一批人，喜欢中国汉字。假如对中国文字都没有崇敬和喜欢，没有这样的欣赏能力，他们就不会搞汉学，要不然就是搞政治了。汉学家，你看他们出身，研究唐诗的或者翻译过《易经》什么的，大多这些人，他们喜欢中国的文化，是喜欢这个，而不是喜欢中国的白话文。

木叶：研究唐诗的宇文所安，就是斯蒂芬·欧文，说北岛那些诗跟西方的现代诗相比不是很新鲜了。如果对称地来看小说的话，也有一定意味。李锐也说马原的小说和博尔赫斯有相似性，是博尔赫斯的一种摹本。

吴亮：嗯，你究竟想和我讨论在全球范围的先锋还是中国范围的先锋？

木叶：我想知道咱们的先锋在中国是怎么命名的，拿到真正的世界文学版图中又是怎样的？

吴亮：首先它是以中文的形式出现在中国的，一开始根本就不是写给外国人看的，外国人要了解这个必须要回到中国历程当中，他才能够理解这件事情，当然翻译过去了，他们看到很多西方影响的痕迹，一些修辞、风格、语态和时态表达，这些东西他们都有，都玩过，没错。但他们应该明白，由于中国传统与政治制度的原因，长期以来这些东西是被忽视的，不一样的，空白的，受压抑的，后来中国受到外来文化影响，这一切发生了改变，西方翻译作品在中国汉语当中产生了改良作用，甚至革命性的作用，这一切都成为中国近代以来文化历史的重要部分。现在他们没有把中国80年代的语境搬过去一起讨论，单独把这个文体叙述部分拿出来作一对一的比对，肯定会做出类似模仿的负面评价。

木叶：再往前追溯一下“先锋”，鲁迅的《故事新编》，我觉得那种解构在全世界范围也是领先的。而咱们80年代的这些小说跟世界相比的话，它是滞后的，这个怎么看？

吴亮：我不同意这样的比较，鲁迅只能把他放在他那个时代去比较。我也不同意把鲁迅作为一个标准，作为一个典范，不同意。

木叶：这个我们先不管。我采访韩东的时候，他说仅仅先锋还是远不够的，他有一个重要的说法是说好比你练拳是要打人的，他说那时候先锋小说是打不到人。其实也就是前面提到的一个词，“不及物”，先锋怎么和这个时代、这个国度、这个民族、“这个人”发生关系？

吴亮：这个问题我要花一点时间跟你说。我认为实际上是打到人了。

木叶：打到谁了？

吴亮：打到了声称必须把文字和现实结合起来的及物派。就是中国的意识形态，就是文以载道。

木叶：哦。这个是打到了。

吴亮：就是打到了，所以他们才那么愤怒。就是说，我就是自外于这个时代，也许我在模仿，可能我真是在模仿，但是当这个时代非常模糊、腐朽、僵化、顽固的时候……你想那个时候开始拨乱反正，口口声声要反映现实生活，但是现实主义根本不彻底，“文革”写一点点，反右不能正面写，只能说母亲错打了孩子，还有好多禁区不能涉及。一开始受批判的是谁？白桦、戴厚英，人道主义，资产阶级人性论，就是说整个小说写法没有变化，典型人物、命运、生活、遭遇，全都是及物的。虽然及物，但没有现实主义，不可能是现实主义。及物，照样打不到人，但是在另外一些年轻人当中，因为他们生活角度不同，经历很坎坷，比如说韩少功，他写了“文革”，也有尖锐的批判。也许好多作品不能出来，或者被封杀，都不是没有可能……不管怎么说，当时文学是很多年轻人，也就是我们这些人的一个目标和方向。怎么能够发表我们的作品？怎么能显示我们的存在？我们怎么能够被认可？我可以这么说，哪怕它很实用主义，学现代派，看不懂，是一种时髦，这个时髦不是官方所喜欢的，大众读者也不喜欢。但存在一种历史机会，当时中国有很多期刊，期刊就是我们的阵地，是我们成名的途径，是我们的谋生渠道，我们就是为了改变我们的生活方式，所以要写作。这就是一种时髦，没错，就是时髦，就是模仿。而且那个时候外国现代派小说翻译进来，让我们觉得小说还能这么写，为什么我不能这么写，甚至不排除局部的抄袭，我觉得这无所谓。以前抄马克思，抄苏联小说，抄民间故事、民歌民谣，抄抄抄，抄越多越渊博。认为抄《红楼梦》，抄明清笔记，抄鲁迅，抄高尔基就是好的，抄博尔赫斯就丢脸，不可思议。所以在这样的情况下，他们这些小说出来，当现实主义最后的一扇门被关闭的时候，还能写什么？我干脆就不及物了！再说西方现代派文学进来以后，确实也改变了他们的一些对小说叙事的再认识，豁然开朗，这绝非模仿，而是启发，启发就是启蒙啊。原来人都不是全知的，马原好多视角是他个人的，这不是在模仿，是唤醒他一种看事物的角度，这种角度他本来就有。你说孙甘露是学西方的，很明显受西方翻译文学影响，但是为什么只有一个孙甘露，为什么你们不学啊？最终他成了他自己。好多人因为这个原因，那个原因不写，各有各的原因，我们不要用一个原因来解释，每个人的情况都不同。

木叶：还说“打人”的问题，你刚才回答主要说在80年代打到人了，在90年代，在21世纪初的这几年又够不着人了。可能余华很早就感觉到这一点了，所以他慢慢地变法，比如说什么《许三观卖血记》《在细雨中呼喊》。

吴亮：90年代以后有很多情况。90年代以后你有没有发现，大家都回到历史当中去了。比如说莫言很明显，他一开始就写历史作品，是吧？他的《欢乐》是写现实生活的，但他大部分都是写历史的作品，从《红高粱家族》开始，一直到以后的《檀香刑》等等。

木叶：其实可以说有一个重要的转型点，就是1989年。另外，马原不是1989年之后不写小说的，1988年之后就基本断了，我觉得这个现象其实没有很好探讨过。我发现陈晓明也指出1989年初先锋文学便“多少有些令人失望”，他以《人民文学》同年3月号为例认为：格非《风琴》、余华《鲜血梅花》、苏童《仪式的完成》误入历史歧途，“仪式的完成”更是具有象征意味。我的意思是说，从先锋文学自身发展来看，先锋作家也会寻求突破，这几个作家可能都意识到这一点了。90年代，余华刚开始写“新”长篇的时候，有人认为他背叛了先锋文学，苏童也有过类似情境，你怎么看这个问题？背叛，来自内部的背叛。

吴亮：这个你去问余华就行了。

木叶：我想听你的看法？

吴亮：我不知道，90年代以后我小说真的看得很少。

木叶：90年代？

吴亮：对，我只是知道他们在变化。《活着》《许三观卖血记》都是发在《收获》，我还要翻一下，我发现他变化很大。包括格非变化也很大。但几个人的变化不足以得出一个必然性的结论，比如说你怎么解释残雪这个例外。

木叶：残雪可能是唯一的一个。

吴亮：是啊，为什么时代对她没有影响呢？只要有一只乌鸦是白的，你就不能说所有乌鸦都是黑的。

木叶：但是也有人认为她这种没有变化是有问题的，就是没有突破自己。

吴亮：为什么一定要突破呢？有几个老是突破自己？这都是人编造出来的要求。

木叶：但我们看外国的一些作家，这一辈子的确是不断往前这么转着走，不断超越自己。这些词可能比较难听，突破、超越、转型，但是他们的一生真是不一样。

吴亮：也有不超越的，倒退的，这个很复杂，我没有时间回答你。我觉得任何一种匆忙做结论的方法，都是不可取的。

木叶：但其实已经过去二十年了？

吴亮：嗯，没有深入研究这个问题以前，我没有办法回答你这个问题。

木叶：那么小说家在暂时“停”和“转”的过程当中，先锋文学的批评家有变化吗？比如说，李陀基本上自己不写小说也不批评了；朱伟改当了一个时尚、文化杂志的主编；吴亮……

吴亮：我倒没有变，我认为我进入当代艺术圈后或许更先锋了。90 年代以来中国当代文化最重要的就是当代艺术，而不是文学。这个观点我在北京已经跟李陀讲过了。

木叶：我觉得这个很有道理，而且现已看出来了。

吴亮：纪录片，90 年代还有一些小剧场戏剧，但不是很有影响，包括一些小制作电影，作家电影，我们不讲什么国际影响力，它们对生活的切入面，已经是很多样很复杂的了，有非常尖锐的成分在里面。这个尖锐性在 80 年代是没有的。80 年代，桎梏比 90 年代大得多。90 年代是什么？知识分子体制化了，就是关系的改变。当时，文学期刊还是有好多桎梏的，你只能玩些文字游戏，玩形式主义。中国矛盾在 90 年代以后变得多样起来，社会的民间缝隙开始出现。现在尽管还是个铁桶，但中间漏洞特别多，中国当代艺术能够存活下来，独立电影人能够存活下来，就因为有这个条件，慢慢从在国内受批受压，到在国外出名，再迂回过来被官方接纳。很多人都走过这个道路，张艺谋现在最牛，当时他什么处境呀，《菊豆》不能放，我们都是内部看的。还有陈凯歌、张元、贾樟柯，太多了。

木叶：还有田壮壮的《蓝风筝》。

吴亮：不讲他们自己怎么转型，怎么被官方招安或者怎么样，这个我们不谈，谈这个要谈很多很多。

木叶：刚才说没有关注先锋文学，有没有遗憾？当然可以说，这个先锋艺术现在是显学。

吴亮：我每天关心每天的问题。

木叶：再往回说，李陀当初对先锋文学，别看他是鼓吹者，其实他是有保留的，比如对于马原这样的作家。而吴亮好像是无保留的。

吴亮：是啊，直到现在都是这样，好像比那个时候更顽固一些。我不以成败论英雄，我也不以他们没有传人就觉得很悲观，我不做这个结论。当时让我最亢奋的就是这些人，别的包括所谓现实主义我都不放眼里……你们是不彻底的现实主义，是犬儒主义写作，我不要看。

木叶：刚才说当初先锋最让自己亢奋、兴奋，今天这批先锋作家还让吴亮先生最兴奋么？

吴亮：一谈起他们来我兴致很高，但是这批人今天写什么我就不知道了。

木叶：是说无所谓了？

吴亮：无所谓了，我也不大看了。我现在做杂志是希望别人来谈论，我只是提供一个场地，希望大家来探讨，我不会发表很多言论。

木叶：80 年代主要是这些人，其实后面还有一些也被归为先锋，像毕飞宇，这个有关注吗？

吴亮：可能吧，我不清楚。可能在 90 年代以后，先锋文学一般的叙述技巧已经普及化了，大家不觉得那么扎眼，叙事人称转换啊，或是人物性格的平面性、象征性，或者寓言的写法，荒诞，已经溶化在很多叙述方式里面，风格都是混合型的了。我敢说，现在你打开一本编得比较好的时尚杂志，稍微有一点叙述的话，它们会在里面塞许多现代派的修辞手法和内容，真的。这个很多，现在连广告词都比较现代派。

木叶：对，甚至后现代。

吴亮：所以它已经被日常吸收了，被消化了，或者说已经流行了。

木叶：这能不能换一个说法来讲，是否证明先锋起到了它真正的效果，或者说先锋被通俗化了？

吴亮：我不能说它直接起什么作用，但它肯定是起作用的，它最早。

木叶：好像是谁说过，所谓那些经典的人物或作品无非成为后人的养料。

吴亮：中国很多酒广告，地产广告，都是诗人写的。不论这个诗人多有名，诗人肯定是学西方语言学得最快的。

木叶：我觉得还有一点就是先锋和影视的联系非常紧密，很奇怪，比如几部真正好的电影，原著都是先锋小说家，余华、苏童、莫言，这是最重要的，加上后面的……

吴亮：还有刘恒，也算是先锋性的。

木叶：还有北村、毕飞宇等。有没有想过可能是什么原因？那么早，像莫言《红高粱》和张艺谋合作，当时导演和先锋作家都不太为人所知，此后都开始引领风骚。

吴亮：所以这个我觉得可以反过来回答你前面的一个问题，当你说及物、不及物的时候，我们假如仅仅以马原为例子那是远远不够的，马原在叙述方面是极端的一个例子……像残雪，残雪表面上学卡夫卡，很明显，但是她对于中国社会中人和人之间的一种内耗、压抑和被监视的描写入木三分，我认为她是一个非常好的寓言作家，虽然她是卡夫卡的方式，但是经验是现代中国的，也是源自她个人记忆与想象的。她有一本长篇叫《突围表演》，我不喜欢这个小说，但里面的语言全是“文革”语言，就是思想汇报的语言，群众之间相互揭发的语言，密集得要把人看疯掉。残雪仿荒诞派，叙事一复杂，看两页就晕了……但是你如果耐心看进去，就是讲中国“文革”。另外，像莫言、格非或者余华，余华也玩叙事，但里面有他的敏锐度，有他的尖锐性。余华一开始像《1986》《现实一种》，还有好几个作品写很多死亡方式什么的，对血性惨烈，他采取一种比较晦涩，比较复杂的方式来描述，一般人不大会看。这种力量或者说这种尖锐性，莫言也都有，莫言小说里有很多嗜血的场面。《红高粱》里面充满了暴力，这种暴力因素，或者说这种尖锐的部分，实际上就是被改成电影后其中最有冲击力的部分。还有刘恒，写饥饿，写性。关于性、关于暴力、关于虐待，越轨的、超出常规的行为的表现，先锋派是最领先的。这些因素后来在影视当中得到了放大，使这些作品充满了张力。刘恒的作品也一样，虽然你很难说他是现代派，但他作品里面有一种现代的力量，他写《菊豆》《狗日的粮食》，写人的饥饿、欲望，非常挣扎的感觉。但是似乎除了这些作家以外，写实的作家真是没什么建树，就是这样，你说有谁——写人性的深度，尖锐性，自我分裂，让我们至今难以忘怀？

木叶：王朔呢？

吴亮：王朔完全是游戏化，充满挖苦嘲讽。王朔的东西里面最好的是他充满了嘲讽，他把神圣解构了，将它游戏化。这个游戏化是符合90年代的文化趋势的，是不犯忌的。

木叶：对，我印象深的关于王朔有两句话，一句是程永新说的，他说王朔的小说可能还谈不上经典，但是优秀；另外一个就是你说的，你说想在王朔作品里找到独特性，别做这种打算。今天还这么看？

吴亮：我仍然是这样看。他是群体文化的代表，就是北京的一种……嗯，类似于郭德纲，北京的相声，胡同串子啦，北京的一些笑话……王朔的很多名言都是民间平常说着玩儿的。

木叶：当初张艺谋一句话，好几部《武则天》便出来了，作者包括先锋小说家，如苏童、北村，最后拍摄计划却流了产，我就是在此之后听到对作家投靠影视的严厉批评日益增多的。其实，先锋作家去搞连续剧不成功的例子也不少。好在近来，似乎作家把小说创作和影视改编分得清朗多了。除去个人兴趣，这里面还包含着名利的诱惑、对话语权的向往，等等。吴亮先生怎么看待这种纠缠呢？

吴亮：我不知道这个事，不好评论。

木叶：沿着这个影像说，马原就一直想拍电影，但是好像不成功。别人也没有改编他的小说，我觉得这是很奇怪的一件事，你想过吗？

吴亮：我看过他一部电影，不是太成功。

木叶：《死亡的诗意》吧？

吴亮：可能是，在陈村家里看的。可能他的小说给我的印象太好了。还有，为什么马原最好的小说都是写西藏？比如说他也写过几个不是在西藏的故事，唯一的长篇《上下都很平坦》，写的不是西藏，写的是知青生活。对于汉语阅读来讲，他的叙述方式受西方翻译文本的影响，他从来不掩饰，他看过那么多的翻译小说。他那时就在我面前吹，没有一个人像他看这么多小说的，翻译小说……马原非常有他的风格，不是用博尔赫斯就可以把他覆盖掉的，两码事。另外，他写的西藏是汉人在西藏，一种距离感。他在里面玩什么呢？玩一个不全知的角度，玩得非常好。他本来就在西藏生活，这是从大的方面来讲西藏文化与他的距离。另外，他总是意外闯入一个生活情境，或是他附近突然发生一个什么事，他作为目击者，就进入故事了。他绝大部分的小说，几乎可以说全部，都是用第一人称。今天重新来看马原的时候，可能人家觉得影响不是很大，或者说没有留下很大的遗产，可能就因为他写的是西藏，他基本没有涉及汉语区的生活。

木叶：但是马原很重要的一个贡献，就是说他把“神”引入到汉语的文本之中。对于神，中国的作家写得比较少，集中地写更加少，而马原不大一样，比如说刚才所提到西藏。我发现程永新就是这么认为的。

吴亮：我觉得他是有神论加泛神论者，他信仰不确定，他信神秘主义，我在《马原的叙述圈套》专门有一章讲这个。

木叶：如果没有这个的话，这个小说味道就差很多了。

吴亮：不可知嘛，他的作品中不可知的因素太多了。

木叶：孙甘露的小说跟前面几个不太一样的地方是什么呢？他可能是自己有意想用另一个方式来讲故事，但也有批评家，像谢有顺就说他不会讲故事。

吴亮：不是他不会讲故事，也许他讲得不错，但他无意讲故事。

木叶：无意讲，这个说法有意思。

吴亮：当然也可以说他不会。一个抽象画家不会画具像，你就可以去贬低他吗？那是两码事。这么说好像故事更高一层。他的贡献，并不是告诉你新的写故事的方式。

木叶：对先锋派的作家还有一个批评，是什么呢？认为短篇、小制作还是可以的。小制作问题不容易表现出来，但是一放大，漏洞就出来了。比如说马原的《上下都很平坦》，很少有人提了；格非的长篇写得好的也少，近年《人面桃花》是得好评的，但到《山河入梦》议论声又多了；苏童得好评的长篇也不多，这个问题有没有想过？

吴亮：中国的好的长篇是不大有的，最好的长篇都没有写完，《红楼梦》都没有写完，中国其他的长篇都写得很差。

木叶：《金瓶梅》也写得很好的。

吴亮：《金瓶梅》是我最不要看的中国小说。（笑）

木叶：长篇没写好，是否也暴露了先锋小说创作的某种问题？

吴亮：中国以前是话本，不是小说。就是一章一章往下讲，《西游记》呀，《三国》呀，《水浒》呀，我都不爱看。现在所有的中国古典文学我都不爱看。奇怪的是，我现在还要做杂志呢，所以我一定要打破这个狭隘格局：即认为文学主要是小说。小说现在可能变得越来越不重要了。我还是喜欢一个词，叙事。

木叶：那咱们就说先锋小说的叙事。

吴亮：孙甘露是能叙事的，也许他不会说故事，那是两个概念。他的叙事很有他的特殊性。

木叶：《呼吸》其实是长中篇，也不是真正的长篇。可能写长篇就跟写长诗一样，跟写短篇的东西是完全不一样的操作方式，就像建一个小房子和一座大建筑，工作模式都变了。

吴亮：这么讲吧，假如说故事是素描、结构性很强的素描的话，叙事则是色彩构成的，一片色彩可以构成叙事，孙甘露属于这个类型。马原的叙事是若有若无的，但有时会很结实，会几个对话写出来一个人的形象。虽然你现在很难说马原创造了什么典型人物，但是有时候他经常会，“啪”，一个场景出来，一个场景、一个反应或者说一个气氛出来了，一个紧张，一个悬念，你会觉得要看下去。他的《冈底斯的诱惑》是一个特别难解的小说，走得比较远。后来，他有的小说很具可读性，《大师》《错误》《虚构》都非常可读。

木叶：《冈底斯的诱惑》是几段式的嘛。

吴亮：中间删掉一段，你都不知道的。这么说吧，掉了一页都没有什么问题。

木叶：马原，我觉得和博尔赫斯有很大的一个不同，当然形式上有一些接近，这毫无疑问。不同是什么呢？博尔赫斯其实是很文人很学者化的作家，他的文笔也是书面语性质，而马原完全是一种生活语言，口语化的，这是他跟博尔赫斯非常不同的。

吴亮：对。

木叶：我想讲一讲另一种先锋，或者说未被划到先锋小说这一阵营的先锋，我讲一个离我们很近的，陈村。我大学前后读《一天》，觉得非常好，但是很少有人讲陈村的先锋性。

吴亮：他也是一个面目很难认清楚的作家，他什么都写，特别是这些年来弄网络，什么都写。

木叶：在他半退隐江湖之前，1997 年《鲜花和》之前，也很少有人把他往先锋阵营那个方向描述。《一天》1985 年的时候就已写出来了。

吴亮：《一天》，写一个人从早上到晚上，一生就结束了。

木叶：他这样的小说不止一篇，你们批评家怎么想的？

吴亮：陈村我跟他太熟，他是写作不大安分的一个人，很难把他归类在什么作家里面。

木叶：他写过一个《死》，很有先锋意味。

吴亮：这个作品有点像随笔。

木叶：孙甘露小说也这么写的，有时跟随笔一样。

吴亮：我觉得还是不要在先锋这个名义下分别命名，把这些人归为先锋，那些人不是先锋。当时有很多人在做尝试，王蒙早些时候还写过《春之声》《蝴蝶》，“意识流”小说他写过好几篇，很聪明，也很啰嗦嘛，他的啰嗦在意识流里面到处流，他不是意识流，他是啰嗦，直到现在，你看他的回忆录三大本，有多啰嗦。

木叶：这是他的特色。

吴亮：他是泥沙俱下，一连串的句子，刹不住车，拖拖拉拉一大串就出来了，当然毫无疑问他是很聪明的人，但语言当中的杂质特别多。他自己有一篇小说叫《杂色》，那就没办法再说他，他已经说自己是杂色了，你还说什么？

木叶：再往下奇怪的就是王小波，其实他很早就具有很强的先锋性。

吴亮：其实先锋文学这个题目我最不愿意谈。头绪太多太乱，你提问的角度在我的脑子里面引出的观点，常常相互矛盾，我都难以给出一个准确的回答。

木叶：没有关系，将来再把自己的思绪校正过来。

吴亮：我给出一个模糊和不真实的想法也是一个真实状态。

木叶：我就是说，最早关注到王小波是什么时候？

吴亮：没怎么注意，我看得很少，他死了以后我都看得不多。

木叶：我觉得这一点很奇怪的，他的叙事，那种解构、反讽……

吴亮：他当时还没有死吧，有一本小册子，我觉得不错，他杂文写得好。

木叶：他可能先在港台那边火了，影响再返回到大陆。这也是没有被好好研究过的一个人。没有写过专门文章吧？

吴亮：谁？

木叶：你。

吴亮：没有。

木叶：成名是90年代初，1991年在台湾《联合报》获奖。你对这个人不是很关注？

吴亮：对。

木叶：我很想说贾平凹的小说也有一点儿先锋性。我们今天回首来看《废都》，依然有很强的冲击力，1993年就出版了。我想问，在先锋阵营之外的先锋性，你比较关注的是哪些？

吴亮：贾平凹你要问程德培去，他专门研究贾平凹，对贾平凹的作品我基本没感觉。

木叶：那如果吴亮列一个名单，说先锋作家的，有可能列哪些人呢？

吴亮：80年代的？

木叶：就是今天来看的。

吴亮：那肯定是80年代的，90年代就停下来了。马原、孙甘露、余华、残雪，我不能举太多。有些人有些作品我曾经归在先锋派里面，但是我觉得他们写作路数比较复杂，有多面性。

木叶：莫言、苏童呢？

吴亮：都不能算，他们东西太多，冲淡了我这个印象，他们具有多样性。

木叶：还有名声不是很大，但是也一直被提到的北村呢？

吴亮：北村算。

木叶：比他稍微晚一点儿的毕飞宇？

吴亮：看得不多。

木叶：能列入吴亮的名单吗？

吴亮：他是90年代写的吧。我跟他很熟，不过他的几本书我都没来得及看。如果仅限于80年代，就是说这几个人是毫无疑问的。

木叶：就列了四个人，加上北村的话也不过是五个人，还把很著名的苏童和莫言拎出去了。

吴亮：那么你再开一个名单，就是哪些作品是有代表性的。我觉得北岛都有，他早期的《波动》，还有那个《无主题变奏》，还有刘索拉的几部作品。还有带有一种先锋派味道但不完全是寻根的、混杂的，韩少功《爸爸爸》《女女女》都算。它们有非常明显的象征，有些则是很宽泛的感觉，不仅仅是叙事，也是一个寓言，一种情绪。张承志有几篇小说也算，有一篇叫《胡涂乱抹》，浪漫、激愤，“哐哐哐”语言喷射而出，宣泄嚎叫的感觉，至今印象很深。

木叶：这是有先锋性的小说。

吴亮：有先锋意味，或者说有一种力量。当然不是说别的作品没力量，而是先锋的力量，写实也可以有力量。

木叶：会把王朔列到先锋的行列？

吴亮：不会。他90年代写的小说特别重要，他在80年代写的小说都是很抒情的。《一半是海水，一半是火焰》基本上是浪漫主义加情景小说这种。

木叶：刚才提到刘恒……

吴亮：刘恒也算，他特别好的是《逍遥颂》，非常震撼，

1989 年出来的。1989 年 4 月底，我在上海梅龙镇饭店遇到刘恒，他说他刚写完《逍遥颂》。

木叶： 阿城呢？

吴亮： 不能。他的作品仍然有革命意义，但这个意义不是先锋的意义。

木叶： 何立伟呢？

吴亮： 何立伟的什么？是他的语言还是叙事？他是写诗的，好多意象在当中。他早期的《一夕三逝》，文字特别讲究，不好说，不能说先锋，他做一些文体实验。

木叶： 朱伟所编《中国先锋小说》选了叶兆言的《枣树的故事》，陈晓明《无边的挑战》一书也谈及叶兆言，有趣的是，近年渐少有人把叶兆言归入先锋之列，对此怎么看？

吴亮： 我把叶兆言归入我的好朋友之列，不归入别的。

木叶： 在《中国先锋小说》后记里，朱伟还指出史铁生《一个谜语的几种简单的猜法》的先锋性。我也觉得，可能正是因了身体之局限，史铁生的写作反而呈现一种冥想意味，长篇《我的丁一之旅》的形式探索很不俗，也很有力度，想听听对这一特殊作家的看法。

吴亮： 其实史铁生后来的作品倒是越来越无意讲故事，我很喜欢他的《我的丁一之旅》，可能因为他为人非常温和与谦和，大家不太会把他列为先锋作家，这根本不重要，重要的是，无论你如何归类，史铁生都是最好的作家之一。

木叶： 女作家就只列了刘索拉和残雪，是不是女作家在先锋创作上比较欠缺？

吴亮：我不考虑性别因素。

木叶：我知道，我的意思是说从现实来看，可能这样特别勇敢地往前走不易。其实我个人觉得棉棉的小说……

吴亮：那是很多年之后的事。

木叶：是，不能往里面放。但是往前说，比如说有林白，有陈染，有迟子建，也有一大批。

吴亮：我看得不多，可能有遗漏，我只能说我比较熟悉的。

木叶：还有一个人，很有意思的，就是高行健。他 1981 年就引进现代派、先锋。

吴亮：高行健我对他的评价不高，《灵山》我觉得太一般了。

木叶：我说一下我个人的观点，高行健有一点可能是当下很多作家很匮乏的，什么呢？当代作家少有关注“神”和“禅”的，这一点可能是蛮有意思的。

吴亮：这个不重要，这不是一个文学性的评论。

木叶：但我觉得他其实有一种中国元素性的东西，而他的手法有一定的现代性。

吴亮：现在你问我的是不是先锋派，你用神和宗教来讲，这肯定不是一个必要条件。

木叶：不觉得他的小说有多么先锋性？

吴亮：我看不出。他的戏剧有一点，他的小说没有。

木叶：一种说法认为，他的获奖使很多人觉得新奇，或有异议，或认为有政治的因素。另外一些人吃醋了，或者是嫉妒。

吴亮：我肯定不会吃他醋，我和他的关系蛮好。他很早就出国了，他主要写戏剧。还有两个作家没有算，后来跑到国外去了，一个马建，还有一个徐晓鹤。

木叶：有的作家不是站在队列最前面的先锋，但是她有一种集大成的意味，就是上海的王安忆。

吴亮：她是一个创作持久力、耐力特别好的作家。

木叶：能跑马拉松的那种作家。

吴亮：对，她是一个真正的职业作家。不像好多人可以写可以不写，马原就不写了，太多人后来不写了。

木叶：迟子建讲，现在先锋好像是销声匿迹了，或者说暂时不重要了，但说不定什么时候马原或者是谁又写出一部非常棒的先锋性作品。

吴亮：是，完全有可能。

木叶：你有所期待吗？还是说压根就不关注先锋了？

吴亮：我虽然不期待，但我常常会在期待之外有一些意外，我不惊讶。突然之间有一个很好的小说出来，不出来我也没有办法。

木叶：90 年代以来，作为一个派别的先锋写作告一段落，但还是有很多先锋作者或先锋因素存在。新的先锋也在不断出现，譬如蓝棣之曾主编《中国先锋小说 20 家》，具体不去说了，先锋一直在场，我特别想提的是朱文和棉棉，对于这些新的先锋真的看得很少吗？新的先锋要想获得 80 年代的实绩与影响，是否有了更大更多的困难？

吴亮：当然。

木叶：外国的先锋小说家，去年“新小说”的代表作家罗伯-格里耶去世了，好像很多人都以为余华曾经模仿过他，但是余华说没受过他影响。如果今天让你回首，现在能够让你感动的先锋小说家有哪些？

吴亮：我每次回忆都会有不同的名单。

木叶：我喜欢这种说法，其实事情就是这样的，就好比谈爱过的人一样。

吴亮：80年代，比如说像罗伯-格里耶的《嫉妒》、加缪的《局外人》。我对马尔克斯的评价一般，或者说喜欢度不强。福克纳我也不太喜欢。虽然我从来没有完整看过。《尤利西斯》，我极喜欢，哪怕说是翻译里面很多问题，有批评，和我无关，我管他翻得对不对，它打开任何一页都可以看，天书一样，他的语言就给我无限的想象力，我完全可以采取一种德里达式的方式去读，因为他一个词会把你带得很远，这是一个。嗯……纳博科夫，无所谓，你怎么评论好不好，无所谓。加缪，我始终喜欢，他的随笔、哲学我都喜欢看。他和萨特的通信，我家里有四本他的全集，哪一天我偶然打开它，我只要一读到其中某一页就会站着看，就会放不下，是属于这种。我认为不管是小说还是哲学，打开任何一页都能看的东西都是好东西。或者说看过了以后，再回头去看。前面再说什么，我越看越沉入其中。这种书不是太多。

木叶：这是小说家，如果是批评家或者理论家呢？

吴亮：理论家太多了。所有有奇思怪想的，有风格化，讲一些惊世骇俗观点的理论家的书，我都爱看。

木叶：罗兰·巴特不是很喜欢？

吴亮：不是全部，但确实喜欢。有一阵我看得多了，就不想再看，可能自以为对他太熟了，就不看了。

木叶：如果让吴亮先生给先锋勉为其难下一个定义的话，想怎么说呢，可以想一下再说。

吴亮：今天在我看来，先锋就是一座座历史上的墓碑。

木叶：此话怎讲？

吴亮：不是说他们终结了吗，这个墓碑上偶尔会有一朵后来者放上的鲜花。

木叶：不相信先锋到死的说法吗？

吴亮：因人而异，那是每个人自己的事情。

木叶：延伸问一下，如果说中国当代的先锋小说家，吴亮先生最欣赏的，或者说觉得哪些被高估，哪些被低估了，便于说就说。

吴亮：我前面提到的这些人，没有一个是被高估的，他们只能被低估了。

木叶：这些先锋作家没有一个被高估的？

吴亮：对。因为那些低估他们的人，写的东西并没有他们好。管他哪里过来的，英雄不问出处，无所谓。

木叶：你别说那个什么先锋作家是翻译体，是模仿某人，其实在书法绘画领域，如果吴亮是一个宋代书画家的话，后人必须要临摹他，不临摹不行啊。写小说你也不可能像石头里面蹦出来一样，肯定要学一些人。但可能会遇到很多问题，中国元素、中国性还有中国经验，这些东西也挺吓人的，就是说先锋小说可能被指摘得比较多。

吴亮：我要用纸笔来给你示范一下……假如中国的语言就是这么一样东西（画了个圈）的话，我觉得先锋这些东西都是一个个箭头，射向中国现有的这样一个语言规范、描述方式、想象方式，但这个东西原来在哪里根本不重要，箭打进来以后它就变了，首先使这个东西产生变化，你不要说这个东西本身有多大，是谁射出来的，根本不重要，承认也好不承认也好，根本无所谓！

木叶：问题是，这是一种实用主义的想法。

吴亮：不是，我现在给你做的图解描述是一个历史描述，不管什么原因，在历史上发生这种情况以后，翻译进来了，中国语言是怎么样的语言，中国的小说是怎么样的观念，不管是官方还是学院，或者是批评家脑子里面是什么，一切都混杂了，一切吸收也因人而异，只是你学得多一点，他学得少一点，你故意要排斥它，也很好，这无所谓。

木叶：今天我们太敏感了，或者说我们的国家太弱了，比如说我们讲唐代，王维以及好多诗人，他们诗歌里面佛教的因素极强，我们不会去说印度如何如何。就认为这是唐代诗歌的境界，就是说那个时候很自信，我谁都可以拿过来用。

吴亮：我们现在随便看一些时尚杂志，什么杂志，我们可以圈出很多的描述方式、抒情方式、表情达意的方式都是现代派的，这一点一定要写的，很重要。啊，这个我前面好像已经讲过了。

木叶：其实刚才也提到影像是当今时代的“显学”，马原讲过“小说死了。”我听来听去，吴亮先生80年代末90年代初就不读当代小说了。那么对“小说已死”怎么看？

吴亮：某种意义上我同意马原的说法……首先故事没死，故事在什么地方，在电影当中。最好的故事在电影里面。小说没有办法和电影比故事，那么，好，故事没死。小说拥有的讲故事的一种非常高级的专利权，现在已经旁落，被电影拿去了。还有一个就是叙事，我们在这里宽泛一点，小说里面叙事很重要，一个是虚构，一个是历史或言非虚构，就是这两类，但是现在叙事已经被泛化，到处都充满了叙事，政治、新闻、广告、日常，叙事也被多种泛化的写作所分化，现在小说还剩什么？你看我们最近几年的小说，得诺贝尔奖的，我们不举别的例子，因为我们读得也不太多，第一个，小说哲学化了，都是学问了，或者说小说越来越知识化和异国情调化，各种元素，小说特别渊博，或者装得非常渊博。

木叶：帕慕克？

吴亮：太多了。不管是奈保尔还是埃科，全是一肚子的学问，像纳博科夫这些人已经比不了他们了。博尔赫斯学问再怎么广博，都不如他们会编故事。就是满肚子的学问，家里的藏书都是几万本，饱学之士。另外一种是问题小说，写女性，写黑人，写一个族群。哲学化或者是知识化了，但是作为故事和叙事，都没有长项了，这种叙事和故事，故事已经完全被好莱坞拿去了，叙事被叙事学的过度发达所肢解，所有尝试都尝试了，所以你不要说中国小说，法国也没有新东西。到“新小说”之后还有什么新东西？

木叶：但是很多时候，往往一直说这个东西已经死了的时候，到达一定程度的时候，还会出现一个大师级的人物，另铸新辞。

吴亮：对，综合性的会有一些人。你说在某一点上有所突破，人称、叙事什么的，没什么好玩的。哲学已没什么好玩的，当代艺术也没什么好玩的。这不是小说本身单独的一个事情，全球范围你看看，哪一个小说家的小说写得全世界都爱看，没有，没有这种事情，好莱坞电影是可能的，而且好莱坞电影很平庸！《侏罗纪公园》什么的，还有一个《灭顶之灾》，印度的导演，他拍一个惊悚片，讲什么呢？一般电影描述对人类造成威胁的无非就是恐怖分子、外星球、生物变异，他讲植物变异，怎么变异不知道，就是一种花有一种毒素，中了这个毒素以后会自杀，没地方逃。大家只有一个办法，只有逆风而行，就不会中毒了，这个一点都没有意思。我看故事梗概，这是个很平庸的故事，但是它通过画面依然震撼人……小说能写吗？写不出来。你现在中国市场上玄幻什么，统统是很可笑的，但我们还是要看，消遣嘛。在你这种意义上的经典小说家，有独创、原创，不大可能。

木叶：但是我是觉得，其实余华是蛮敏锐的一个人。刚才说最早的先锋转身的是他。然后写长篇写得比较好的也是他，然后就是前年那个《兄弟》。

吴亮：写得太烂，简直不能看。

木叶：但是也有人认为他写得非常好。

吴亮：是。

木叶：程永新就很推崇他，马原也这么说。

吴亮：马原也这么说，我很意外。

木叶：但是余华意识到一点是什么呢？以前的小说，可能很重要的一点，先锋和读者的关系问题，余华准备来解决。

吴亮：什么东西给我看，我喜欢的肯定不会畅销，我是畅销毒药。马原也没畅销过，孙甘露也没有畅销过。

木叶：苏童还是畅销的。

吴亮：是吗？

木叶：但是现在《兄弟》就是这样畅销起来了。

吴亮：畅销不如看电影。全球轰动的电影都是好电影，但全球轰动的小说肯定不是好小说。

2008 年 7 月

程永新：那些被高估和低估的中国作家

木叶：你在散文《祝你生日快乐》里提到自己的姨妈“穿戴整洁”，有着“款款的身影”，长篇里“穿旗袍的姨妈”和生活中的姨妈在多大程度上重合？男主人公“骆驼”和你又有什么关系？

程永新：姨妈生活中的原型有一些，但不完全是。骆驼也不是我，但肯定是我同时代的人，我对这样的人非常了解。

这个小说是“流浪三部曲”的第一部。我采取一种比较老实的写作方法，可能有些批评家觉得你也鼓吹、推动过先锋写作，但你在写作的时候并不极端……其实我也有一些探索，比如过去、现在和未来的时空交错的叙述视角。有些批评家觉得你是不是后来修改时增加了这些变化？其实不是，我 1995 年写完的草稿就是跳跃的视角。普鲁斯特主要是回望过去，我增加了未来的东西，增加了主人公“此时此刻”对未来展望的叙述视角。

木叶：贾平凹在序言里说，“姨妈，穿着旗袍的姨妈，就是我们国家我们民族在那个荒唐年代的形象吗?”你真的有意用“姨妈”来象征“妈妈”?

程永新: 这是他的一种看法。我在写的时候还没有想到把姨妈比作国家、祖国,我想到的是她这种生存方式代表了中国的好多人,现在也是这样,搬个家你让老年人扔掉点东西,她什么也不扔。我们的上辈人都是这样的,克勤克俭,非常清苦,弄到最后不知为了谁。死后大家为了她的东西争。

木叶: 里面讲到了一个同性恋的情节,兔子和“我”在一个被窝里相互抚摩,这还使我想起自己小时候的一些故事。设置这个情节时,你一定有什么想法吧?

程永新: 我是觉得在那个时候,生活当中的很多原生态的元素都存在,可能就是人性吧,在特殊情况下,人相互之间需要安慰。我写到他们去拉练,有死人在屋子边上,很恐怖,两个孩子之间很自然地可能产生这种行为。我想说,即便在当时那种年代,这种行为始终存在的,只不过我们后来才把它叫做同性恋,性猥亵。

木叶: 涉及“文革”的小说有王朔的《动物凶猛》,按姜文的翻译就是“阳光灿烂”,王安忆的《启蒙时代》则是另一个味道,你这一部延宕十多年才拿出来,同样写这段历史,特异之处在哪里?

程永新: 我还是比较注重人物的内心。我在修改的时候,已拿掉许多人物的内心独白、心理分析,这是为了现代的读者。我觉得小说的节奏要加快。我希望后面的小说也能这样。多年前的初稿，格非、余华看过，格非当时就讲，未来小说的节奏要有变化。

木叶：那是否会让人觉得是在迎合读者？

程永新：我小说的故事性不是很强，又因为是成长小说，所以阅读的心理节奏很重要，如果我再作细腻甚至拖沓的心理分析，不符合现代人的阅读习惯。不是迎合，是一种需要。而且这个主人公也来到了九十年代，他本身的生活节奏已经加快了。

木叶：也就是说小说人物要求作者加快节奏。在这本书后记里你提到《大卫·科波菲尔》是真正的经典，我想知道在你的阅读版图里经典还有哪些？

程永新：我不像某些人只喜欢某一类，我是各种类型都有一些喜欢的，普鲁斯特的《追忆似水年华》肯定是，福克纳的《喧哗与骚动》也是，福克纳的中短篇也都很好，米兰·昆德拉的我也很喜欢……

木叶：就是说不管先锋的还是传统的，只要写到极致的都算……

程永新：其实，“先锋”这个概念八十年代的时候更可以理解为文学的各种创新和实践……八十年代我们把王朔也放到余华、格非那些人中间，有人说王朔跟他们风格不一样。我觉得当时出现王朔的小说是不太容易的，用新北京语言来写作的，他跟之前的那些北京语言写作的小说也不一样，他对有些陈旧观念和陈旧语言的消解，起到了很好的作用，是新的探索。

一段时间的文学，一段时间的精神产品你用先锋这个词，是一种需要。其实，我不太认同这种说法。你说阿城的小说是先锋小说吗？那么王安忆呢，王朔呢？但很多人觉得不是，当时我编过一本书，用的是新潮，我没用先锋这个词。我当时就找不到一个词来概括当时的文学状况。我觉得那个时候中国作家的想象力和创造力都处于大爆发状态，那么多流派都进行了实验，用先锋或新潮，都无法概括。80年代中国作家做的事情要大于这个概念。

木叶：你有意识写先锋小说吗？

程永新：啊，没有。小说的形式应该根据内容来定。

木叶：你的小说1995年左右（大体）写好，延宕多年出版，你自己解释说是懒散、浮躁，我觉得应该有出于小说文本本身的考虑，当时小说到底还缺什么？

程永新：我当时想写一个人的流浪史，也完成了，但是一个大的东西没想明白，这个小孩不断成长，后来他的境遇变化了，经济状况变化了，他还是不知所措，还是觉得自己在流浪，为什么是这样？后来我找到了一个原因，社会在他身上、灵魂里打上了太深的烙印，就是他没有办法真正来适应社会的变化，来完成人格的转变。

木叶：那么到底是什么使你在十几年后的今天要拿出它来？

程永新：拖这么久，还是生活的欲望太强，想法太多。我时不时地想到我的这个作品，觉得再不拿出来就跟这个时代相隔太远了；另外一个，就是我对现在的小说创作不满。我给我自己的这个小说打60分，不是谦虚，我后面还有一句：现在80%的小说都不到60分，没过线，不及格。

木叶：还听你说：王安忆孤独，我来陪陪她。

程永新：在文学圈，感觉上海作家能拿得出手的，说来说去就是王安忆，她确实不错，很好，但上海这么大一个城市不能只有她，这太可悲了。我也曾讲到孙甘露、须兰，包括巴金的儿子李晓，都是非常好的小说家，就是因为上海人的浮躁，因为生活的欲望太多，想做这个，想做那个，后来这些人都没写下去。我想"流浪三部曲"后面两部出来之后，批评界会有一个比较公正的说法，我对它还是比较有信心的。

木叶：你又是编辑又是作家，见你曾自称"业余"作家，你更满意或是更看重哪个身份？

程永新：更看重作家这个身份，尽管我不是很有职业心态。80年代时马原说作家要有职业心态。职业心态就是像王安忆、迟子建、苏童等优秀的作家那样，不停地写，哪怕在写作的低谷依然有那么一种毅力。做到这一点很困难，你要经受好多批评，特别像苏童，非常不容易，曾那么大红大紫过，然后到了一定时候，别人对他的批评，认为他是通俗作家……他很不容易。经历过大起大落之后，慢慢他的状态又开始回升。

木叶：当朋友们都拿出有分量的作品，你就没有焦虑吗？我指的是一个作家的那种野心。

程永新：那倒没有，这些作家是我的良师益友，他们的每一点变化我都很关注，为他们高兴。像格非，《收获》五十周年的特刊，约他写中篇，非常棒，我说我喜欢你的这个中篇超过你的《山河入梦》。人的经历、气质和想法的差别比较大。余华的经验、孙甘露的东西，我没办法跟他们比，反过来说，我的这些体验他们也不一定有。我写的是极其敏感的人物。有个细节，别人的腿被撞疼了，主人公感到自己的腿也在疼。在第二、第三部里我会加强这一点，它的独特性会越来越显示出来。

木叶：你流露过这样的意思，作家是一个无名小卒时，你一个编辑可以是他的老师；作家名扬天下后，你就是一个改错别字的了，甚至因自己当初的坦率直言而与他反目为仇。作为一个编辑，你心中有没有一个高标之类的人物呢？

程永新：我对自己没有太高的要求，但是我知道一个好编辑应该做哪些事情，从 80 年代就知道。孙甘露在文章里讲过编辑是“为作家提上衣的人”，让他们施展才华。我想象当中的编辑，有敏锐的感觉，有理论的素养，有艺术的知觉，能预感到我们的时代、我们的文学正发生什么变化，还有一个就是推动文学往前走，有点像足球场上的“中场发动机”。

木叶：80 年代《收获》的几次专刊都很有影响，但那时文学真是一回事儿，现在同样组织这么一些专刊，影响怕是不会那么大了。

程永新：会和 80 年代结果不一样，但你努力了之后还是会发现有不一样的效果。

木叶：《在路上》是一种精神，《洛丽塔》简单的人名就意蕴无尽。据我所知，《五花肉》在《收获》发表前，王朔在给你的信里列了五个标题，你拎出了《顽主》！毕飞宇的《平原》发过来时文件名就是“长篇小说”，你在帮着命名作品时特别看重哪一点？

程永新：为小说命名是很困难的。题目跟内容互为映照，好的题目提升小说，差的题目给小说做减法，让小说落下去。大作家和小作家在题目上就有表现。改过的标题非常多，我一时想不起来。上回尤凤伟有个长篇，主人公一个叫双桃，一个叫双樱，小说写得还不错，但题目很俗。跟他来来回回，后来那个题目（《色》）也不是很满意。最近拿到一个杨少衡的小说，一个中篇，很好，标题也不满意。

给人家改坏了的标题很少，我们主要是给作家一个参考的意见。

木叶：具体到内容，名家的作品也会让他/她改吗？

程永新：也改。像格非的《迷舟》，最初拿来时像马尔克斯小说的翻版，叙述语气太像了。我就跟他说，模仿的痕迹还是要拿掉一些，另外，这个故事是不是还可以写得更完善有力些。格非的了不起就在这个地方，他用差不多一个月的时间改完，看了之后我很惊讶，跟以前的小说完全是两码事！

这一次他为我们的第五期写的中篇叫《蒙娜丽莎的微笑》。他写完了又说不发了吧，因为觉得不好。我们主编李小林让他发给我们编辑看一下。发过来时，我去欧洲了，我们另一个编辑看了，李小林也看了。觉得有意思，写了一个大学生自杀的故事，但有地方不满意，提了修改意见。我回来看到的是他修改过的稿子，很激动，非常棒。好作家总能找出感觉。

当然越改越差的人也有，太多了，很多人是不会改小说的……

木叶：有没有人被《收获》退了稿，觉得你们眼光不行，有偏见，或是就因被退稿而觉得丢面子的。

程永新：丢面子不大有。我们跟作家像朋友一样。作家也希望自己的作品出来后得到更多人认可。我们尊重作家的意见，一般都可以沟通。真有不愿改的，不是非常重要的问题，我们也就算了。

木叶：有没有首投《收获》被退稿，在其他杂志发表出来后反响很大，最终被认为是好作品的。

程永新：我们不用的小说被其他刊物用了，这个太多了。但是你说用完了反响很好的，几乎没有。我跟走走就讲，这么多年来，我们能够比较自豪、比较骄傲的是，我退的稿子，后来大家都觉得是一个好作品的，没有！我们也比较慎重。

那时候李杭育有个中篇，我们退后由《人民文学》发了，王蒙还写了文章推荐，那么这个来头很大了。李杭育就来跟茹志鹃说，“你们《收获》看不懂我的小说”。我就说，“你这点东西有什么看不懂的”。他写一个老头在爬山，爬得很艰难，中间又休息，象征我们的国家，我是觉得用三万多字写这个东西太枯燥，用一万字就够了。他当然不会听了。这时候他刚刚得了一个全国小说奖，《最后一个渔佬儿》，那时一个奖蛮牛的。《人民文学》当时也是很不错的刊物，后来还是很多人看了觉得这个小说太差了，马原跟我说，“你根本不用担心你退了一个好小说……”，后来作协来调查，我说我退的，当时我还年轻。

木叶：我注意到，在《到处都在下雪》一书的封面折页上对你的介绍文字中，写有“中国当代最有名的文学编辑”一语，可能是出版社所加，但我想问问你怎样看待“最有名”这一修饰语？

程永新：最有名不敢当。在80年代，我很尊敬的大编辑有李陀、朱伟、范小天，当然还有《收获》的李小林，我在编辑业务上如果说有什么成就和她是分不开的，她是我的老师，虽然没有拜过师。当下的优秀编辑有宗仁发、林建法、李敬泽等。文学辉煌的宝塔是这些优秀编辑扛起来的。

木叶：从中短篇集《到处都在下雪》到长篇《穿旗袍的姨妈》，序言和封面上都有很多朋友、名家的推介、赞誉，如贾平凹、马原、余华、苏童，什么圆熟啊，博大啊，可能有朋友的因素，我想知道你受之很坦然吗？

程永新：是这样，贾平凹写文章我都不知道，是《美文》的穆涛告诉我说老贾看了你的小说（《穿旗袍的姨妈》），很兴奋，他要写文章。写完了发给我，我蛮感动的。老贾这个人很忙，事情特多。这当中肯定有朋友的情分在。这些作家的自尊啊，人格啊，也放在那里了，你要叫他说一句特别大的违心话，很难。你叫老贾写文章吹捧谁，他不愿意的。朋友们的这些评价，有一点关照，有一点安慰，有一点鼓励……但是感觉你有问题还是会说你有问题的。

我坦然面对这些东西。我不会因为他用了过分的词就沾沾自喜，另外的人说这个小说不怎么的，我也不会丧气。因为它是个什么东西，我心里有底。当“三部曲”的后面两部出来之后，我想大家的看法会更公正一点。

木叶：赞誉很多，但是批评家真正就文本细读乃至批评的很少，是否碍于你的身份？很多人对中国的批评界颇有非议。

程永新：对我的作品他们网开一面，不是因为出于友情，而是整个批评界非常浮躁，认认真真读作品的人很少，大部分好的不好的作品都听不到一个正确的意见。出来的作品比较多，搞批评的不可能都看，但是那些重要的作品，批评家的缺席和失语是不应该的。比如对于王朔的《我的千岁寒》，不管怎样纷纷扬扬，我们的批评家真的应该有声音，可是没有。

木叶：都是媒体的声音。可能也有人认为你是一个玩票的，没有很郑重地当一个作家看待。这是否也是一个因素？

程永新：也有可能。当然也有很多人看，也有很多人发邮件来谈看法。但是我更多的还是倾向于前者，就是整个环境的问题，比如去年北村的《我和上帝有个约》，批评界根本没有声音……有的只是商业批评。

木叶：当初，有网友说《兄弟》是垃圾，谢有顺也挑了几个硬伤出来，后来在沪举行的研讨会上学者的说法就平和也模糊了很多。你说《兄弟》会在文学史上有位置，这个说法也模糊。真正的朋友是否私下有交流？我喜欢余华，但还是觉得作品有问题……

程永新：对，我们私下交流过。《兄弟》也许有叙述策略上的问题。但我觉得它还是比较客观地反映了这个时代。我觉得大的结构上，包括通过兄弟俩来表现时代的、社会的变化，还是很了不起的，非常简洁。

在下部里他把宋钢跟林红之间的关系，几个场景几段对话就表现得淋漓尽致。写得非常好。主要是大家对他后面写李光头发迹后的那一段生活有异议……其实那些事情生活中都已发生了，而且有过之而无不及。

我还是认同他后面的这种变化，我觉得不是做得过了，而是做得还不够。生活的荒诞性、黑色幽默的东西到处存在。

木叶：很多批评是由出版社组织的，经常发现很多学者根本没读某个作品就出席其研讨会了，还侃侃而谈。我上次采访残雪时做功课，记得她说《收获》的一个副主编称他们对先锋如何关注，但她的作品不止一次未能刊出，我一时找不到她的原话，特求证你这是否属实。

程永新：残雪的作品到我们这里来过，我们用过，也退过。其实我们对残雪是很关注的。

木叶：她重要的作品似乎都未刊于《收获》?

程永新：我们觉得她写得最好的时候就是80年代，那些短篇写得非常棒。我在《中国新潮小说选》里也选了她的《公牛》。90年代以后她给过我们几次稿，印象当中是用过一篇还是……她有两个非常长的中篇，我们觉得非常失败。

木叶：但是近来她出版有一部小说集《暗夜》，吴亮看到后觉得“比80年代写得更好”。好像国内近年来对她的关注与评论很少。

程永新：没有，基本没有。残雪最近评价了很多作家、作品，所以引人注目。残雪80年代用那种方法写的小说，包括《公牛》系列，当时特别有价值。但90年代之后，她不像王安忆、苏童、余华，甚至包括北村，他们都是通过一些变化来使创作达到一个新的境界。我的看法是，残雪大的主题、想法、内涵还都是一样的，没有大的变化和突破。这就是导致她后来的小说上不去的一个原因。她也试图变化，但是没有长出果实来。

木叶：残雪认为先锋作家格非、余华向西方学习不够就掉了头，也有人认为格非他们是“浪子回头”。

程永新：我不这么认为。我认为八九十年代，我们肯定是坚持鼓励创新、探索，现在来说，用哪种方法写小说才是最好的，我觉得这个大前提已经不存在了。因为我觉得用任何一种方法都可以写出好的小说，关键是你要在自己这个写法里是领先的，最有价值的。残雪说向西方更多地学习来改造自己的……我觉得这完全是本末倒置。现在作家已经根本不是学习不学习的问题，而是你在表现我们的当下的时候是否具有分量，具有价值。当然，我同意她的某些说法，比如我们一度把向别人学习、把先锋当作祸水，这个是错误的。我觉得只要是人类文明的任何有价值的东西都可以拿过来。残雪的问题在于她的想法还是80年代的，老的。

木叶：但我觉得像她这样一直往那个方向走的人，很了不起。这个先不说，巴金先生一直说青年，而近年来没有形成颇具规模的关注。

程永新：我们也发过张悦然的长篇小说，这期还发了安妮宝贝的散文，为了她还特别设立了个栏目——《世纪之约》，以前没的。《收获》没有门户之见，文学面前人人平等，不管什么年龄，不管哪一类的写法，只要是有某种文学价值在里面，就会吸纳。当初棉棉的《糖》也是发在《收获》上。

木叶：我主要觉得很少有青年作家是由《收获》首推出来的，或是由《收获》发现的。安妮宝贝、张悦然已很有声名，此时刊发可以不客气地说《收获》也可能在借力。

程永新：一个是机遇，一个是……比如说这一期的长篇小说，这个人（何世华）可能都从来没发表过小说吧，我们发了一个长篇（《陈大毛偷了一枝笔》）。我们完全不认识这个人。这样的人还有，比如笛安，李锐的女儿，我们发过她的长篇和中篇，是李锐介绍过来的。还是推了一些新人的，可能没有大红大紫。有时文学界就认同了，有的一时没认同。比如这一期的于晓威，是上海作家班的班长，这个人几乎所有重要的作品全是我们发的。

木叶：两三年前听说《收获》要办一个自己的奖，江湖传为“中国诺贝尔文学奖”，似乎无疾而终了。

程永新：当时有企业聊过。但是操作上有些困难，我们毕竟是作家协会下面的刊物，不是一个私人刊物、民营刊物，而是体制内的。还有，企业来做，也要达到它的目的，都不是太容易操作的。

木叶：《收获》而今五十岁了，而从1982年来实习算起，你在这里也有二十五年了，没想过换个环境吗？

程永新：想过。也有过犹豫。一个是我们现在的主编李小林，她不希望我走，另外她也不觉得我是一个做别的事情能做好的人。我觉得她的评价是对的。中间我有过去做其他事情的想法和经历，《收获》也办过公司，我在那里经营，感觉自己不是这方面的能人。我身上更多的还是一些文人的气息。当编辑，驾轻就熟，搞经营得失很难说。现在我想，也许没离开《收获》是一件幸事。好多事是命吧，命运让你待下去就待下去吧。像我这样二十五年不动的人的确很少。

木叶：你在《中国新潮小说选》的序言里提到，"有人预测，中国当代文学真正的大作品将在五年、十年后出现"，这几乎也就是你自己的语调，这话已有约二十年了，这样的大作品出现了吗？如果出现了，你认为是哪些？

程永新：我觉得有很多作品恐怕已经是新时期以来比较高的高峰，难超越，比如莫言的《丰乳肥臀》，比如余华的《在细雨中呼喊》，已经是经典性的，比如贾平凹的《废都》，包括苏童的一些中短篇，《妇女生活》《粉》，我的说法是拿到世界上去，跟20世纪的美国小说放到一块也毫不逊色，还包括像王安忆的《长恨歌》，像阿来的《尘埃落定》，甚至像王小波的小说，我觉得都是非常特别的。这样的作品还可以举出一些来……

木叶：王朔的呢？

程永新：王朔的作品作为优秀小说来讲一点问题都没有，比如《我是你爸爸》，比如《动物凶猛》。但你要说它们是经典的话，我还要考虑一下。

木叶：作为瑞典诺奖评委之一的马悦然对李锐的评价很高。

程永新：李锐本身是一个不错的作家，很好的小说家。可是马悦然把他拿出来，表示他已经超越了很多中国作家，这个显然是高估了。但是中国作家也没人去真正关心这些事情，你爱提谁提谁吧。中国作家当中被高估和被低估的倾向都很严重。有好多作家被高估，像李锐，还有，我觉得王蒙的小说都是被高估了。郜元宝出了一本书把王蒙的小说评价得很离谱……那全是和实际很远很远的。华裔的法籍作家高行健明显是被高估了。

被低估的也有很多，像迟子建的，像《伪满洲国》之后还有发在《收获》上的长篇《额尔古纳河右岸》被严重地低估了。北村的《我和上帝有个约》都是非常重要的作品，被批评家忽略的作品。

木叶：还有什么特别想说的。

程永新：整个中国的文学处于一个比较困难的时期，需要文学界、创作界做一点比较实在的事情，而不是提出什么口号、概念，来建立某种学术权威啊，更需要每个人做一点实在的事情。我的写作和编辑工作就是想做一点实际的事情。我们这个民族做实在事情的人太少，都太急功近利。

2007 年 7 月 30 日、8 月 3 日

韩东：仅仅先锋还不够

木叶：小说《小城好汉之英特迈往》里面有一种“去政治化”，不知道这个说法是不是恰当，至少切入的角度和放松的叙述很有趣。比如讲丁小海的母亲死了，正好毛主席也去世，他戴孝——就是戴黑纱——别人不知道是为他母亲戴还是为毛主席戴，他的回答是“都为”。学校对他的处理是不让他参加主席的追悼大会，让他在教室里一个人追悼，这个时候就不管他是追悼毛主席还是追悼他母亲了。这种和政治的对冲非常有意思，因为一个是母亲，一个是“父亲”。

韩东：那个时代已经过去了，很容易概念化。我觉得复原当年的生活细节很重要，时代再严峻，人们总要笑。不管这个时代发生了多么大的事情，都必须有日常生活。我喜欢这种幽默的东西，喜欢这种有张力的东西。有一个对照，有一个对比，有一定张力，大事和小事放一块写，哭和笑放在一起，都是元素之间的张力。

木叶：刘震云曾说，任何悲剧仔细看，全是一地喜剧。我不知道是否可以跟你这个对照看？

韩东：我不觉得悲剧或喜剧，因为我不用这样的概念去分别这些事情。只是我把觉得严肃的话题用轻松的语调去说，或者很无聊、很琐碎的事情你用极端认真的态度去对待它。比如有人说里面写到吐痰、抓屁，是很无聊的琐事，没问题，我赞同，确实很无聊。但是，你以极端认真的态度去写就不一样了，像我写得津津有味，写了很多页。态度认真、仔细观察、仔细去说这个无聊的事，这个事就有了另外一种色彩，对吧？

木叶：很早之前你就写过《我们的身体》，我看《英特迈往》里面有很多都跟身体有关，比如说体重，尿，屁，还有屄。小说尺度宽，出版时也放得开，从“身体”来讲，我不知道是否有意为之？

韩东：不是有意的。比如说涉及到性的暗示用语，这和成人世界还不一样，少年没有性经验，他说这个的意义跟成人是不一样的，这里面没有色情的成分。就是一个骂人的话，就是一个狠。当然，人的身体是特别重要的。人不仅是政治动物、不仅是观念动物，一个人成为一个什么样的人，还取决于他的性别，他是一个什么样的身体状况，长得如何……很多东西都是由身体决定的，很多东西又反过来影响身体，所以索尔·贝娄说过，人到四十岁以后，得为你脸生出的每一个包块负责。原话我记不住了，总之身体是极端重要的。

木叶：身体是一种哲学，一种政治，它不仅对小说人物，对小说作者也有一种作用力。

韩东：对。

木叶：这个小说里面的女性色彩非常淡，有个伍奇芳，还有“大水缸”，最终全是男性……

韩东：雄性之间。

木叶：对，雄性。很多人都讲过兄弟情，余华《兄弟》是一个，再往前，还有王朔的《动物凶猛》(《阳光灿烂的日子》)。仔细看，还都是有关“文革”，不久之前还有林白《致一九七五》、王安忆《启蒙时代》，这几个放在一起，自己作品的不同之处在哪里？

韩东：他们的作品我都没有读过，所以不好评论。对我来讲，写作就是很自然的事，刚才讲的有一点我赞同，就是写的世界比较偏向于男性化，雄性的，还有一个注释，实际是一个人的少年时期。因为人与人之间缔结的情谊，超越了利害关系。在兄弟情谊里面，中国人讲的义气、拜把子，是比较成人化的。所谓成人化最根本的问题就是有利害在里面，我们素不相识，但是我们拜了把子，桃园三结义，就成了一个利益集团，联合起来做事。我写的朋友关系、兄弟关系是出自少年，没有成人化的利害关系在里面，所以是更淳厚、更单纯的一些东西，和梁山好汉式的缔结情谊是有区别的。

木叶：前面有一个重要角色魏东，但是后来消失了，从1978到2005年之间就突然没有了，我不知道你是有意为之，突显一种偶然性，还是怎么回事？

韩东：首先这里面所有的人物，我觉得都挺可爱的。唯一的就是魏东似乎是反角，实际上我把很多恶作剧的元素加到他身上。但是还得说明一点，他所玩的这些东西，还是一个游戏，他并不是一个恶人，我并没有把他当成一个罪大恶极的人来写。就是一个少年的游戏。他玩抓屁游戏、仗势欺人啊等等，他没有强奸妇女，也没有杀人什么的。

木叶：他在1978年之后就没有怎么出现，是不是使得这个小说有点儿平衡缺失了。我的意思是什么呢？好像后面都是“好人”的成长，你想这么一个纨绔子弟，他在新时期怎样翻江倒海，或者说怎么样喋血街头，这个东西蛮有趣味，没有写是一个遗憾。

韩东：当时也有一个设想，就是后面交待他，我要写就写他最后是一个非常平凡的人，当时我设想过丁小海或者说张早去找他，讲起当年那些事，他都没有记忆，“啊，有过这回事吗，我怎么想不起来？”

木叶：高，这应该写。

韩东：我没有写，我觉得逻辑是这样的，他不是真正的恶人。

木叶：接受采访时你不只一次提到“生存英雄”“生存好汉”，有意提到生存二字，而不是生活。生存相当于“降低”一种要求，比如鲁迅说“一要生存，二要温饱，三要发展。”你这个措词很微妙。

韩东：每一个人的生活，只要他是个人，曾经活过，都会是非常激烈的，不仅指外部的起伏跌宕，内心经历的东西也是。

其实生存和生活这两个词在我这里分野不是那么清晰，生存可能更艰难。其实每个人的生活都是生存，每个人的生存都是活着，都是在努力，在克服一个个的问题和障碍。

木叶：那么你认为生存中最大的问题是什么？作为小说家来说。

韩东：我的生存就是两个部分，一个是活着，让自己的肉体活着，健康；第二个要解决一些精神上的问题，生而为人。后者可能比较玄，为什么活着，生死这些问题，但这些东西和身体是一体的。

木叶：这两者之间还有一些东西，我想提一个“钱”的概念，因为我发现在访谈和作品之中你也多次提到它。就像小说《扎根》刚出来时，你就公开说“书成之后，我想到的只是钱”。这里面当然可能有一些因素我们不清楚，但是我猜想这么一个词在韩东先生的语言和生活之中有位置，而且位置不低。

韩东：钱对于我来讲就是一个生存，因为我是靠写书卖文为生，没有地方给我发工资，也没有别的补贴、外快，这是很现实的问题。卖书就有钱，有钱就可以活下去。作为一个“写作机器”，你也得维护它，也得保养它，也得花一定的经费，而没有人给你经费。想活得体面一点，人到中年还有责任感，还有家庭，还有对别人的责任，我的工作、我的职业、我的谋生手段就是写作，所以应该换来金钱，这不是说我指望写书发财，不是这个概念。

木叶：我想往回倒一段，1985 年《他们》创刊的时候，那一期里面有苏童《桑园留念》，还有马原、顾前的作品，当然还有你自己的，四个人的近况非常不同。刚刚我们提到钱，我见过一篇你写的文章，谈到苏童，你说“当时我们都很想成名，很想有钱”。那个时候你们正合写一个电影剧本，直接谈钱，直接谈名……

韩东：这里面其实有很大的开玩笑的成分，任何这个阶段的小伙子都会有这样的雄心，所谓的雄心。但是如果落实到一个具体事情上，落实到具体的写作来获取这样一个东西的时候，可能大家的态度就不一样了，有的人觉得不能以牺牲文学的方式来获得。当时我们写剧本，是顾前创意，苏童写第一稿，苏童非常认真，我写第二稿，觉得没劲，后来就不写了。这也是一个预示，非常像我们的生活、后来的命运。苏童的成功是必然的，因为他是一个认真做事的人。顾前的落魄也是理所应当，他是光说不练的人。我则是有热情，然后接着怀疑……

木叶：我看到你有一句评马原的话，说他“已经创造了汉语文学的伟大奇迹”，现在还这么认为吗？因为他已经停笔很长时间了，当然也在写一些东西。

韩东：马原是作家中的作家。

木叶：这是很多人用来评价博尔赫斯的。

韩东：因为他对西方小说的研究，对现代主义的研究，对小说的技术、方式的研究，在专业领域内，他绝对是一个划时代的人物。所以很多写小说的人，特别是80年代先锋小说那一批人都从他那个地方得到过营养。马原的书，可能一般的读者读觉得有隔膜，但是作家们读起来往往会觉得能获得很多东西。小说技术层面的东西，他已经在实验室里推进到一个非常了不起的程度了。

木叶：讲到马原我还想讲一下先锋，先锋创作可能跟韩东先生的小说有很大的不同，因为我觉得你在写作的时候，是想让读者看懂，有这么一个潜意识在，不知道这个观点是否准确。

韩东：准确，非常准确。先锋小说的意义就在于写作方式和技巧。因为80年代大家在学艺阶段，有很多西方的文学思潮进来，刺激是很大的。而且当时现代主义也是向各个方向前进，写得很怪异，标新立异。我觉得先锋小说的重点、革命意义是在形式方法上。除了形式和方法，应该还有别的东西，我觉得先锋小说做得还不够，远远不够。说白了，就像一个人练拳一样，功夫在身，有几套花架式，有几套拳脚，但是不能用于实战。你练拳的目的还是得打人，得打架嘛。

木叶：与人和世界交流，博尔赫斯说，诗歌的命运就在于与读者的相遇。

韩东：交流。就是得打架、打人嘛。打的时候可以看出方法来吗？打无定法，无招胜有招，我一下子把你撂倒了，就是这么一个概念。我写小说，我对小说技术、方式、方法所有这些东西的理解，就是我得运用，我得打人。他们不打人，他们打不到人啊。

木叶：但是现在余华开始打人了。

韩东：对呀，你一打人就暴露出各种问题，打不到人，或者没功夫。

木叶：很多人都在读。

韩东：争取读者不是一个最终衡量的标准。不管读者多，读者少，你还是要落实到文学上，还是要落实到文学这个东西它成不成立，而且最重要的是一对一的关系。我觉得真正的读者不是一个群体，我跟他们的交流是一对一的，不是我坐在台上，下面一群人跟我交流。就是说这个箭你射向他，你能不能射到他的心里去。

木叶：正中靶心。

韩东：对，就是这样一个概念。所以关于写书的理想，朱文曾说到希望能如西班牙诗人洛尔迦，在小酒馆里有他的诗歌的弹唱这个理想很美。我的想法不是这样，我的想法是我一点名都没有，我没有进入经典，什么都没有，但是可能在某个图书馆的拐角有我一本书，有一个年轻人不经意地翻到了，就看到他心里去了，不知不觉一个下午就过去了。他不会对这个作者的名声啊，乱七八糟的想太多。

木叶：这么多作家，主动说特别想让读者能读懂自己作品的不是特别多。你还提到自己会看一些畅销书，很有意思，别人会排斥它，而你会把这一点袒露出来。

韩东：对。实际上我特别关心读和写的关系，因为我觉得写出来只成立了一半，你还得有人读，对吧。读和写的关系不是一个概念，我想读者不是市场，市场的销量跟读者是没有关系的。就像以前我们有一本书，传到你手上时已破破烂烂了，那本书很多人读过。你的作品变成那样的话，就证明确实有人在读。现在很多人听了媒体的，书买去装饰书架，或者说买了没工夫读。

木叶：我就这个问题打断一下，你在乎批评家的观点吗？

韩东：某种意义上在乎。因为实际上是很不同的，我觉得好的批评家也是靠直觉，也是艺术家，他的要求不能降低。就像我看好的批评文章，不管他说我好还是说我不好，这个文章本身，很漂亮，读起来愉快。

木叶：那么你欣赏哪一个批评家，又有哪个批评家指出你真正的弱点、命门了？

韩东：这是完全不可能的事儿。因为实际上现在很多的中国批评家是有执照的，是学院培养的，是作为一个专业，一批一批出来。这个系统产生的，首先要为这个系统负责，他的那套概念，那套批评方式，还有在这个系统里面的位置……真正对文学的热情、真正的天才和直觉，在和这个系统的磨合当中还能存下多少？存不下多少。

木叶：我近来觉得朱大可蛮好的。

韩东：我还喜欢吴亮。我觉得像书评人，像《纽约时报》这种书评就非常好，它没有学院的系统，摆脱了那个，他就是直接，他参与到读和写的关系里面，所有的撰稿人都是读者。实际上不是从所谓的专业眼光看，就是一般读者，沉浸进去了，整个身心投入了，就好，用有专门训练的表达方式把这个直觉感受说出来。中国批评家作为一个整体，由于学院的培养，出身非常可疑。还有一个就是智障，他们学的东西太多了，概念的东西太多了，把末变成本，本末倒置了，其实一流批评家要像艺术家一样有直觉、预感、热情，在这样的前提下，你有非常好的技术手段、表达方式，你可以把你的感受说出来，我觉得这是好的。

木叶：期待赶紧出现这样的人，其实也可能已经出现了。

韩东：听音乐也是这样的，搞乐评的人我不太了解，可能他缺少这个专业背景，不管他搞得好与坏，但他真的是发烧友，喜欢！然后那个文章就不一样。但是搞文学（批评）的有多少是真正喜欢文学的？没有，几乎没有。

木叶：他们是在吃作家……

韩东：一碗饭，就是一个饭碗的问题。

木叶：我看到你说“我认为我最适合的是写小说”，这具体指的是什么？

韩东：实际上，我还是比较适应规律化的生活方式。因为写诗、写小说决定了你的生活方式，你写小说像工作，每天都能干，写诗歌特别突然。就个人的性情而言，我是比较适合有条不紊去做一件事的，至少这是原因之一。

木叶：跟篇幅或者说雄心有关吗？

韩东：对。还有一个我关心的事情，因为我特别关心人际关系，人与人之间的这种关系。诗歌它的焦点不在关系，它可能在个人和外部世界的一种交流，不太关心这个。我对这个关系很敏感。

木叶：今天怎么看当初的名言“诗到语言为止”？

韩东：这个很简单，当年都是文以载道嘛，大家当年强调主题，强调你写了什么，对语言的层面不重视。我这句话就是强调语言的重要性，“诗到语言为止”已经说得太多了，实际上就两个字，“语言”。

木叶：那么你读和写一个小说最看重的是什么？

韩东：除了叙述，叙述的快感、叙述的有趣之外，我觉得还是对人性的洞悉。

木叶：不再着重写诗歌了，没有任何遗憾吗？

韩东：我还是非常想写诗的，主要是时间、精力不够。因为写一首诗的时间很短，忽然灵感就来了，“哗”地写一下，但是你要整个进入这个状态，必须整天沉浸在那里。以后某一年我准备只写诗，可能也写不了多少，十首，二十首，三十首。但是我的主要思虑就在这个地方，我会沉到里边去。

木叶：我也写些诗歌，老早就看过你写的《有关大雁塔》《你见过大海》，那些作品在诗歌当中是独树一帜的，但是在小说创作之中还没有形成这样一种“韩东风格”，不知道你是怎么看的？

韩东：实际上我的小说还是有自己的特点，这个特点就是说很多人想追溯我的师承，最后得出的结论是“四不像”。你不可能感觉到我的小说到底是受谁的影响更深，这个我觉得就是一个最大的特点，或者说最大的成功，最大的不同。有人说你是不是师承卡夫卡、海明威、博尔赫斯或者纳博科夫，因为现在基本上先锋小说的几个师父大家都可以了解，但是我这一点很好，可能也是个缺点，就是说你不知道我的来路。

木叶：这其实是好事儿，那么你的诗歌有没有师承？

韩东：诗歌就更没有师承，诗歌当年就是读一些翻译诗歌。诗对语言的要求特别高，翻译丢失了东西，就不是原作了。小说可以翻译。弗罗斯特说过一句名言，“诗就是在翻译中丢失的部分”。

木叶：当初沈浩波有一句话是批评你的，我觉得蛮有道理，他认为韩东80年代很多作品的确有很大影响，90年代之后也有一些不错，他提到一个就是《甲乙》，我也觉得真有一种不动声色、杀人于无形的感觉。这样的作品真的不多了，也可能由于名望在这里摆着呢，大家觉得他怎么才可以超越以往呢，当然超越可能也是傻词。另有一种批评，认为韩东的诗到此截止了，所以才不得不写小说。但我知道你80年代初就写小说了。

韩东：这些说法都有道理，都没有任何问题，但是关键我写东西基本上是一意孤行，不是见杆就爬。比如说《有关大雁塔》和《你见过大海》，这种诗歌取得了一定的声誉，这个路数你拼命去写，我完全不是这样的。《甲乙》，我自己的评价也不是特别好的东西。我就是一意孤行，这个意思就是说不会见好就上。特别在现在工业和商业化的环境里面，就像演电影一样，某类角色你演得成功就死演，某个地方你有赚头你就死赚。我不喜欢这样，我按自己的意思写，别人说好，说不好，我都无所谓。

木叶：我当初看一个海子纪念集的时候里面有一个小文章，你好像对海子不是很推崇。

韩东：海子实际上是一个少年天才，不是大师，也不是集大成者，如果他没死我觉得他会修正自己的。而且他吸引注意，他被“广而告之”，就是因为他的自杀。如果他不自杀的话不会这么有名，这我敢肯定。

木叶：但是一个人敢于决然赴死，这是很不一样的。很多人是蝇营狗苟地生存。

韩东：当然，一个人的死亡你不可能去说三道四。

木叶：他应该没有以死搏名的概念，西川有一篇长文分析海子的种种死因。

韩东：没有以死搏名，这我可以肯定，不可能是死搏名这么简单。但是最可能的就是他得了忧郁症。把死亡和文学进行挂钩，我觉得没有意义。

木叶：当下诗坛，你真正欣赏的诗人，或者说你不看重而名声极高的诗人有哪些？

韩东：我觉得最伟大的诗人，自有现代汉语以来最伟大的诗人，有一个，杨键。

木叶：安徽这个，《暮晚》？

韩东：对，自有现代汉语以来最伟大的诗人，这是我的观点。像我这样的写作跟他是不能比的。我觉得他真的是大师，他已经不是一个少年天才了，他超越这个阶段了，也四十多岁了。而且这个人他身体力行，他整个是合一的，他已经写开了，他写诗已经不那样用劲，不那么的匠气，他真的是随便写的，二流的诗他也写。他是现在唯一的拿到世界上去和世界级的大师相比较，不会丢人的。

木叶：这个评价非常高了。

韩东：对，这是现代汉语的。当然还有写得很好的不同类型的诗人。但杨键是最有大诗人气象的，最中国的。

木叶：中国这个词很重要。他还是有点海子遗风吧，真诚、乡村。

韩东：没有。海子是一个在学艺阶段的少年天才。海子是一个故事，杨键没故事，生活很平淡。海子就是个故事，跟顾城是个故事是一样的。

木叶：你说的故事是传奇的概念吗？

韩东：对，我明天马上从上海一幢什么楼上跳下来，肯定也就成了故事。我绝对没有贬低海子的意思，我只是觉得海子去世以后，很多人说这些东西……

木叶：对，什么谬托知己啊，跟风和复制啊。

韩东：他非常纯朴，但是他在一个错乱的边缘。

木叶：那么，如果心平气和地来讲知识分子写作和民间写作……

韩东：如果不从群体上看，就从写作方式看，简单得很。一种就是比较口语化、比较叙述的诗歌，还有一种是强调意象、强调书面语的诗歌，这样不同的两条路径。在任何方式下都有特别好的诗，也有特别差的诗，方式不能决定质量。但是很多人头脑很简单，他就认为方式可以决定质量。比如说现在口语流行，我就写口语，只要写了口语，我就比那个玩意象的强。这个是没有道理的。

木叶：没有天然的高与不高。

韩东：没有。方式无法决定质量。甚至可以推广到，写畅销书和写严肃文学，同样没有高低之分。非常好的畅销书像《教父》，真的写得太棒了。一个人在写严肃文学，但是质量很低，价值上根本没法说，也是可能的。

木叶：那么你怎么看像金庸、克里斯蒂这些呢？我知道马原特别喜欢大仲马。

韩东：我觉得金庸比较差，金庸就是很畅销，很有读者，但是他在作品的意义上是很差的。

木叶：作品的意义是什么概念？

韩东：就是这个东西做得好不好，精不精致，它的文学性、艺术性，诸如此类吧。像话本小说是中国小说的一个高峰，那个时候就没有什么严肃和商业分野。全是俗的，但是写得多好。

木叶：像《红楼梦》的作者，还有《金瓶梅》的作者“兰陵笑笑生”，在历史上似乎是“查无此人”的，太牛叉，真的是不计名利。

韩东：对，他们也是俗小说嘛。金庸能达到《红楼梦》的水准吗？达不到，《红楼梦》，包括《三言二拍》，甚至《官场现形记》，都写得好。我讲的就是这个东西。不怕俗。

木叶：你早期比较受北岛的影响，因为那个时代有着跟历史和政治对抗的因素在，真正从文本上你怎么看呢？

韩东：他们的革命不仅仅是政治上的东西，我觉得最大的震撼还是文本上的。因为在北岛以前我们崇尚艾青啊，贺敬之啊，忽然读到北岛“卑鄙是卑鄙者的通行证，/高尚是高尚者的墓志铭”，还有“在那镀金的天空中，/飘满了死者弯曲的倒影”，这样的句子现在读起来不觉得怎么样，当时没有这样的写法呀。还有一些意象，“喧嚣的星星”“星星的弹孔流出血红的黎明”“窗户像眼睛一样张开”……这些东西产生美学上的强烈冲击。再加上他们的方式，像办民刊、不合作，是另外一种吸引。

木叶：有一段话是郜元宝写的，我觉得很有意思，给你读一下：“现在朱文移居北京，叶兆言倾心于过去的秦淮风月，苏童主要写苏州、无锡江南小镇，打造心目中的‘南方’，或偶尔来点并不高明的历史虚构。只剩下韩东坚持守望现在时的南京。”这个你应该看过，怎么想的？

韩东：没看过。

木叶：那怎么想的，第一是“坚守”，第二是“现在的南京”，第三是“只剩”。

韩东：没有啊，其实我跟南京这个地方关系不大。这个地方是我居住的地方，习惯于在这里，包括我作品里面涉及南京的一些东西，都仅仅是符号，很简略的，我没有沉浸于南京的人文、南京的气氛、南京的现代生活，地方特色我没有概念。

我觉得南京跟我的关系不是很大。他们是这样看待一个作家群体的，但我不这样认为，我觉得各人写各人的吧。

木叶：对，每个人都太不相同了。我看了你一些随笔，觉得这几个很有意思，第一个，你提《红楼梦》的时候，说《红楼梦》的写法绝对是“流水账”。

韩东：实际上我觉得对这个权威要破除神话，破除神话你才可能成就我一再强调的一对一的阅读关系，才有可能成为一个在书架上没有被经典的光环所照耀的书籍，然后你才可以读。现在有很多人都认为《红楼梦》牛逼呀，好呀，那都是没读以前概念就存在着，读了以后加强他的概念了。我觉得这样会使作品失去意义。《红楼梦》我一点都没有否认过，朱文是瞧不上《红楼梦》的，王朔也瞧不上《红楼梦》……

木叶：没有吧，王朔瞧得上《红楼梦》，他说一不留神写出一个《红楼梦》，可能骨子里他还是认为这是得真正加小心对付的一个作品。

韩东：我没有瞧不上《红楼梦》，只是我觉得把这个书供在那个地方，对真正想读书的人来说会是一种障碍。

木叶：插问一下，我看到程永新讲，你不应该骂《收获》，这好像是跟“断裂”有关系。这件事你今天怎么看？

韩东：这实际上是个人恩怨的事，我觉得他把文学的东西变成一种个人恩怨，我也不想搅合进去。我们自己做了什么了，你又怎么了，这跟文学没关系了，这是文学恩怨的问题。我不想搅合进去。

木叶：“断裂”注重的是文本、文化以及精神来源，其实是和个人恩怨脱离开来的……

韩东：我们在生活中每个人都会有一些个人恩怨，但是针对文学发言的时候，我是撇开这个东西的。

木叶：其实你也觉得不能得罪人了。

韩东：说个人恩怨没有意义，这是文人的方式，文人会牵涉到这里面，说他妈的，我对你怎么好，你对我怎么差，或者他又说了什么什么话，这东西太无聊。在这一点上我都没有反驳他，也没有怎么样，觉得没有必要。

木叶：前段日子程永新提出有一些作家被高估了，我想知道在韩东的文学版图中，认为哪些是被高估，哪些是被低估了？

韩东：高估的就是那些名流嘛，就不谈了，大家都知道。具有一流名声的作家实际上都是二流作家，真正写得牛逼的肯定不会达到一流名声。

木叶：其实也有像马尔克斯和福克纳那样名声达到顶峰，也是真正一流状态的。

韩东：我不仅讲是作家，我讲一流的人物，比如说我最喜欢的西蒙娜·薇依。我读了很多基督教方面的书，神学什么的，也好，但是她是最好的。她比萨特、波伏瓦怎么样？萨特、波伏瓦的名声远远超过她，但是她真的是……

木叶：她也有关于爱的，小说《我和你》前引用过，“爱是我们贫贱的一种标志”。我没有读过她的原文，不过觉得可能她的爱是广义的，你主要讲的是爱情。

韩东：对，她出了一本《重负与神恩》，我认为她真的是一个……就像你特别欣赏那些写话本小说的人，也不知道叫什么名字，她的写作也完全没有“目的”。《重负与神恩》是一个格言集，就是在二战的时候做的一些笔记，然后她觉得自己活不长了，就把这个笔记给一个朋友，说可能以后你会用到，用到你就随便用吧。她就死掉了。这个人一读之下，就不敢用了，就整理章节……薇依完全没有发表成书的意图。

木叶：和卡夫卡接近。

韩东：比卡夫卡还极端。她非常纯粹。

木叶：那么就提卡夫卡，你说卡夫卡所有的著作都是“以习作和草稿的方式写成的”，这是蛮有意思的视角。

韩东：他没有通常的文学理想，卡夫卡所有的文字是出于他的热爱，也是一种宣泄的方式，他首先是为自己写的，内心的纠结。他真的不是通常意义上的作家。

木叶：怎么理解你说向他学习就是“无止境地向自己学习”？

韩东：就是自我认识，就是说光有一个理想不行，比如说你看到好的作品，你看了纳博科夫或是谁，就牛逼轰轰说“我要写一个”，这是我们年轻时候的一个动力，我们依靠这个动力，就像前面一个星辰引诱着我们往前去。到了最后你会发现脱力的，力量跟不上。实际上，你往后一靠，有一股力量就会推着你走。当你成为你自己的时候，你就了不得了！就是借力，我们可以借自己的力，自我认识特别重要，按照自己的愿望、自己的经验、自己的东西去写。向你学习胜于向别人学习。起初我们阅读了很多的东西，觉得他们很牛逼，最后又发现只有向自己学习。而且我认为比较好的作家，他们的方法论都是一样的，他们都是向自己借力，他们写得如此不同，不是设计的结果。像卡夫卡，他就写了他的“自传”，像海明威也只能那样写。

木叶：也就是说写你自己能写的，或者说真正写你自己。

韩东：能写的东西，而且不得不写的东西。

木叶：你们搞过一个网站叫“橡皮”，名字取自罗伯 - 格里耶的小说。他刚刚去世，你的作品跟他有点儿相似。

韩东：橡皮网站不是我搞的，整个趣味是杨黎的，杨黎对罗伯 - 格里耶五体投地。酒吧就叫“橡皮”，里面有一个镜框里镶嵌着《橡皮》这本书。我对罗伯 - 格里耶评价不高，他比较教条，他有原则性，很认真，也是作家中的作家，在另外一个极端上进行了一种极端的尝试，开拓了小说的疆域，他的贡献是这个。但是他的应用能力比较差的，首先他的书不考虑读者。

木叶：你好像对不考虑读者的人有意见？

韩东：比较有意见。像卡夫卡的东西，他不考虑读者，但是我们读起来没有障碍，基本上没有障碍，你说文字上有什么障碍？他给他父亲的那封信和他写的小说是一样的。而且给他父亲的信，至少有一个读者是他父亲吧，他不是说要写很多让人读不懂的东西，满足自己的呓语的愿望吧。所以卡夫卡是我喜欢的人。

2008 年 3 月

辑三

李浩：先锋的灾难性魅力

木叶： 说起最早被文学击中或者说吸引，很多人可能会追溯到早年有意无意地看四大名著或鲁迅等，接触当代文学会晚些，西方的文学更晚，不知你会不会比较特别？

李浩： 我最早接触的是古典诗词、散文，然后是郑渊洁童话，一多半儿的《封神榜》和半部《无头骑士》。我最早的志向是当一名画家，所以还看了一些美术书。鲁迅，除了课本上的我读到很晚，近三十岁吧，许多时候不以为然，但到四十岁后才更多地领略他的好，包括小说中的。现代文学，于我基本是空白，我是读了西方文学之后，想了解一些文学史才读的，当代文学也是。我不否认自己的知识不够完备，也不试图完备了，有些苦功我更愿意放在哲学和社会学的阅读上，或我认可的经典文本的学习上。对作家而言，很可能他们更愿意"学习"那些对他个人有帮助的文本，而不是知识。

我上中专的时候接触了现代诗，中国现代诗，当时已经"Pass 北岛"了。现在我依然极为"怀念"那个 1980 年代。因为它把我从一种困囿的固执中解救了出来，我学国画，学古典诗词，竟然背熟了三十多种诗歌的、词牌的平仄，背过了近2300个字在宋韵中属于阴平还是阳平。我对文学的兴趣首先是古典文学，李煜对我的影响最大。

木叶：“我在等待中写一首有关等待的诗。它由时间的碎屑组成。”这诗的后半句使得它引人遐思。你应该是先写的诗，后来开始写小说，再后来更多地以小说家身份示人。你怎么看待自己的诗，如今状态又是怎样的？

李浩：哈，我个人更喜欢我的诗，也更喜欢那种诗人的思维，即使在我的文论中我也不否认不时有诗和诗人的影响在。诗歌和小说对我而言是两个不同的载体，当然首先是因为这两种文体“载力”不同：诗歌负责负载我的当下，情绪的东西多些，它是因点组成，它距离我更近，距离我的情感更近；小说则负责负载我对世界的认知、发言，负责我对这个世界、这个时代、这个生活的思考，它理性更强，更是线的、面的，更多线和更多面的。诗歌捕捉短暂，我会让它更艺术些，更有隐晦的、喘息的回味处，它需要精心而恰应地安置每一个词，同时又让它的词意有倾空处和重新注入之处。而小说，我会让它伸入相对的永恒，让它更生活些，更有生活的气息一些。

不过，“诗性”是我所有文字的诉求，包括对一些随笔性的文字。我一向认为“诗性”是一个高标准。

木叶：有人注意到你诗集《果壳里的国王》中一些作品有叙事性，我觉得有道理，或者说有小说的影子。你的诗歌英雄和小说英雄分别是谁？

李浩： 我在80年代的阅读仅限于诗，先锋诗歌的影响大而先锋小说则是空白。在最初的时候无论是诗歌还是小说，对我来说都是“审美溢出”，我不理解也读不出好，有的还直接让我“愤怒”。接受的过程其实比说起来艰难，而一旦接受了，读出美与妙来了，再读某些传统的文本，就觉得粗陋，劣质，养分少了。我个人，对中国先锋文学的阅读接受也是不完全的，我承认，许多显赫的先锋文学文本我是在阅读了大量世界文学经典之后读到的，很遗憾，它们吃亏太大，我读着没有感觉，因为它本有的“新质”我在别的文本中早已读到过。

先锋诗歌，给过我巨大影响的先是洛夫、痖弦、冯至、北岛，后来我喜欢早期的杨炼、海子、欧阳江河、昌耀，中期的西川，早中期的于坚、雷平阳、路也、陈先发、翟永明、大解……对于先锋诗歌我更能如数家珍，如果允许我将影响过我的西方诗人也列入其中的话，将占有至少三个页码的长度。先锋小说，我的阅读真的远不如诗歌，除了前面我已经提到的，我还想再加几个名字：杨争光、东西、鬼子，早期李冯，写下《英格力士》的王刚……请允许我扩大一些，允许我在我的阅读中寻找自己背后的神灵，为了篇幅我诗歌和小说各选三位，可以么？诗歌：埃利蒂斯、帕斯捷尔纳克、里尔克。小说：卡尔维诺、博尔赫斯、君特·格拉斯。有点自我为难的意思。

诗歌里的叙事性是我有意识加入的，我之所以由诗歌转入小说，一是感觉自己的理性越来越多，感性的敏锐越来越无法支撑诗歌的继续；二是感觉自己年年写下的诗与他人的面目的区别太小。是的，我也很不希望自己是“渺小的后来者”，我也希望自己的诗做“等于”的事而不是“忠实”的事。我一度放弃了诗歌写作，重复自己和重复他人都是我所不想做的。直到十年后，我的小说也写得有些起色了，才又转向诗，这时我感觉自己找到了某种“个人标识”，我写下的诗既在中国诗人中不会被混淆，在西方诗人中也不会被混淆了。为了这一方式，哪怕所谓的艺术形式上的独特，我用了三十年的时间还多。我是个笨人，不是那种天才。

木叶： 你觉得自己是一个先锋小说家吗？

李浩： 我是先锋作家。我不讳言，也不希求从中得到任何好处。我愿意在所有的作家们中间都是“独立个体”，在所有的知识分子中间也是“独立个体”，我始终希望自己是那个“个人”。

我的创作基本上是先锋的，过去，在十年前吧，我的作品基本上发不出来，不过一两家刊物会用。我知道我走的路径是什么，为什么走，所以也挺甘心。后来有些小小的不甘心了，就每年写一篇不先锋的小说，通俗一点儿、现实一点儿的小说，有些小孩子怄气的意味：你们写的那类小说老子会写，老子写的这类你们玩不了。哈哈。这种孩子气我现在还有。我现在在学校教学，本科的课基本上讲述技法，传统的、基本现实主义的技法，它的确是个基础，我觉得先锋小说家们也必须具备这个基础，但止于基础绝对是不行的，是大错谬。

我的小说的接受……哈哈，我觉得我是边缘，接受度不高。有时候大家知道我，不过是因为我得了鲁迅文学奖，而且有张爱说的嘴。我也不得不甘心，是的，不得不。

木叶：如今对写小说还是写诗更自信，我想你应该有过对自我才华的研判。

李浩：让我犹豫和忐忑的问题。其实我觉得我在诗歌上的“创造性”可能更大些，我个人也更重视我的诗歌。但离开诗歌圈子太久了，人家不认我还是个诗人。小说……我做出的新提供还是少了些，除了几篇自己觉得还可以的。

木叶：在另一端，或以你自己为例，先锋小说和诗歌创作之间是否存在，抑或如何相互滋养？

李浩：是的，相互滋养，而且包括我对文学批评的阅读，那些随笔的阅读与写作，对于哲学的、社会学的、历史的、艺术史的阅读，都对我是种滋养。诗歌，让我在对待每个词时都有某种经意，我会反复，有掂量，并努力在平静下建立回味，涡流性的回味，它也让我的小说能够笼罩于诗性中。而小说对诗歌的滋养则是叙事性的介入让诗歌在抒情中有了厚度和拉扯的力量，有了生活的真切感，甚至有意容纳阅读者“经验”上的参与，这样文本就有了一个阅读者“副文本”的存在——如果没有小说写作，我的诗歌不会呈现现在的样子。

木叶：第一次见你，有人笑你的胖，你也随着笑，我倒是注意到你的挺拔，这当是军旅经历的缘由，我想一定还有更多的“余音”。你如今怎么看待这种人生经验，以及对创作的潜移默化？

李浩：我是胖，是个月半纸。这个我不自嘲他们也嘲笑我，我就跟着笑吧。我原来是只“刺猬”，其实现在也依然保留着刺，但更多时候是徐则臣说的“滥好人”，我很不会拒绝别人，在习惯性地讨好别人，努力让别人过得去。我觉得任何的生存境遇和生存经验对于文学来说都是珍贵的，如果它不能运用到文学中，我只能说我还是没有真正地理解它、认识它，我还能力匮乏。

木叶：传闻你曾说获了鲁奖的《将军的部队》是自己最差的小说。我喜欢你对机缘的思考，但这个文本自有它的那部分好。也许隔得再远，会有新的看法。换句话说，你是否愿意谈谈自己最经得起推敲、最有探索性的是哪些作品？

李浩：天地良心，我没有说我的《将军的部队》是最差的小说，没有，我只是说，它不是我最好的作品，我对它不高看。我当时在部队，这篇小说是我尊敬的诗人刘立云“逼迫”的产物，他要我必须在某个时间内写三到五篇和部队相关的作品，我也的确完成了它们。等我完成的时候刘立云先生也离开了《解放军文艺》。另一个我的好朋友李亚帮助我做了部分修改，它才呈现出现在的样子。

如果列举我个人喜欢的作品……诗歌，我想推荐《缓慢转身的书虫》一组，哈，我准备将它最终写成一本诗集。它和阅读有关，更和我的情绪情感和幻想有关，和思考有关。小说，短篇小说我觉得《一只叫芭比的狗》《碎玻璃》和“拉拉国拉拉布”的那个系列还可以读，中篇是《失败之书》，长篇是《镜子里的父亲》。

木叶："我们的房子像孤单地驶在海上的船。"谈到中篇小说《失败之书》(2006)，会想到真实与虚构，也会想到力量，想到命运之痛，我还珍视其中的自省意识。不过你说"十年时间我没有进步"，这似乎是苛责……

李浩：在《失败之书》中，我让这个哥哥遭遇三重的"失败"，即社会理想的失败，艺术理想的失败，最后是个人理想的失败。他希冀改变世界，部分地"按照自己想象的样子"和臆想的样子，这里有(盲目的)激情，而挫败感也是强烈的；他希望自己成为一个好画家，他为之也努力过，很认真地努力过，但不得不承认他匮乏这种才能，至少是不被认可。退至最后，他其实也想有一个较好的个人生活，自食其力，但由于性格因素和另外一些影响着他的因素致使他的这一愿望也难以实现。失败成为他的影子，成为他的本质和血液里流淌着的物质……这时，他的怨怼越积越重，作为弱者，他只能将这份怨怼施加于自己的家人，让他们和他一起承受，让他们也一起沉入到失败的痛苦中……这时，这个软弱的失败者又不断地释放着他的恶，他也确实得寸进尺，变本加厉。他是"零余人"，但不同于他人塑造过的"零余"，在整个文学史中的零余者都是自我失败，他们不会变成怨怼的施虐者，而这个哥哥不是如此。这也是我们国民性中非常独特的一点，我从生活中抓住了它。

我说我十年里没有进步，也是真诚的。虽然我的技艺、想法都有进步，却没有能够可再塑造一个独特的、唯我所有的形象。我不能原谅自己。

木叶：我较严厉批评了一位作家所代表的某些写作倾向，引起反响，你见了说，希望有人也能如此批评你。这是酒过三巡的话，但我感到背后的真诚。所以看到你日常随和，但是文字却往往会透出激烈，就很理解。这种为文与为人之间的不同，自古便有人言及，你自己想必也有所斟酌吧？

李浩：我尊重并且一贯尊重真诚的、有见地的批评，无论它有无苛刻之处。说实话我们时下的批评太温了，太像表扬稿了，而且多数说不到点上，我觉得这样是对自我也是对文学的不负责。我愿意向所有人释放善意，而且这份善意不伪，不是装出来的。我想你也知道我的这话并无自我夸耀的意思。这是性格的原因，也是读书给我的"养成"。而在文字中那是另一个场域，它牵扯着我可能坚固的、自认的"真理"，在那里我不想太"东方智慧"，太圆润——东方智慧对自己有益但不利于问题的厘清，我愿意我的傲慢和偏见在这里毫无保留。平时，我有可能说些假话、伪话、不由衷的话，但在文学上我尽可能真诚点，虽然有时候也做不到。所以，我对做到的，譬如你的批评，表达敬意。我希望自己能得那样的批评，这也是真诚的。我还要纠正你一下，我在没有喝酒之前先和黄德海说了我对你批评的赞许，而后才是见面喝酒，我也是在喝酒之前就又一次表达的，不是酒后。

木叶：哈哈。作家中，你是写评论较多的，还写有不少印象记，石黑一雄刚得诺奖，你立马表示有话说。你看的国内国外的小说多，文学理论也很不少。某种意义上，一个作家的进阶，到了一定程度越发仰仗深厚学识，这方面你应该有自己的心得，包含着不满和憧憬。

李浩：如果我们看20世纪以来那些伟大的、给我们启示的作家，没有任何一位不是思想者，不是愿意面对真问题的人，他们既可以对笛卡尔以来的哲学发展发言，谈论中东战争和人类如何面对新问题，又可以充分地充当“人类的神经末梢”，对卡夫卡或某位作家使用的一个微妙的句子写上一万字……我当然希望自己能够见贤思齐。

就是在我眼里的二流时代的二流作家，索因卡、奥尔罕·帕慕克、略萨，我在中国社科院的礼堂中、北京大学的礼堂中聆听过他们的发言，听听他们谈论的是什么！非洲和欧洲，文明冲突，驱赶殖民者和驱赶文明的取舍与灾难；东方和西方，文明的互渗与跨越，作为民族性和作为世界性之间；人类的璀璨与巨大的野蛮，文学对政治的介入，在生活中与在思考中……是的，你说得对，一个作家进阶到了一定的程度会越发仰仗学识。这，其实是被证实的真理。仅凭讲故事就能赢得阅读和尊重的时代应是过去了——我说的不是所谓的普通读者。你的写作，得让同时代的聪明人服气，尤其是那些和你不一样文化背景的高智商、高情商的人。这是我理解的文化自信。

木叶：继续谈先锋。“先锋派被归为一个群体，形成共识的是指马原、苏童、余华、格非、孙甘露、北村、潘军、吕新。有时会把残雪也算在内，但残雪的女性身份、过于独特的气质，使她游离先锋派群体。洪峰因为90年代初具有形式实验的作品不多，故也逐渐淡出这一话题。扎西达娃以西藏异域色彩享有先锋派的殊荣，但也因为作品数量较少而难以持续讨论……”对于狭义上的先锋小说家，批评家陈晓明的这个说法很有代表性，不过在不同人眼里还是会有出入，譬如刘索拉、徐星、莫言等的位置。如果就广义而言，还要加上90年代至今的先锋或异质性写作，这将是一个长长的名单。我们不妨先谈谈自己心目中的中国先锋作家是谁，或者说哪些先锋文本已经堪称经典。

李浩：陈晓明老师的说法我基本认可。不过我的确会把刘索拉、莫言加入到这个名单中，就我个人而言读中国的先锋小说我最早读的就是刘索拉的《你别无选择》，几天的时间里我都处在“被震憾”之中，而后是《寻找歌王》。在一个漫长的时间里我写诗、读诗，基本不读小说，陈超老师写信劝我“如果想写好诗，最好是先读哲学史、艺术史，哲学的、艺术的、社会学的、心理学的、小说的，最后才是诗的”，但我当年太小，听不进去。很羞愧，我和中国小说相遇很晚，大约是上世纪90年代中后期，而且阅读面基本放在了先锋文学这一脉感觉志趣有些相投的作品上。莫言，在我看来必须是一个先锋作家，他可能早早地建立了自己的“基本风格”，但之后（尤其是长篇）几乎是各篇在主旨、写法、故事样态上都不同，他始终在调在变，尽管良莠不齐。对此我极有敬意的。中国作家里很多早早就老下去的人，他们哪怕获得了一点芝麻大的小名儿之后就不再变化，不断地复写自己，尤其在思考力上复写自己……在这里，我可能需要重申一下我的“先锋”观念，不好意思，我不太愿意使用批评家们惯常的那些概念和定义，多数时候我更愿意对某些词注入我的理解。先锋，在我的理解中，一是在形式、技艺上的探索与改变，它挑战惯常和平庸，甚至带有“灾变”的气息；二是在思考向度上、世界认知上有“未有的补充”，它对我们习焉不察的想法提出了警告，为我们认知问题提供了另一向度，为思想世界提供新的可能；三是自我意识的突显，它的作品要具有“个人的缪斯的独特的面部表情”，有鲜明而独特的个人面目，不容易被混淆；四是强烈的冒险意识和冒犯意识，在它那里我们能感受到对时代流行、对母语之茧、对自我“古老的敌意”。所以，在我的理解中，我愿意重申我的一惯看法：所谓文学史本质上是文学可能史，所有有效的写作都是先锋的。

在这一理念下，《红楼梦》是先锋的，因为之前没有谁这样讲一个“中国故事”，讲一个这样的“中国故事”；巴尔扎克也是先锋的，因为在他之前小说写作不是那个样子，是他为日常生活建筑了可能的光，让阅读者第一次品到现实的魅力，见到了不一样的巴黎。当然，在对现实的书写中巴尔扎克也使用了“一种可怕的强酸，将一部分人溶解、流散、剔除，使其销声匿迹；而另外一部分人则变为结晶体，硬化为石头。演变、着色和组合的各种效应在他们身上完成，从组合的元素里又生成新的中和物”（茨威格《三大师》）。许多所谓的现实主义批评家根本注意不到巴尔扎克手中的强酸，真是为他们的智商着急。巴尔扎克至少略掉了波德莱尔感兴趣的那些人，而他笔下的人物也经历着“演变、着色和组合”，是中和物。

因为我的阅读是极为有限的，所以我无意为先锋作家们排排座。在80年代，几乎所有作家都是先锋作家，多是先锋作家，陈忠实老师是，刘恒老师是，周梅森老师是，王朔老师也是，众多的小余华、小苏童们也是。而到了市场等诸因素占主导之后，许多所谓的先锋作家也都不是（先锋）了。至于作品……就我个人而言我觉得刘索拉的《你别无选择》、余华的《活着》、莫言的《红高粱》与《生死疲劳》、阿来的《尘埃落定》、孙甘露的《我是少年酒坛子》等都堪称经典，如果加上诗歌，则一定更多。当然，我也想关于“经典性”的问题，我愿意把中国文学放在世界整体性中打量，我相信世界其他民族的作家大约也是。时下，我们所有获得的知识都是在整体性下的，没有哪个个人和民族会获得特别的宽恕。那，可能需要更苛刻一些了。

木叶：每个人都在变化之中，先锋作家可能更为鲜明。显豁的例子是余华，《十八岁出门远行》等中短篇为他赢得了声名，而从90年代的《活着》《许三观卖血记》和《在细雨中呼喊》，到新世纪的《兄弟》和《第七天》，他每部长篇的手法都不同，他不断改变着自己，同时别人看他的目光也在改变。从“三部曲”到《隐身衣》再到《望春风》，格非不断思考与发力，他的创作又是一个突出的例子。而马原的《牛鬼蛇神》和《纠缠》等则与当初“那个名叫马原的汉人”的冲击力相去已远。求变的结果不尽相同，但可以说，他们都在面对自身、面对文学难度、面对时代局限。这可能有什么启示？年轻作家看前辈作家，可能更真切，更有感慨，而先锋性本身是否也会因时代变化而流转，而有不同体现？

李浩：变化，本身就是先锋的一部分，不变才是可怕的。但，恕我不敬，他们的某些变化尤其是90年代以降的变化实在让我失望，这种失望，是对尊敬的、崇拜的老师们的失望。余华和王小波，是影响我最大的中国作家，而余华对我的影响甚至具体到句子上和句子结构上，以至我不得不用许多年来“打破”它。我喜欢他的《在细雨中呼喊》，认可他的《活着》，尽管我觉得《活着》其实已经做了某种降低，但它说出了中国人独特的生存处境和独特的生存理念，它是“差异性文本”，它提供的是西方文本的“未有知识”。而到《许三观卖血记》，则是延续，如果恶意一些我觉得它是“成功”的延续，它没有提供比《活着》更多的意趣和新思，反而加重了媚俗——批评家们终于又找到了一个他们更看得懂的文本。不提《兄弟》，我想说《第七天》的开头部分完全是伟大作品的开头，它的核心理念也好，足够支撑起“伟大”，但第三节之后的落实却捉襟见肘，慢慢放在了小的节点和细节上——一座高楼的重量让海龟的壳来承担，它是承不住的。在这点上石黑一雄的《被掩埋的巨人》做得更差，远不及余华。我极为他惋惜，我建议他重写一遍这个《第七天》，它本可以成为经典的。

快五十岁的人了，在文学上，我还是努力做到“吾爱吾师，吾更爱真理”吧，尽管依然会真话不全说。格非老师也是我喜欢的先锋作家，我在最初的小说中曾将一代棋王的名字唤作“格非”，这里面当然有着巨大的敬意。他的“三部曲”我看了两部，说实话我的看法和批评家们的看法截然不同。我觉得批评家们太注意他们理解的“深刻”和他们套路中的言说方式了，他们完全不顾及这种所谓深刻的实现手段与实现可能——再说，某些深刻放在社会学、哲学中也许不过是旧有常识，甚至是证谬的部分。格非身上一直的探索和反思让我敬重，但他落实的手段不够，甚至是干瘪的、有漏洞的。如果要做现实性落实，他必须让承载故事的人“活”起来，有血肉和呼吸，写一个乡镇干部就要获取他那套穿衣打扮的方式，还要有他和他们惯常的表述方式和思绪样式，无论你如何审视他甚至暗暗地嘲笑它，在小说中你首先得尊重他并完整接受他的选择，而不是你的选择……“从怎么写到写什么”，我想我懂得格非老师的意思，他是说我们不能只迷恋于技艺的考究而忽略内容之重要，我们不能只放轻飘飘的气球而应关注大地的沉重——其实中国文学的先锋期也没只放气球，我看重的更多还是在技术后面的思考之重。但问题是，技艺手段往往是思维手段，它本身也携带有“认识世界”“表达世界”的差异，意识流是看世界的方法之变，黑色幽默也是，荒诞也是，我真的不知道谁能掌握将苹果和苹果的气味完全剖开的解剖学。中国先锋文学，其实在80年代末就开始思考和加入现实之重和历史之重，我觉得我们本可以在不断地调试中前行，而不是在断裂中，可往往我们却一再地选择断裂，然后又回过头来……

我们的先锋如果只延续80年代的样式和诉求，它就不是先锋，不变就会僵死，也悖离了先锋的、探索的本意。在一篇旧文中我说过一些尖刻的话，在这里也引用一下："我觉得，80年代的先锋写作是一些具有超凡才能的聪明人玩的，那时，我们的政治氛围也倡导改革、创新、探索，鼓励弄潮儿，他们的出现适应着时代潮流，他们懂得，猜度，让自己适度地保持处在'风口浪尖'——之后集体转向，当然也是一种时代暗合，因为时代骤然改变了面目，商业的、经济的浪潮形成了另一股的强力，部分地还有政治机会的考量。随世俯仰，这是我从阿袁小说里学来的一个词，我觉得真是精确，准确。他们的集体转向恰恰显现了他们的世俗图谋，我以为他们可能不是骨子里的先锋派，不是，他们没有一意孤行的决绝，也不想成为真正的'孤独的个人'。"

请原谅我的部分尖刻。

木叶：畅所欲言。"我之所以看重先锋文学，一方面是因为它们代表了我们时代文学的精神难度、思想高度，也代表了在艺术探险上曾经达到的远足之地。"（张清华语）而恰恰在思想高度、艺术探险、精神难度以及传统的焕发与生长性上，人们对中国先锋文学有不少议论，甚至苛责。作为一个有抱负的作家是否思考过类似的问题？

李浩：好问题。我会把它记下，每每对照自己。你在这里提到了几个向度：思想高度、艺术探险、精神难度、传统的焕发和生长性——好的作品缺一不可，尤其是最后一点，自誉的先锋作家是最应注意的。

在这里我先为先锋文学做些辩解，然后再谈我的思考。它的确应当遭受苛责，因为它做得确实不够，还远远不够，但这不过是草创时期的粗陋，而且它的婴儿期其实很短，很快就进入到成长，它的自我修正和自我完善能力实在让我惊讶和敬重。我认为它确实应遭受苛责，是因为这一警告时时有效，它不仅针对先锋小说，同样也可针对现实主义小说，因为它是对文学的本质要求，怎么强调也不过分。但，如果只把苛责抛给先锋文学，我则有一百个不服。

余华的“暴力美学”仅仅限于美学上么？不是，它有着对人的另一心性的开掘，对残忍和麻木，对无意识狂欢，在他的小说中我们这一族群的人的“沉默着的幽暗区域”才得以显现。莫言，《红高粱》《丰乳肥臀》为我们认知人性和革命，认知时代和生活的纠缠提供了多么丰富的图谱，它何尝没有精神难度和艺术探险呢？王小波，王小波小说的丰富性、趣味性我们可以暂时不谈，但不能不谈他思想上的深刻——苛责的人读过他不，读得懂他不？在小说中，他的思想多埋在故事中，偶尔人们会被他略显炫目的形式吸引而有所忽略，但他对权力的认知，对生命的认知，对知识和知识分子的认知，对平庸的恶和由恶引发的快感的认知，到现在为止我没觉得这些苛责者们比他说得更深刻。而且，性在他那里和在昆德拉那里不同，和在劳伦斯那里不同，和在赫塔·米勒那里不同，和所有的中国作家都不同，它是最后的“无权者的权利”，是个人唯一可保持的权利，虽然他承认“人生不过是一个缓缓受锤的过程”，他赋予这一权利独特的狂欢。试问一下，我们的所谓的非先锋的小说，在哪些点上比先锋作家们提供的东西更多？我愿意听他们举例说明。

只是，先锋小说的向度更多了，而且有了部分的曲折和晦涩，他们抓不到，品不出而已。他们已经习惯了从书本上、从老师那里得到的那些知识，他们以为自己了解30年代的藏宝图就了解了宝藏，且不说这张图的滞后和粗糙的偏见，就说藏宝图——没有一座宝藏会按照藏宝图的样子存在，就像使用大比例尺的地形图不会分别出枫树、柳树和杨树一样。说实话我见过太多的批评者手中只有一把生锈的标尺，他们的批评活动不过是像苏珊·桑塔格说的那样“使艺术变得可以控制，变得顺从”。他们匮乏审美能力，本质上也匮乏真正的思考力，却一直自信满满。

是的，中国作家在思考力上相较于西方的确是弱的，这个差距其实很大很大。但我们不能因此放弃思考，而是应更多地在吸取的基础上完成反哺。

木叶：接着上一个问题，具体而言，不讲故事或讲不好故事、缺乏饱满的人物、文本的独特性究竟有多少……对于80年代先锋文学的争议不小。那个时代的先锋文学最可珍视的贡献是什么？如今回望、重估，该怎么看待其实绩与不足？有哪些是被高估或被忽略了？

李浩：讲不好故事，对于传统小说和先锋小说都是“个人问题”，就我个人的阅读经验和趣味，我觉得余华讲故事的能力、格非前期讲故事的能力真的是好好啊，这是传统小说中难以提供的好。至于不讲故事——是的，有一部分先锋小说志不在讲故事上，它发现和呈现的是叙事的另外推进力，譬如源自于语感的、情绪的、智识和思考的……它同样可以成为推进力，虽然我必须承认故事的推进力往往是最强的。至于饱满的人物，我想有两个问题需要回答：一是什么是饱满，我们要怎样的饱满，《狂人日记》中的狂人算不算饱满？如果算，那大约《活着》中的福贵也可算得饱满了；二是为什么不饱满，它是能力上的不足，还是有意弱化人物的个人性而突显它可能的共有价值？它是完全不同的。鲁迅的阿Q，卡夫卡的K，以及贝克特《等待戈多》中的那两个等待者，他们都不是那种有六指、有突出门牙、说话个人标识特别明显的人，因为作家们无意塑造“那一个”，他要的是共通境遇，要谈的是人和人类的处境，如果“那一个”面目太过饱满反而你就是看戏的人了，你就不会那么反思自己与这个人物之间的关联性了。

反过来我问，余华的小说蒙上名字我也能轻易地认出余华，莫言、孙甘露、残雪也是，但那些所谓的现实主义作品呢？个人独特性呢？“从西方文学中来的”，是啊，他们是借鉴了西方文本并加以本土化改造，现实主义来自哪里？苏联、法国、英国。不是么？你写唐传奇那样的小说了，还是写成话本了，写成章回了？拿来，变成我的，我再做改造——文学只能如此前行，艺术和哲学也是，社会也是。

木叶： 80年代的几个先锋作家，二十郎当岁便名动江湖，早早确立了自身。新世纪以来或者说这几年崭露头角的青年作家，有谁具有特别明显的先锋特质？他们可能有着怎样的复杂或幽微的创作处境？

李浩：新世纪以来……可以说绝大多数作家都领受着来自先锋文学的惠泽，包括直接越过中国先锋文学经验而从西方现代主义经典吸收的。我不想列举名字，它太容易挂一漏万，而且我的阅读是非常有限的。我只是承认，那些依然有先锋性的作家容易让我亲近，我愿意在他们身上看到我不能够的，和给我启示的。但时下，平庸是主流。

木叶：人们不断谈及先锋和传统的关系，同样，先锋离不开想象力和创造性，但始终纠缠不休的是先锋和现实的关系。某种意义上，卡夫卡可视为一种现实主义，马尔克斯也是现实主义……你怎么看先锋文学与现实，以及现实主义的关系？

李浩：无边的现实主义，从某种意义上讲任何的优秀文本都是现实主义的，因为它终会为我们的现实处境提供必要的、有效的精神参照，它始终追问人何以为人，这是我们不得不的生活么，我们只能如此，非如此不可？同时，它还会提供一些有别于我们的另外经验，让我们理解和认知与我们不一样的“他者”，理解和认知这些不一样的“他者”的所思所想。我不反对现实主义我只反对画地为牢，从来如此。

事实上，我们的很多批评家其实是把现实和现实主义当作牢笼来看的，塞不到这个他编造的牢里的一切都是不好的、不合理的、不必要的。《山海经》呢？《西游记》呢？唐传奇呢？

《红楼梦》呢？鲁迅的《故事新编》呢？中国的传统小说，世界的传统小说，都是一个现实与幻想、历史与梦统一的、混杂着的小说世界，甚至诗歌都是。可我们非要阉割它，非要把它装进笼子里，这是一种怎样的智慧？我们如果有点耐心，是不是可以阅读一下那些作家们对这个问题的理解？巴尔加斯·略萨说："本质上决定一部小说真实与否的不是那些轶事；小说是写出来的，不是靠生活生出来的；小说是用语言造出来的，不是用具体的经验制成的。事件转化为语言的时候要经历一番深刻的变动。"米兰·昆德拉说："小说考察的不是现实，而是存在。存在不是已经发生了的事物，存在是人类可能性的领域，是人能够成为的一切，他有能力做出的一切领域。小说家通过发现这种或那种人类的可能性来绘制存在的版图。"纳博科夫说："对于一个天才作家来说，所谓的真实生活是不存在的：他必须创造一个真实以及它的必然后果。"

木叶：韩东认为中国先锋小说的革命性主要是在形式方法上。除了形式和方法，还应有别的东西。他说，"先锋小说做得还不够，远远不够。说白了，就像一个人练拳一样，功夫在身，有几套花架式，有几套拳脚，但是不能用于实战。你练拳的目的还是得打人，得打架嘛"。"你一打人就暴露出各种问题，打不到人，或者没功夫"这个说法包含了一种非常"及物"的命题或者说文学诉求，对此的解读也可能非常不一样，我们可以就个人的经验来谈谈自己的看法。

李浩：是的，先锋小说做得还不够，远远不够，否则我们还写什么？还要作家干什么？何况，“相对于上帝来说，莎士比亚有一千条错误”。可是，因为不够，因为错误就否定，就把脏水和孩子一起泼出去，怎么样看也不是一个很聪明的办法。

不够和错误，让我们来修正，当然我们可能会出现另外的不够和错误。这不可避免，但不能成为丢弃与裹足不前的理由。

木叶：“所谓先锋派，就是自由”，尤奈斯库这句话广为传布。先锋指向文学的本质、文学的传统、反叛的精神，也指向人的未来。因了切身的阅读与创作经验，如何看待先锋文学，其中最可珍视或不可或缺的是什么？

李浩：我认可，先锋即自由。这应当是本质性的。最珍视的就应当是这种自由精神。在先锋文学中，那种冒险的自由精神是我第一看重的。另外则是艺术的灾难性魅力、陌生感、智慧、丰富性。排名不分先后。

木叶：鲁迅的作品如《故事新编》《野草》等具有先锋性，有人认为沈从文也有先锋性，先锋或先锋性书写可能已经成为一百余年以来华语文学的一种基因，不断与庸平和俗常相搏斗或对峙，不断影响甚至纠正着文学的发展。不过，若追溯到现代华语文学诞生之初，就难免要将中国先锋文本置于现代性以及世界文学版图之中去考量，这可能涉及模仿与创新、传统与个人、时间与空间，等等。不知你有什么发现或感触？

李浩：鲁迅的《狂人日记》和《阿Q正传》其实更具先锋性，它甚至是“非故事化”的，它没有为了追求故事的完整性而斧劈自己想要的表达，但它们一直在努力完成自洽，我们看到无论是《狂人日记》还是《阿Q正传》都属于“自成一体的天地”，并且有它的“必然后果”。如果在中国文学中“寻找先锋的鼻祖”，可能要推到《山海经》《诗经》，至少是《史记》那里，因为它们写下的是独特创造。我还坚持认为《红楼梦》是先锋的，因为中国之前没有那样的小说，它太不同了。我也同样坚持鲁迅是先锋性的，某种意义上胡适也是，虽然他在文本上的贡献几可忽略。我反而不觉得《故事新编》有多大的先锋性，可我认可鲁迅的某种野心。我们看到，在西方，古罗马、古希腊神话一直在被改写、复写，重新注入变成新的文本，重新具有了另外的丰富，而中国的起点性的文学（传说与神话）却一直是某种固态的，它难以被注入现代性思考并重新阐释。大约是出于这点，鲁迅试图为中国的古典文学做西方作家们对古希腊罗马神话所做的大体同质的注入。它的完成度不够，不是鲁迅才能的问题，而是中国古典文学作品中能做现代性调合的点不多，同时它们也多为孤立的，支点性的，不是具有史诗般延绵性的、敞开性的。

我是学美术的，美术的第一步就要求模仿，“临摹”得像是第一基本功，第二是“写生”。文学，其实也应从“临摹”和“写生”双向入手，没有临摹就谈创新在我看来完全是胡扯，才情也许能支撑一个人一篇两篇，要一辈子写，并致力于高处，则只靠才情是不能的。是故，借鉴性的临摹也是必须的，技巧技法的掌握是必须的，只有在这一基础上才能谈什么创新。对于先锋小说如此，对于现实主义小说也是如此。你说，你不读莎士比亚、巴尔扎克、托尔斯泰、海明威，不从中学习技艺知识，你就横空出世——这个，给我一百大洋我也依然不信。你说，你的现实主义小说中没有模仿痕迹——那只有一个结论：它是拙劣而失败的。因为你不懂得吸取经验。人家都发明了波音 787，发明了 F117、苏 30，你一个天才拼尽全力弄一莱特兄弟那样的“发明”出来还感觉自己是多了不起的创造……

文学，必须是前人经验的综合，无论是技艺经验还是思想经验。这样的积淀必须沉在他的文字中，而它们可能是从模仿中来的，渐变成自己的。创新，则是为这些知识、经验“补充未有”，提供新质，画下属于自我的面部表情。我说的前人经验从来不分东方西方、中国外国，凡是好的、有效的都尽可能拿来，放心，吃了羊肉你长不成羊。那得多大的本事。

木叶：先锋的对面是潜在着一个“大他者”的，它不仅仅是传统，还是时代，甚至是自身，当然也包括无边的意识形态，对于一个创作者而言，其间最值得警醒的是什么？

李浩：我觉得最值得警醒的是，自己跟着流行思想走了，跟着世俗的下滑走了还不自知。小说是从俗物中出来的，它也不应当完全洗掉世俗的泥与土，但朝向艺术和更艺术，朝向高度和更高度是它应当做的。哪怕这条路充满艰难。小说值得警醒的还有，我们在惯性写作下走上“不冒险的旅程”。当然，跟随流行思想和世俗走会有更多的鲜花和掌声，会有更大的利益，会获得更多的其乐融融的阐释，这，也是必然。

木叶：科幻文学、推理文学、奇幻文学、武侠小说等一般被归入通俗或类型文学，其实，这些作家不乏先锋性，刘慈欣和金庸一样都展现了自我的颖利与雄强，而好的作品总是一往无前、打破边界、融会贯通甚至无法归类的，对此有什么感受或见解？自己在创作上是否有所借鉴或实验？

李浩：好的文学本质上具有一定的一致性，那些伟大的作家多数也领受着来自通俗文学和类型文学的滋养——一个水杯会选择性挑剔水的洁净度、含盐量，而大海和太平洋可能就不那么挑剔了，对它而言所有“来到”都是我的，我可以容纳。《好兵帅克》是伟大的通俗文学，金庸的小说在我看来也是伟大的通俗文学，但它们都有在那种类型里不能被完全涵盖的因质，这点上，和我们所认可的经典性文本又有巨大的勾连和共筑。

我得承认在很长一段时间中轻视类型文学，尽管金庸的小说曾让我爱不释手，中考前夜还看了一个通宵。我现在也依然部分地保持对类型文学和通俗文学的轻视，保持着个人的“审美傲慢”，但我也在纠正我的某些看法。帮助我纠正我的认知的是君特·格拉斯的《铁皮鼓》与萨曼·鲁西迪的《午夜之子》。是他们让我看到了可能，我以前漠视和忽略的可能。我发现，他们那么能吸纳，那么能融合，那么能有效地为我所用，在他们那里没有什么是不可以的，是被拒绝的，他们不是仅仅纳入而是纳入之后整合，用他们卓越的、天才的掌控力整合。我承认自己受到了启发。

但我依然坚持，伟大的文学与类型文学、通俗文学之间有着鸿沟，别轻易说它不存在，单纯就语言张力上，它们的差距就是不可抹平的——劣质的传统文学不在言说的范围里。一和一万之间有一万个格，或者更多，别轻易地说什么“雅俗共赏”，或“大俗即大雅”——这是中国式自我欺骗，信不得的。真正能够做到雅俗共赏的百亿之一，他们所说的雅俗共赏不过是为自己的俗找借口而已。我不信，我也不准备修正自已。

木叶：“小说已死”“先锋已终结”“先锋就是历史上的一座座墓碑（或坟墓）”，以上的说法都带有譬喻性质，或包含本体性的焦虑，或带有莫大的期许。在影视如此夺目，在新媒体、全媒体甚至人工智能的时代，不妄谈先锋文学的重振或复兴，我们从宝贵的可能性谈起，说说先锋何为？文学何为？

李浩：“小说已死”，我在米兰·昆德拉的访谈中，在诸多作家的访谈中都看过这样的话，如果没记错昆德拉的说法是小说没有死亡，它在新时代所发出的时间的肯求、智慧的肯求、梦想的肯求、游戏的肯求还远远没被耗尽；而小说的死亡同样也不是“危言耸听”，而是“这些小说没有为征服存在增添任何东西。它们没有发现存在新的片断，它们仅仅是证实那些已经被说过了的东西。更有甚者，在证实每个人说的那些东西时，它们达到了其目的，保持了其光荣，发挥了对那个社会的功用。由于什么也没有发现，它们没有能够加入到发现的序列中来……”

无论小说的死还是先锋的终结，在我看来大约只是……是有一部分文学会死，小说会死，先锋会死，是因为它们不再提供新质，不再征服存在，它们的死掉没有什么可惜的。罗素说过一句话，“哲学理论，如果它们是重要的，通常总可以在其原来的叙述形式被驳斥之后又以新的形式复活。反驳很少能是最后不易的；在大多数的情况下，它们只是更进一步精炼化的一幕序曲而已”。宣告死亡是轻易的，但它需要更多的、更长时间来佐证这一死亡，而结果往往是宣告者被打脸。

影视的夺目不是一天两天了，它们的存在已经改变了旧有文学的样式，西方现代主义文学部分是疆域被侵占和挤压之后新发生的结果，它所趋向的是“这一学科的不可替代性”。我想说明的是影视首先侵占的恰恰是“现实主义”最重要的部分：故事讲述、现实感和现场感、真实性对话等等。有时觉得，我们的某些现实主义批评家们真是“亡小说之心不死”啊，他们一定装作看不见影视、摄像的写实功能而非要割掉文学刚刚生出不久的独特学科知识，非要取消这一学科的独立性、独特性——如此下去，文学只能为影视提供文学脚本了。

新媒体、全媒体，不过是媒体的变化，“信息过剩”，它对文学的影响对我而言可以忽略，虽然它也必然地影响文学传播样式。文学的本质追求不会因为媒介载体的变化而变化，虽然受众会进一步减少。我倒是倾向中国古代文人们的那种意识倾向：我只和天道对话，我只和在心里的“最高理念”对话，至于你们听得懂听不懂，我不在意。声明这段话出自钱穆，要打的话最好是打他去，我只是传话的人。倒是人工智能，我倒觉得值得警惕，它远比我们想象得聪明，它的智慧增长——我不谈知识增长，知识增长对人工智能来说不值一提——也是真正的日新月异，而且它可能很轻易地修正和屏蔽“人性的弱点”。我觉得下一步的人工智能时代一定会引发太多的变化，也必将深刻影响文学——批评家这一行业很可能先于小说家被人工智能替代，哈哈，我是不是太乐观了？劣等的小说家本也可有可无，我也不觉得我会活得更长久。说的小说家也并非指我自己。

但我多少乐观一点儿的是，人工智能在发展个性和吸收人性的丰富上会慢一点儿，相较于其他的知识——因为个性出现会影响人工智能群体的共联共通，如果每个独立的人工智能机器都“独立思考”也会阻碍它们之间的知识共享，甚至造成相互的攻击，这可能在短时间内不会。人性，人性中的许多微妙、复杂、歧义，其实细究起来可能都不那么美与好，都不那么良善优雅，人工智能掌握它——掌握它干什么？我觉得它们会不屑。嫌忌、贪婪都可以成就好小说，而人工智能一旦深入体验并领略了它……人类危矣。我觉得科学家们也没太多兴趣专心制造什么贪婪机器人，暴力机器人……

先锋何为，文学何为？我觉得可以放在一起来谈，它既是先锋的为，也是文学的为。一，帮助我们认识我们自己，审视我们自己，认识我们的生活和生命；二，帮助我们认识他者，认识时代和它的背后力量；三，对我们习焉不察的一切提出警告，引发我们的思考；四，审美、趣味，为我们建立丰富的意外和可能；五，帮助我们走向文明和更文明，帮助我们在好和更好之间选择，而不是坏和更坏之间。

木叶：经历了古典小说、现代小说包括先锋小说的洗礼，再加上社会现实与科学艺术的种种激荡，小说可能越来越综合，越来越激发出对自身的反动，你可能还会有什么探索？

李浩：又是一个好问题。让我沉下来想却觉得一时难以回答的问题。我承认，在那么多伟大的作家之后写作，在那么多伟大的知识智慧和经验之后写作，是一件非常艰难的事，尤其还企图“对未有进行补充”。我想我们的“东方经验”和“现实提供”可能会是小说陌生感和差异性的有效提供，对这种“东方经验”和“现实面像的背后”的思考则是必须要的，我承认它有巨大的艰难，甚至会耗尽我的一生也未必完成。但不想怎么能行呢？

我不能为我的探索提供确定的路线。假如你不问我，我是知道的；但你一旦问起，我却不知道该怎么回答。

木叶：一位我们都很尊敬的前辈说让你少搞些书法绘画，少参加些活动，好好写出更浑厚、更立得住的长篇。（大意）这话的前半部分未必当真（惜时便好），后半部分倒是很重要，不知你后来思量过么。

李浩：当然。我感激这一警告，2018年我会好好听话，是的，留给我的时间并不像我以为的那么多了。我在回答问题中的“不留余地”其实也是封住自己的妥协性后路，我更怕一步之退就是全面之退，而我自己却不自觉地游弋到“舒适区”。我是在准备，未必一定是长篇，但得拿出对得起自己的文字了，不能再十年，还是《失败之书》吧？也感激你重提这一警告。我也确实决定不玩了，不和他们那么玩了。

木叶：最后一个问题，你觉得自己是一个有野心的作家吗？

李浩：是。当然是。

2018年1月

阿乙：拿命来经历这个世界

木叶：你刚才说自己越写越差，但别人这么说，你可能就不干了。（笑）

阿乙：嗯，我觉得自己在进步，有些进步是别人看不出来的，他的兴趣点不在那个上面。我以前写过博尔赫斯（那样的小说），有喜欢他的人就觉得这个很牛，其实我后来根本不喜欢它们了。他是玩智力，玩魔方，智力游戏玩得很好。

木叶：可能，目前以为看透了一个人，但再过三年五载或更长时间，又觉得他还是一座大山。

阿乙：他是很牛逼，而且你在他那个领域里永远达不到他的顶峰。但我觉得，他就是一个丘陵。文学跟人性结合得非常紧密，哪怕你写个机器人，都应该跟人性结合得很紧，博尔赫斯作品里最缺乏的就是这个。他还是归于消遣型的作家。

木叶：“消遣”这个词太重或者说太轻了吧？

阿乙：他自己通过写作来消遣，也给读者一个消遣。他实际上跟电影界的诺兰类似，当然，他比拍《致命魔术》的诺兰高级，但也高级不了多少。他跟陀思妥耶夫斯基完全不一样，陀思妥耶夫斯基是拿命去经历这个世界，上了死刑台，然后被赦，改为流放，他还有癫痫……他经历了很多事情，一般人完全没法跟他比。当然，博尔赫斯的语言，已经到了一个化境，但是，缺乏生活来支撑，只有无穷的意境、想象、迷宫。

木叶：谈到经历，我问一个具体的，你当初是什么级别的警察？

阿乙：我是三级警司，一毕业（1997年江西省公安专科学校）就是三级警司。我没办过刑事案件，没到刑侦大队去上过班。辖区里有死人，我们会去看一眼，看得也不多。像那个"情人节爆炸案"，是武汉市公安局到我们派出所去调查，看凶手是不是我们辖区的。我当时就很留意这个案子。

木叶：是不是结案后，有些资料由你来完成？

阿乙：很少。我当时在公安局办公室上班，写过一些侦破材料，是由刑侦的人告诉我具体的过程。

木叶：据说，你父亲读到后还比较欣慰。一般在什么刊物上发表？

阿乙：在《九江日报》等上面有发表。除了党报，还在一些公安的报纸上发过。

木叶：我想它们对你的写作，包括办案术语和刑侦逻辑等等都应有所帮助，写起来更自信。

阿乙：我自己在那里干过，所以稍微专业一点，熟悉一些。

木叶：除了职业性的因素，地方性的东西也吸引我。比如，

第一部集子《灰故事》中的《黄昏我们吃红薯》，写到“你妈瘪”，《鸟，看见我了》集子里的《小人》写到“戳瘪”，其他地方也有“操你妈瘪”之类的，这是江西瑞昌的方言，还是你自己的创作？

阿乙：方言。是按照口音过来的，应该没有这种写法。我当时觉得直接用普通话或很脏的话，可能印不出来，就采取这种处理方式，反正大家看得懂。

木叶：有人最初喜欢你，就是觉得语言有陌生感，有冲击力，这跟你的乡土、成长经历有关。

阿乙：主要是跟我自己经常瞎想有关，我喜欢琢磨事情，我刚才就在琢磨《春天》里的几句话。我正在练习写长句子，跟以前不一样了。

木叶：你做过编辑，无形中可能受到海明威的影响，简洁，用动词，用短句。现在为什么有所变化？事实上你早就用过长句，如《先知》。

阿乙：《先知》是有点密。我觉得长句子，可以把我的很多东西带出来，其实我心思很细密，不是很简单。多用动词或短句，读起来方便快捷，作者自己也会形成写作惯性，一个事一下子就过去了。现在，我想写得慢一点，句子长一点，把细节和想法带得更深一点，把我的另一部分东西抒发出来。具体会怎样，我不知道，我在摸索。

木叶：小说中会出现“洪一派出所”，好像确实有这么个地方，而且小说里曾出现你的真名“艾国柱”，你还把他弄死了……你怎么对接这种真实与虚构？

阿乙：所有事情都是虚构的。出现真实的名字，是因为我不太会起名。起名字是非常头痛的事。像一些影视剧，都安排在“滨海市”，还有一个滨江大道。还有差劲的，叫A市、B市。我发现在生造一个名字时，自己都不信任，写着写着老觉得很隔。比如说那个小瞿（《意外杀人事件》），当时我是想取名叫小许，原型就叫小许，这样写会写得很活，但是最后怕影响到当事人，就改成小瞿。后来取名取烦了，就到处翻报纸，看到谁的名字就是谁了。我写的大部分是小镇的人、农村的人，有时我会在自己常去的饭店（嘉和一品）光荣榜上找名字，上面的员工，包括打扫卫生的阿姨，可能是来自小镇和农村，他们的名字适合，我会盗用一两个。

木叶：《一件没有侦破的案子》里有两个比喻，开篇时，写到被偷走了轮胎的板车趴在那里，“好像残疾人被夺走一对假肢，委屈死了”。结尾，轮胎被送回去了，“那只失去双腿的板车，像离婚没人操的女人，已经等了很久”。一首一尾，很有意味。

阿乙：可能我的比喻用得太多了。要让读者能更快建立这个形象，你说一大堆可能都说不明白，而比喻有助于了解事物的形象。其实，这也跟作者的词汇量，以及对生活深入研究的能力有关，可能是因为我用不了很多的词来正面形容它，所以才用比喻。

木叶：你很善于自我反省。

阿乙：比如这些花花草草叫什么，我不知道，但我马上就会想到它像什么东西。

木叶：其实，张爱玲小说里的比喻非常之多，有人认为是金句，也有人认为这样的东西会抢走读者的目光，对于小说的推进未必好。但是，我觉得至少在张爱玲的小说中，处理得好。

阿乙：我用比喻跟我的习惯有关。可能小时候就展露了这个才能，在亲戚和大人面前讨人欢喜，比如我见到一个人就说你长得像谁或是像什么，大人就惊讶，"哎呀，这个真好"，然后自己觉得这是人们喜欢的，于是本能上会关注对方像什么，而可能对这个人与事本身的关注并不够。所以这些比喻都是来自潜意识的，写着写着它自己就来了，非常非常快，跟自己这几十年的比喻冲动有关系。

木叶：《一件没有侦破的案子》，结局是赵警长自己买了一只旧轮胎，让"我"和小李送过去，失盗方的保卫科长还说，"对，就是这只轮胎"。微妙的是，此前失盗方为警方提供的大宴小宴花了几千元，而一个轮胎就几十块钱，黑色幽默。

阿乙：我实习时，遇到过这样一个案子，警官也蛮负责，但最后并没有买一个轮胎送回去。我有所虚构。

木叶：经验激发虚构，有意思。《在流放地》挪用卡夫卡小说作为自己的题目，会不会有一点冒险，原本就已有人说你模仿。

阿乙：无所谓，因为我也不是模仿《在流放地》的内容。

我觉得这四个字很好，恰恰体现了那几个人的心情，他们都被流放到那儿。（民警老王被贬，“我”爱情受挫）我倒是不在乎别人说我模仿，我自己都在说我在模仿，谁有能耐自己再创造一个汉字、一种语言？谁的物理研究能脱离牛顿的基础？我觉得，前人是给后人打基石，后人又给后人打基石。就像最开始练习书法，根本不想临摹字帖，拿起笔来龙飞凤舞，自以为是个大师，后来一看自己就是一个傻逼嘛。往往是这种人容易指责别人模仿，有什么意义呢？

木叶：你说过，武功高手都是要先学别人，然后创出独家秘笈。我们类比一下，像1980年代的先锋派，从最初至今，一直有人在打量他们的模仿与创新问题。

阿乙：他们没创新什么，但我觉得他们还是很好，他们把外国人的革新和白话文的发展结合了起来，进行了大量的实验，做了很好的事情。你再看看同期的作家，当然也有像《白鹿原》这样了不起的作品，但总体上，那些所谓没有模仿的作家，有谁创新出什么东西了吗？再看我们这一代，你可以说我模仿，但那些所谓创新的人，创出什么好东西了吗？

你先要到达一个基础，才会意识到前人有什么漏洞，人其实是在补前人的漏洞，永远是没有完美的，永远是在补前人的漏洞。谁如果能在模仿曹雪芹的基础上，再有所创新，简直是牛逼死了。

木叶：有评论者认为，你的叙事有先锋性。在现阶段你的心中，何为先锋？在这个时代，先锋又何为？

阿乙：可能我的"先锋性"在于每次叙事时我都注意方式。有的作家叙事只有一种方式，拿起笔就写，但是有一些会注意方式、角度和结构。现阶段我心里，先锋的概念应该是它提出了一种新的写作任务。注重结构是上世纪的任务。这个时代，视觉作品的冲击来得更明显，而人的变化也出现了，比如低头族，我觉得有些人直到被人捅死了还是在看手机的。文学它不是同以往一样，而是考虑到了这种新的情况，它就会先锋。我就在想，如果一篇小说，电影也能呈现出它的全部，它存在的意义何在。

木叶：小说集《灰故事》里有个《五百万汉字》，小说集《鸟，看见我了》里有个《先知》，两篇里的主人公都有着"被毁灭的聪明"和强大的民间才情，这样的作品算是一种挽歌吗？

阿乙：差不多。因为当时写作的时候，我有这个投影在里头，觉得自己这辈子也是这样一个人，跟普通人一样沉寂在某个地方，某个自己的世界里。

木叶：《代表作·中间代》一书选的就是《先知》，它算是你中短篇代表作吗？

阿乙：是我比较用心写的几个之一。我对自己的小说没有一个是非常满意的，没有一个可以让自己在整个文学史上立足。

木叶：谦虚，或者说你的要求也太高了。

阿乙：如果就在中国立足没什么意义的。

木叶：你指的是世界文学？

阿乙：对，几千年的长河里，如果我这些东西也能立足的话，目前来说，除非是运气好，没有别的可能，所以我还得往前写。

木叶：你在探索，每个小说都有一种努力。你现在觉得《自杀之旅》写得如何？你好像讲的是自杀也不自由。

阿乙：这个模仿的是皮兰德娄《自杀的故事》。这个主人公没办法挣脱社会巨大的手，他想通过死亡来实现终极的自由，但社会这只大手还是把他轻易地抓回去了。只要他有一点点漏洞（性欲），就被抓走了。

木叶：他老婆还会轻轻地说"家里又不是没有"。

阿乙：对啊，人是处在一个别人不可理解的状态中。他老婆永远不会理解他。

木叶：《赵十六爷的葬礼照常进行》，一看标题，就有很多可能性。

阿乙：它跟今村昌平的影片《楢山节考》有关，因为当时日本有的农村有个风俗，就是人活到一定岁数后，要到山上去，活得下去就活，活不下去就被什么动物吃了。因为粮食是有限的，你不劳动反而要消耗粮食嘛。这是很残酷的现实，到现在仍然没有摆脱。现在看起来是小康社会，吃饱饭没问题，但是它在农村里面仍然存在根深蒂固的影响，只是形式有所不同。我的一个舅公，我奶奶的哥哥，有两个儿子，大儿子不太养他，二儿子也不太养他，在舅公的老婆没有过世前是一边养一个，还蛮公平的，后来她死了，两边就用一种最低的方式来养，最后让他住在一个相当于牛圈的屋子里，凄凉地度过晚年。当然，舅公是自己死掉的。我知道这事，但一直没有很深的感触，看到今村昌平的电影后，一下子就很感动，也想了很多。人到老年就变成一个消耗者，而社会就像一个军队，一批伤兵每天在消耗资源，而资源只有那么多，构成现实与道德的冲突。

木叶： 是的。至于《证件》，有些反乌托邦。你似乎曾说《灰故事》一无是处，我觉得其中这个《证件》不错的。

阿乙： 我知道，我觉得它也是一个模仿乌托邦的作品。这个故事也不好。

木叶： 你总是善于挑剔自己的不足。

阿乙： 好处可能有别人说吧，而我要关注到自己走到了哪一步。我不可能到现在还写这样的小说。我的《下面，我该干些什么》，不是别人骂得很凶么，但它给我带来很多可能性。我第一次用这么长的篇幅来讲一件事情，有的人说拖沓，那是因为我要尝试一下，有很多心理上的东西，虽然写得不太好，但比《证件》，比《一件没有侦破的案子》还是重了很多。它在往前尝试，所蕴涵的武术功底比前面的要高很多。当然，可能这个新招式不太好看。

木叶： 这个主人公十九岁，但后来说了好多话，比如说"我冷漠、无为""避免与时间的独处"，一看就不是他能说出来的。

阿乙： 这是我说的，这些没处理好。

木叶：再有，很多内容是通过这个人自身去表现，而对于他的反面、受害者、法律、法院……这些社会性的力量没有得到彰显，整个故事的张力没能充分激发出来。

阿乙：事情是这样的，从一开始我就受了《局外人》的一些影响，而且因为是用第一人称写，视角就有限，小说中体现的对立面和外在的东西就都是他所看见所感。对于小说写法，我在做各种尝试。像福克纳或有的作家，会以这个人作为一个视角，再以律师为一个视角……第一章可能是某一个人叙述，第二章是另一个人叙述，但是这样写难度会很大。一个作家要慢慢往前滚动式发展，所以《下面，我该干些什么》是一个途中的作品，是我人生途中的一个作品。

木叶：你以前起的书名是“猫和老鼠”，还有一个“杀人的人”，后来改成“下面，我该干些什么”，源自《发条橙》，自有其暗示性。但我觉得《杀人的人》更有力量。似乎你也没有坚持自己。而且，文本有些先入为主，而好东西是能够无限生发开来的。

阿乙：我很少坚持自己，我觉得有人能帮我忙就不错了。这个名字也想了很久。这个小说的结论太清晰了。我的每一个小说，都是结论清晰，非要有一个清晰的结尾。我以后会写得开放一点。

木叶：再说《鸟，看见我了》这个集子，《意外杀人事件》的结构、意蕴以及辐射面，最有弹性。

阿乙：我也不会回头去看，这个小说的结构来自新闻，就是德国《明镜周刊》的“9·11”报道。大多“9·11”特稿都是平铺直叙的，政府、消防、恐怖分子，遇到了什么，做了什么，杂乱无章。而《明镜周刊》很牛逼，后来出了一本书，我看了，就是把每个人并列起来，包括死亡的人、幸存的人、警察、大楼里的清洁工，也包括恐怖分子，它遴选了好多人，各自在做什么，似乎毫无关系，到最后它集中在一个点——9月11号的那一刻。飞机来了，大楼炸了，文字一收，你会发现，好多无关的人的命运在这一刻集聚在一起，而又不尽相同。我当时吸取了这个结构来写《意外杀人事件》。

木叶：其实，灾难片经常这样叙事的，但你的处理还是有独特的意味，爆发力迸发了出来。再有就是《极端年月》和《情人节爆炸案》，其实《情人节爆炸案》是原稿，《极端年月》是在别人建议或是要求之下的修改版。《极端年月》里添了一些爱情元素，反而把力度弱化了，你是否也会不得已？

阿乙：因为我当时是人生中第一次发表，《小说月报》原创版的编辑，看到我的投稿很喜欢，不过有两处犯难，一是同性恋的题材，二是——我后来是这么理解的——这个刊物可能喜欢可读性强一点的，所以就建议我再加些东西，也没具体要说加爱情，就是觉得以前那个版本有一点单薄。我就改了，到最后还是没发出来，但我蛮感激这个编辑的。到出版《灰故事》时，就选入了，作为第一篇。出版《鸟，看见我了》时，觉得短的那个《情人节爆炸案》更真诚，所以也拿了出来。

木叶：现在你短篇里名声最响的就数单篇《鸟，看见我了》，你自己也讲过，它是来自格林童话《清白的太阳要透露这件事》，都有谋财害命、异地娶妻过日子，以及奇异的目击者（太阳或鸟儿），还有就是嫌犯的心理阴影。但是我觉得你加入了很多血肉和中国氛围。

阿乙：它是来自于一个外国的寓言，非常短，好像在俄罗斯也看到这个，可能在两个国家都有这个寓言。那个人被杀之前，跟凶手说有人会揭发他，天网恢恢嘛，背后有人看着呢。我对这个聪明的寓言感兴趣后，并不是一下子就写出小说。有一天，我想到以前在派出所上班时，最大的愿望就是破个大案，抓个要犯，调到省公安厅去，离开这个破乡下。我那时每天苦思冥想，在一个荒山野岭不可能有大案，但它可能藏着一个重大的逃犯，那时我是管户口的，经常翻一翻户口档案，看看有没有异常，结果什么都翻不出来。那个地方的方言我都不太懂。我对招亲的人家有兴趣，因为是“倒插门”，跟当地的姓不一样，就觉得是不是有些来历？这个寓言，就让我想到是不是真的有一个逃犯藏在洪一乡（我当年做警察的地方）？后来，我就把这两个综合在一起写了出来。很多创意或灵感都是来自于所读书中的某一个点，它突然激起生活中的记忆，两者就组合起来了。

木叶：《巴赫》讲的是巴礼柯出走的故事，其实这个东西很多人写过，我觉得你这一篇太浪漫化了，轻飘了。

阿乙：是。巴礼柯本身是个作家，意大利的。他写的东西就像村上春树一样，非常唯美，我当时蛮喜欢的。《海上钢琴师》就是他写的。我不喜欢这篇《巴赫》，除了主人公人名叫巴礼柯，套路、句子都是模仿他，我也觉得分段太快了，文字太轻飘飘了，没意思。我最不喜欢的一篇小说就是这个。

木叶：《灰故事》里的《一个乡村作家的死》，让我联想到《模范青年》，尤其是结尾，就是一辈子也写不出个名堂，就这样结束了生命。

阿乙：有时候有这个恐惧，会这样想。

木叶：《模范青年》算中篇了，有很强的自传性，甚至是在给文学青年写一个“传记”。

阿乙：差不多。其实，它开始打的旗号就叫“非虚构”，但我写着写着还是有小说的考虑。不过，确有其人，主体事情也是真实的，只是在一些地方有所用笔，比如写了一大段关于死神的情节。整体上还是可以叫非虚构吧。

木叶：《模范青年》里说，“在这所学校里，每个人都存在两种可能性。”很多人也在议论，“我”和周琪源，到底谁是模范青年？还是说这两个人就像钗黛，有分有合？

阿乙：我一直在想一个问题，就是在老家是否存在另外一个我。我如果没有出门，并获得所谓的成功，我现在在家里干什么呢？我想到了一个参照对象，就是最像自己的过去的同事，周琪源是他的真名。我采访他家里面的人，后来，《模范青年》的稿子还给他家里人审过的。

木叶：那他们可能觉得是一种缅怀，纪念。无论是对于他，还是对于文艺青年，或者说有梦的人，你在写一个人如何被梦想所折磨。他没写出来，因病去世。命运不可测。

阿乙：对。当时有一个任务，搞一个非虚构的作品。去监狱里采访，我没精力，也没条件，死刑犯不是你想采访就采访得到。事实上，我特想像卡波特那样写《冷血》，我特想做那个事情，但这需要有关部门的支持。

木叶：你的不少作品都存在广义的“出走”或“宿命”的母题，这和自己、另一个自己，以及全球化（如《杨村的一则咒语》引入碧昂丝的《Halo》）等因素都有关，想进一步听听你具体的考量。

阿乙：我自己有很多年都在图谋出走。在一个叫瑞昌的县级市里，也就是我的家乡，我毕业后一共待了五年。这五年都在等待离开。但是没有人将我调走。我最后辞职走了。住在故乡的感觉就像住在坟墓，很压抑，觉得一生毁了。我不想活在父母的羽翼下。宿命，是因为我暗恋一个女子八年吧。正因为如此，我觉得人生没有什么是可以得到的。因为后来我想过一个问题，即使她从了我又如何，因为她已经不是我想象的那个她，她已经追不上那个我塑造过的她。她笃定会得到厌憎。我人生里有很多幸运的东西，比如出走，努力了很久都没出门，但是一个偶然机会就出去了。我就想，如果这个偶然机会没有出现，我现在在哪里，这就存在另一个我。我觉得世界上存在一千个自己，就像枝叶，繁茂得很。有的三岁就死了，有的考上了中文系而不是什么警校。

木叶：我还注意到，你渐渐在变换叙事者，是在实验多种人称的叙事？

阿乙：我是想尝试一下，因为每个人称的角度都有很大的局限性。

木叶：帕慕克的《我的名字叫红》，一会儿“我”是死尸，一会儿“我”是这个，一会儿又是那个。刚才说到，福克纳在这方面更是典范，不少小说是复调、多维度的叙事。

阿乙：（笑）他是大师啊，我最近就在研究他，我想学习一下，但是我发现我还是只能学到皮毛，要慢慢来。

木叶：你曾说，自己每往前走一步，感觉自己成为大师的可能性就降低一步。

阿乙：对。要成为左拉或芥川这种作家，我觉得只要我写到死，可能就成了，不用担心。这是我不尊重的作家。

木叶：不尊重？

阿乙：我一点都不尊重。我也不尊重鲁迅，我觉得鲁迅没什么好称赞的。就是说，这种作家是没有难度的作家。

木叶：昆德拉呢？你似乎比较欣赏他。

阿乙：不知道。你没有他那个学养啊。还是有一点点难度。

木叶：你所说的难度可能包括什么？

阿乙：真有难度的就是陀思妥耶夫斯基这种，你没有他那种人生，你没有在快被处决时给拉下来，你没有流放，你思想上没有那么激烈的挣扎，所以，《下面，我该干些什么》中人物思想的挣扎都是隔靴搔痒式的，因为我自己没“经历”过。如果要是把我放到牢里面……这是一种难度。还有一种就是福克纳所代表的难度，他对整个南方的了解比美国卫星还要详细。一个卫星能够精确到每棵树、每片叶子，但是他比这片叶子还精细，他对整个南方的了解，包括情感上的了解，还有那种纽带上的联系，是一脉相承的，有着深厚的历史，他写起东西来要命得很。

木叶：但是，也有像卡夫卡这样始终在一个有限的区域工作，却写出了大作品的人。

阿乙：卡夫卡这种作家，如果你“模仿”他，你到达了一定程度，你只要在那个状态里头，是可以达到的。

木叶：也很难。

阿乙：不是很难。

木叶：这么讲吧，20世纪以来，无论在文学思维上，还是形式革新上，有很多东西都是由他开创的，不知道他还能影响多长时间，至少已经影响上百年了。

阿乙：但是，也不是说他独创了一个什么东西。他是在某一个地方突然出来了，前面肯定有因子，有先驱。

木叶：换句话说，卡夫卡还不是你所期待的那种大师级的人物？

阿乙：卡夫卡很厉害，我很喜欢他，但是他存在着那种被追赶性，他有很多作品是不行的。你要看一个作家的漏洞，一个作家有些作品很牛，有些作品是不行的，正是这些不行的作品拖了他的后腿，而他那些好作品和垃圾作品之间又有一脉相承的东西，所以让你觉得这个作家是可以追赶的。但是像福克纳，像陀思妥耶夫斯基，像曹雪芹，这样的作家，你只能是望尘莫及。你看福克纳或曹雪芹的作品，感觉它飘在空中，像一个伟大的城堡，它没有根，它比山顶还高，你仰望着它，你就算做了个嫉妒的大炮，从各个角度去攻击它，它连一块石头都不会掉下来，你到最后只有跪在地上为之哭泣……

我读了好几次《红楼梦》，读到一定程度我就不读了，关上算了。你得有多大的生活底蕴，经历多少事情，对多少人有了解，才能写一个百科全书式的小说。它的难度非常高，而且综合起来非常完美。我前两天翻《金瓶梅》，它已经很伟大了，但怎么跟《红楼梦》比？它在具体事情的描写上，是靠动作来来去去。举一个细节，就是西门庆死的那一段，是远远落后于现代小说的。但是曹雪芹不落后于现代，他仍然能镇压现在的人。

木叶：对于现当代作家，你如果把鲁迅都置于这种状态的话，那也不一定喜欢张爱玲了？

阿乙：我没读多少张爱玲。我对中国小说读得不多，我真的觉得余华还不错。

木叶：但我看你对余华有点既爱又恨，你批评过《兄弟》。

阿乙：那个书评写得不好。我对他后来的创作状态非常痛恨，我觉得他到最后基本上已经没办法对得起自己的青春。一个年老的人没办法对得起自己的青春。我觉得，他这些年读书都没能深刻地读进去，否则不会退步这么快。但他还是我看过的作家中顶尖的。以前的作品和现在不同。

木叶：不知你怎么看《第七天》？

阿乙：余华作为一个喷泉，正处在从巅峰往下坠落的途中。他是我的偶像。也许他拥有再次喷发的能力。就像有的人还在等待张艺谋。

木叶：像哈金的创作你关注吗？

阿乙：《等待》非常不错，但是他别的中短篇，有一些并不是特别好。

木叶：的确，《等待》看似不难写，但这个东西往那里一立，很多东西都被它吸进去了，很多母题它都有所反映。对于当代文学，有人是比较乐观的，比如说像王安忆、程永新，认为当代文学拿到世界上去不差，不逊色。王蒙曾说，中国文学处于最好的时期。也有像顾彬这样的，当然他那句“名言”是被嫁接了的。你怎么判断呢？

阿乙：我很不关心这个，我读别人的东西也很少，同龄人的书更是读得特别特别少。我不太关心，看也是走马观花地看一下。我觉得看前面几段，或1000字已经差不多了，觉得好才会往下看。

木叶：同龄人或更年轻的作家，有没有对你构成阅读冲击的？

阿乙：可能我太封闭了，没有感觉。我觉得很多东西很好，很多作家很好，但是跟我的路子不一样，跟我的写作状态也不一样。他们能结出他们的好果子，我也不嫉妒。中国这些年来，确确实实没有出现一个震得你不敢写作，让你四肢发颤的超大型的大师，这个时候突然出现一个卡夫卡、陀思妥耶夫斯基，会让你振动一下，不愿写了，甚至觉得“既生瑜何生亮”。没有这样的作家。就此而言，现在确实是中国年轻作家的最好时机。

木叶：《人民文学》所评“未来大家TOP20”，《联合文学》所评“20位40岁以下最受期待的华文小说家”，你都入选了。冯唐、路内、笛安和张悦然，也都榜上有名，或是进入了其一。

阿乙：他们都写得很好，不过我跟他们的路子也不一样，一个是卖豆腐的，一个是卖烧饼的，不一样。他们有他们的造化，我有我的造化。

木叶：我觉得你野心很大的。

阿乙：我可能有点大。

木叶：那么，近年获诺贝尔奖的作家，你有没有你比较有兴趣的？

阿乙：也很少读，现在读书，非得等死透了再说。像弗兰岑的《自由》，大卫·米切尔的《云图》，大家都评价很好，但我就是买在家里，不见得立刻会读。像福克纳这样就叫死透了，意思是他自己死了，他的关系户也死了，包括当年捧红他的人也死了。

木叶：那么，闻听莫言获奖后，你是否也曾思考过莫言或中国作家对世界文坛的贡献，以及所处的状态？

阿乙：莫言给中国作家带来了好处。政府更加重视中文作品走出去的问题，而外国的出版界也对中文作品开始有更多地关注。诺奖之所以能红到今天，不在于它的奖金，而在于它并不荒唐的态度。

木叶：这两年有一个外国作家被谈得比较多，就是波拉尼奥。

阿乙：《2666》太厚了，我看了前面一点点。我觉得语言很干净，看到几个评论家（主人公）跑到一个地方……

木叶：每一卷都不一样的。《2666》结构惊艳、想法诡异，你可以批评它，完全不喜欢它，但是你会发现它带来某种刺激人的东西。

阿乙：莫言在结构方面也尝试过不少，像《生死疲劳》。我觉得，中国文学不发展跟作者没修养有关，作者不去反省自己，不去想自己的漏洞在哪儿，天天维护自己的所谓的一亩三分地。

过去我是一个简洁派的信徒，只要看到长句子我就很恶心。一夜之间，我就不要那个财产了。在我身上，没有什么东西是必然要维护的，就像我那么喜欢加缪，但从来不维护加缪，别人在我面前骂他，我一点不反感。但是，我一骂王小波，他的那些朋友就会说这个人没什么见识。我觉得，你要是学王小波，你只能跟着他写两年。我觉得，一个作家，既是食草动物，也是食肉动物，有时也要吃屎。你什么营养都要吸收一点，连黄色小说都要看。举一个简单的例子，你要去写乱伦，像《雷雨》那样的冲突，你具体怎么写？这个乱伦怎么开始？你就在书斋里，天天读马克思主义哲学，你可能写起来很难。那么你的营养来自哪里，你自己不可能尝试这个东西啊。

木叶：这涉及社会经验和知识结构。泛而言之，要有艺，还要有术，以及对生活的介入性。一些中国作家不够注重这些东西。

阿乙： 我觉得中国人就是喜欢争强好胜。自己认为正确的，另外一个人也要认为是正确的。以前我也是这么认为的，但我现在觉得，自己就是说出来一个观点，仅供大家参考。因为，我明天可能就背叛我的观点。

木叶： 你从来没想过，做一做像国内的韩寒或法国左拉那种有着公共知识分子性质的作家？

阿乙： 我对这个事情兴趣不大。一旦到了公共领域之后，容易被大词所浸染，几个概念搞来搞去。到最后，人是通过概念来生发自己的感情，争来争去，对具体的人与事意义不大，这也是一种懒惰。当然，有的人定力高，可能不被影响，但我这方面的抵抗力很差，易受影响。

公共知识分子可能应该是传达正确的思维方式的人，比如你不能因为是宝马撞人就去指责车主，见到日系车就抵制，这些只是标签、概念。你要传授一个方法，让大家从脑子里面洗掉那个东西，洗掉宝马、官二代、富二代这样的概念。如果想准确地思考公共事务和政治事务的话，就不要急于表态。要调查，不能扣帽子。

木叶： 在中国大陆，出版要受到制度的约束。一种无形的手。你觉得，自己的创作是否也有这种束缚？

阿乙： 倒也无所谓，就是出版发表的时候会有一定束缚，写的时候没有什么约束。

木叶：目前来看，你写的东西很少有特别敏感之处。

阿乙：那一块我不感兴趣。你要是用文字去反抗某个体制的话，你本身也是被绑架进去了。打个比方，如果你练的武功是你自己想练的，那么这个武功是自由的产物。如果你练武只是为了替父亲报仇，那么你整个生命也被绑架进去了，你整个人生都是为了报杀父之仇，等你报完了以后，你整个人生就完了。

木叶：为了什么而什么，总是把东西给矮化了，窄化了。

阿乙：对。自由不是反抗。反抗会带来自由，但是反抗带来的是后面的自由，而真正的自由在你内心。真正不可剥夺的内心就是你的自由，什么是不可剥夺的呢？比如阿基米德，最后人家杀他的头，他还要思考数学问题。阿基米德如果站在城上高呼“打倒你们”，他也是不自由啊，也被裹挟进去了。我是对公共事务不感兴趣的人。我给我自己提供一个说法，也许没什么道理。

木叶：在英美，公民可以骂卡梅伦、奥巴马及其政策，那种“自由”和我们这里的“自由”很不一样。时政太复杂，小说家在处理时也应有自己的独特之处。我们来谈轻松一点的，你的小说好像没有着重写爱情，即便写也都不得善果，比如《情人节爆炸案》，这是不是跟你自己那段八年无果的爱情有关？

阿乙：有一点关系，它成为一个“母题”了。

木叶：如今，婚姻生活对于你的创作有什么助力或阻力？

阿乙：现在没有。你定力足够的话，这些事情就不会影响到你，虽然你被无限制地拖进各种事物。

木叶：你现在算是专职写作吗？经济状况怎么样？

阿乙：到今天，我差不多是专职写作了。收入依靠出版的版税，一些零星的稿费，以及可能的影视改编费用。收入够我自己一个人活。

木叶：你写作时有什么癖好或不同之处？哪个时段是你最喜欢的写作时间？

阿乙：过去要抽烟、听歌、喝水。后来病了，烟戒断了。过去在凌晨写，思路最好。现在因为健康原因，也调到下午写。下午写几个小时。强迫自己这样干。我写作有拖延症，慢慢写，慢慢改。

木叶：一般而言，开篇和结局，哪一个更困难些？你享受修改的过程吗？

阿乙：开篇难。想写一个东西的时候，结尾已经在心里。是奔着结尾去写的。开篇往往要开十几二十次，最后往往是闭着眼睛随便用一个。我不享受修改的过程，但我修改的次数特别多，几近病态。是对自己不放心。改来改去的，把自己都弄烦躁了。

木叶：你会不会规定自己每天一定要写多少字？

阿乙：不去想具体写多少字，但我每天要推进一些。我觉得《春天》写得不好，就把它改成一个中篇了。

木叶：我欣赏你，但也不得不说，你目前在长篇上的实绩还有待验证。《下面，我该干些什么》和《春天》似乎都有所试探，最终还是归于中篇短制，而且颇有争议，尤其是前者。挑战自己的过程是不是既刺激又伴有挫败？

阿乙：挫败感更强。我写长篇确实不行。这是一个悲哀的事实。也许以后我能证明自己，能干好这个活儿。但现在真的不行。

木叶：你的《寡人》和一些小说里都有一个意思，就是说自己挺像《红与黑》里的于连，向往上流社会，向往发达，按你的说法就是到省城，到北京，到纽约……现在已经到了北京，可能也到过纽约了，心态有什么变化？

阿乙：现在已经没有了往上走的冲动了，但还保留着那种野心。我野心是蛮大的，有时候这个野心让自己羞耻，定位太高了，想达到的东西太高了，其实就是不甘于平庸。司汤达写作的背景是法国出现了一个拿破仑，他应该不是一个皇族或贵族后代，即使是，也是普通的贵族，反正他是从一个相对普通的位置升到一个皇帝的角色，所以在整个欧洲都掀起了一股英雄潮。于连是不是跟这个有关系？我猜有一点吧。

到了20世纪，出现另一种思潮，就是人是没用的。因为科技太发达了，科技作为英雄，取代了人作为英雄，取代了“拿破仑”。但是，我是在乡村小镇成长的。我们的瑞昌县，几千年都很平庸，我就觉得很寒碜，人一代一代喑哑地活着、死去，一直到现在，一个名人都没有，一个光荣的事情都没有。大家种田，吃饭，再种田，一年一年过去了，几十代人过去了。我很拒绝这种平庸。于连跟周星驰其实是一样的，你看周星驰电影里面都是小人物，于连也是个小人物，他首先告诉这是跟你一样的人，也可能成功。

木叶：说到电影，我也好奇。据说《意外杀人事件》还是哪个在改编？

阿乙：《意外杀人事件》和《下面，我该干些什么》都已经被签走了。导演不是很出名，但都是跟我一样很有野心的青年导演。

木叶：同气相求。苏童经常看电影，格非对音乐在行，余华的几个小说也和交响乐有某种关联。你有没有从电影等艺术中汲取什么力量？

阿乙：《出租车司机》。因为我有好多年很无聊，所以我也写到无聊，受到《出租车司机》那种状态的影响。还有《巴黎野玫瑰》，那个很寂寞。其他电影对我也有影响，但不大。我欣赏《老无所依》那种电影，还有《通天塔》，《通天塔》的结构很美。

木叶：2012年上海书展，大卫·米切尔跟苏童、莫言等曾有一个对话，主题是“影像时代的文学写作”。你是否认为这是影像时代，或者，你怎么看这个时代的写作？

阿乙：我已经被影响了。我的作品充满了视觉感。不是说我写一个作品要让谁改编，而是我已经处在这个时代，我在写的时候，必须付出更多的努力，要跟电视、电影这些画面去竞争。所以，我喜欢往文字里面塞很多的情感，看不出来的情感，我还会塞很多视觉性的东西，所以读者能从我的小说里看到很多实物，很多场景，包括人物有什么动作习惯，我都会写出来。

我最近在尝试那种不可转化的语言。文学语言和电影语言，很多时候是可以互相转化的。我现在不停地给自己的小说增加难度，让别人改编时无从下手，他很难用影像表达小说里的某些意思。有的语言是不可翻译的，不是说不可翻译成外文，是不可翻译成电影。我在小说里增加难度，不是我在拒绝电影，而是我觉得我在给读者增加难度，我不能惯着我的读者。我现在写的文本特别难读，标点符号有，但是我也经常不断句。这也是在给自己增加难度。

木叶：其实像港台的董启章和骆以军，他们的作品难读，需要细读，一旦读进去之后会有惊喜。我觉得，虽说这几年赞誉备至，但你始终保有一种清醒与自省。

阿乙：那是因为我心里想要的东西它没来。

木叶：你要的是什么？

阿乙：（笑）我这个人蛮搞笑，比如说莎士比亚、托尔斯泰，亲自过来拉着我的手说，“老弟我看你就别写了，你写了我们在历史上就没有饭吃了”。那时候我就狂起来了，傲起来了。（笑）但是这种事情是不可能的，我就是打一个比方。比如说一个人牛到诺贝尔奖或奥斯卡奖给到自己都不要的地步……

我的终极想法就是能有一部作品，真正能像我崇拜的那些大师创造的那样。像福克纳，写了《八月之光》《喧哗与骚动》《押沙龙，押沙龙！》。这三个，我觉得是最顶尖的。《我弥留之际》等也很牛逼，但差一点点，因为它那个调调太幽默了。你看他写了那么多长篇，他一个人就占据了六七部顶尖的作品，就像一个富翁有六七座豪华别墅，我作为一个穷人，有一座别墅就可以了。

木叶：在前往这些真正大师之作的路途上，你觉得自己的薄弱环节在什么地方？

阿乙：我现在的薄弱环节，就是我连基本的植物名称都不懂。还有就是，我有很多经历，但是我差一个致命的经历，就是福克纳和陀思妥耶夫斯基的那种。

木叶：你的警察经历也很好。

阿乙：其实，那个也快用完了。我现在有一个能力，就像一个人是瞎子一样，他的听力变得发达，我有一个能力在疯狂增加，就是虚构能力。

木叶：事实上，福克纳也没有太多的非常经历。

阿乙：我知道。我现在虚构的能力在增强，就是无中生有的能力。我现在还处于一个渐变的过程中，就是虚构以后它的逻辑性、合法性往往受到挑战，所以写《春天》时，就觉得有的地方不太合逻辑，于是就调整。现在写的小说又存在逻辑性的问题，有时候自己可以补一下，但是一旦小说需要补就不行了，所以，我就想以后能把那种更强的真实性突显出来。虚构里面要有更强的真实性。还有，我的语言很差。我读了半年的诗，读完福克纳，还会去读诗，如布罗茨基等人的诗。真正的诗歌语言太美了。

木叶：你是一个使命感很强的人吗？

阿乙：我被自己弄得很有使命感，其实我也没什么。我经常打牌，现在硬是把牌戒了。以前写作无力的时候，我就打牌，就跟失恋的人去喝酒一样。

2014年4月

新世纪先锋何为
——十二青年作家问卷

弋　舟　赵　松　盛可以　赵志明
霍香结　王威廉　陈崇正　陈志炜
王苏辛　周　恺　索　耳　李　唐

一

木叶：“先锋派被归为一个群体，形成共识的是指马原、苏童、余华、格非、孙甘露、北村、潘军、吕新。有时会把残雪也算在内，但残雪的女性身份、过于独特的气质，使她游离先锋派群体。洪峰因为90年代初具有形式实验的作品不多，故也逐渐淡出这一话题。扎西达娃以西藏异域色彩享有先锋派的殊荣，但也因为作品数量较少而难以持续讨论……”对于狭义上的先锋小说家，批评家陈晓明的这个说法很有代表性，不过在不同人眼里还是会有出入，譬如刘索拉、徐星、莫言等的位置。如果就广义而言，还要加上90年代中后期至今的先锋或异质性写作，这将是一个长长的名单。我们不妨先谈谈自己心目中的中国先锋作家是谁，或者说哪些先锋文本已经堪称经典。

赵松：首先我们不得不清楚的是，至少到目前为止，中国的“先锋文学”，跟世界的“先锋文学”，其实还并不能说就在同一个语境里，甚至不能把它们看作是同一个概念。在中国的近三十多年的文学语境里，“先锋文学”是成立的。但若是放到世界文学的语境里，因为时间差的关系，迟到的“中国先锋文学”甚至还不能算是真正意义上的“先锋文学”，面对过去的20世纪西方“先锋文学”，面对乔伊斯、卡夫卡、普鲁斯特、穆齐尔、罗伯特·瓦尔泽、布洛赫、纳博科夫、福克纳、贝克特、格诺、佩索阿、博尔赫斯、卡尔维诺、埃科、佩雷克，以及西蒙和罗伯-格里耶等法国“新小说”作家，哪怕只是面对作为西方先锋文学某种程度上的分支的拉美文学爆炸，无论是文学观念、文体意识还是在写作技法上，“中国先锋文学”基本上没有展现出多少开拓性的成果。当然中国先锋作家也有其反叛精神，只是这个反叛在很大程度上仍旧是带有启蒙意味和人本主义色彩的，更多的还是为了回归最基本意义上的人性。西方先锋作家的先锋性之所以成立，是因为他们的文学观念、文体意识和创作方式在很大程度上都是反传统或不走传统路线的，他们以各自的方式从不同的途径更新了人们的阅读、思维和想象的方式。

其次，在这个世界先锋文学的背景下，我们在谈论“中国先锋文学”时不难发现，其观念和方法论基本上属于对20世纪世界先锋文学的迟到响应或者说反应。他们确实受到了一些观念与形式上的启发，也借鉴了一些方法，迅速而又潦草地构建起了自己的先锋姿态和含糊的先锋形象。而且尤其令人意想不到的是，本来就是非常迟到的“中国先锋文学”并不是因地下化或边缘化的异端处境以及倍受意识形态打压而丧失了生命力的，恰恰相反，它是在过于轻易实现的成功中迅速滑向了终结。随着时间的推移，这些当年的先锋作家们越是步入老年状态，他们骨子里的那种保守性和非常世俗化的价值观就越是明显，或许这也反过来证明了当年他们的先锋行为更多的还是一种姿态，而不是真正意义上的发自内心深处的先锋立场。

即便我们不用世界先锋文学来说事儿，回到国内语境里来说中国先锋文学及其成果，其实也不大可能会有一个长名单的。要我提一位中国的先锋作家，会有康赫，以及他的那部厚厚的《人类学》；还会有吴亮，以及他的那部大器晚成的《朝霞》。

赵志明：格非老师有一次回顾当年，提到他们这一代先锋作家在开始写作的时候，“我们当年没有准备，也不知道外面的行情，读了一些书，靠的就是天不怕地不怕的勇气，也不是说特别勇敢，就是一种青春的东西”。我的理解是，这批作家当年都正当年，当打之年。处于青春而勇于突围，共襄盛举而形成规模并被津津乐道，不仅是同时代也是跨时代的幸事。然而，在我最初接触到这些名字的时候，我的文学素养几乎没有，批评常识更是一片空白。但构成我的幸事的，自然是当我处在青春的时候读到了“青春的东西”，也就是“读了一些书”。这种青春和青春的遇见，对我的触动和影响也就可想而知。基于此，当然未必正确，我觉得在“阅读的正当年”我所接触和喜欢的作家几乎都可以目为先锋派，或具有先锋的特质。在我的私人名单上，除了上述作家，我一定会添上王朔、杨争光、刘索拉、徐星、东西、金海曙、韩东、顾前、鲁羊、朱文等，这是就小说家而言。其实若加入先锋派诗歌，名单将会大大拉长，例如于坚、杨黎、西川、于小韦等诗人。

陈崇正：先锋是流动的。这种流动不仅指时代，同时也指向每一个具体作家的创作路径。苏童、余华、格非等人当时的写作探索，会随着时间的推移而逐渐显示它的重要性。虽然后来他们都逐渐回归故事，但在矫枉过正之间，小说家和他的读者都经历了一次叙述的升级，从 1.0 自动升级到 2.0 版本，所以后面的小说创作，就再也无法容忍老土的叙事。这些探索绝对不会在苏童、余华、格非这一波 80 年代先锋派小说家这里就停止，而是一直延续到 90 年代的王小波、王朔等作家，先锋的探索从文学形式一直到文学语言。以及到 2000 年后的刘震云、毕飞宇、薛忆沩等作家，都在不同维度探索文学的边界。这些作家在面对历史题材、现实题材的时候，一直在试图越界。如果要说把他们归为先锋作家，很多人会不同意，但如果说他们身上具备了文学生产所稀缺的先锋精神，大概我们都不会有意见。

盛可以：可能从来没有把“先锋”特别看待，阅读时也不会带着那样的心理标签。所以喜欢的作家无所谓他先锋或传统。

昨天晚上养重感冒，躺床上重读了一遍《活着》——比初次阅读时还让人折服——一口气看完，惊诧于这期间居然连咳嗽都停止了。不好意思说一直读一直哭，因为我也反感用眼泪来衡量一部作品的好坏。但这的确是一部值得像马尔克斯阅读《佩德罗·巴拉莫》那样来倒背如流的作品。而且我打算这么做。

弋舟：我想凭着直觉迅速说出这份“先锋”名单，那样可能更符合自己内心对“先锋”的真实理解。那么，他们是余华、格非、孙甘露、苏童、吕新……但是你看，如今我想要凭直觉脱口而出一串名字，说出几位后，还是会突然迟疑。为什么呢？“洪峰因为90年代初具有形式实验的作品不多，故也逐渐淡出这一话题”——如你所说，若这个理由可以成立，那么我就会在马原、北村这样的名字前停顿一下，继而，我会对已经脱口而出的名字产生犹疑。这也许说明，这代“先锋”于我，更接近于一种尽可不必细究的整体力量，在学理上并不能够做到条分缕析。但我觉得这就够了，也许更接近文学的本意。

霍香结：80年代以来的几个重要长篇文本：张承志《心灵史》、韩少功《马桥词典》、陈忠实《白鹿原》、阿来《尘埃落定》。他们都不在上述先锋之列，但是我认为他们构成了最近一个三十年的新文学实验和总结。

王威廉：我心目中的中国先锋作家有不少，如果以文本而论，我觉得余华的《在细雨中呼喊》、苏童的《我的帝王生涯》、格非的《相遇》、韩少功的《马桥词典》、潘军的《独白与手势·白》、李洱的《花腔》、朱文的《我爱美元》等堪称经典。当然，还有许多堪称经典的先锋文本，我或是没有读过，或是一时没有记起。

索耳：我对国内作家的阅读并不多，在这有限的阅读之内，先锋派的作品算是读得最多的了。我不太认同这种贴标签的归类方式，实际上是在抹杀作者的个体性。作家不能一篮子扣死，作家也不应该成为一个群体；再者，先锋派作为一个老派的学术批评提法，在现时代也有点过时了。在 80 年代，那个旧文坛暮气沉沉的年代，先锋派在国外学了现代主义的技巧，当时确实可以算得上是耳目一新，但现在的话，对国外作品的译介跟以前比已不是一个层次，整个文学的创作界和接受界的审美也提高了——当然，还有很长的路要走——回看以前的先锋派作品，也觉得不是那么“先锋”，只算是一种“先锋性”的启蒙吧。还有就是，先锋派这个提法，是中国特色，国外是没有这种提法的，原因就是在一个限定的时期之内，国外文学的发展走向比较单纯，从经典文学到现代主义乃至后现代主义，是一个“经典——颠覆——再颠覆”的过程，换句话说，“先锋”这个性质是贯彻文学发展始终的，因此，在国外，没有这么强烈地把“先锋”标签化的意识，他们处在时代和艺术变革的奔流之中，这种变革给他们带来的区别只有“好”和“坏”，没有

“先锋”和“一般”。

国内的先锋派里面，我读过的只有苏童、余华、格非和莫言。苏童是我的文学启蒙之一，读过他的第一本书是短篇集《骑兵》，一口气就读完了，心想原来小说可以这么写，第二天花了两个小时写了一篇六千多字的小说。刚开始写作的时候，很多技法都是从他那里学的，他可算得上是江南化的科塔萨尔吧，细腻、灵动，基本功很好。余华的话，印象深刻的是《活着》和《许三观卖血记》，这个跟他早期的先锋探索差别就比较大了，但我觉得比他那些早期的短篇写得好。莫言属于天才宣泄型的作家，印象比较深的是他的《酒国》，他能写，铺张，一个文本制造机器，能读出他的好，也能看出细节的不考究。

周恺：写过先锋小说就应该称之为先锋小说家，还是坚持一贯的实验色彩才能叫作先锋小说家？如果是后者，上面的名单可能只该留下孙甘露和残雪，但他们恰恰是我不太喜欢的作家。如果是前者，那就只说作品吧。我个人是把马原的《冈底斯的诱惑》和《虚构》当成是中国先锋文学的范本。

陈志炜：很少把中国的“先锋小说”当成先锋小说来读。这不是什么贬低的说法。作为一个“85后作者”，我首先是先锋小说的“读者”。最开始是初中读到了苏童的《我的帝王生涯》，余华的《活着》《许三观卖血记》还有他的一些短篇。当时并没有觉得这些小说有多难读，除了余华的极少一部分短篇。

刚接触语文书本之外的文学作品，就读到了这些，让当时的我以为纯文学小说就是这样的。后来知道了“先锋”的说法，也并不觉得这些“先锋小说”有多先锋。这也不是贬义，这可能正说明了曾经的某些“先锋特质”，或“被理解为先锋的特质”，已经被经典化了，在我这样一个晚辈作者看来，已经非常容易理解了。后来，读外国小说比较多。可能因为文化差异，在读外国小说的时候，我更能把他们理解为先锋小说（现代主义小说）。我是抱着学习技巧和形式的目的去读的。多数时候读的是技巧和形式，重读时才关心文学。但读中国先锋作家的作品时，我会首先把它们理解为文学。要说我心目中的中国先锋作家，可能还是那么几位，苏童、余华等等。我中学时肯定更喜欢苏童，原因就不说了，大家都喜欢苏童，觉得余华的文字很粗糙。但时隔十几年，现在重读，发现余华句子与句子之间的呼应关系太精致了，很舒服。这个发现让我觉得余华也非常棒，某种程度上可能比苏童更好，一种不易发现的好。我现在关心的“好”已经和“先锋性”无关了，或者一开始我就不把“先锋性”当作评判作者作品的标准。

另外，有人说我的某些作品像孙甘露，但我读得少，只读过几个短篇。大致觉得我和他的某些文学追求是近似的，但是落到纸面又各有不同了。我避免去读他，得绕开一个与自己太过相似的作者，可能会把自己读窄。还有一些，都是记忆中的作家作品了，比如徐星《剩下的都属于你》，是当时《长篇小说选刊》试刊号上读到的。洪峰《去明天的路上》倒是当成先锋小说来读的，从中学习过一些东西。总之，在我脑海中已渐渐不太有“先锋小说”的概念了，或者在我们这一代作者这里，这个概念一直都是模糊的，因为我们当时不在场。

在我看来，施蛰存是很棒的先锋小说家，我太喜欢《鸠摩罗什》了，但大家一谈起先锋文学，就谈得很窄。不该这么窄，或者，就不该提这个概念。

李唐：从我个人的写作经验来说，中国的先锋文学可以说是我的启蒙。高中的时候痴迷过余华、孙甘露、苏童、残雪等等作家。目前，残雪是我最喜欢的先锋作家，当然她自己可能并不太认可这个称呼。残雪的实验写作至今从未间断，也没有任何转向的迹象，而且确实也越写越好了。苏童的短篇小说非常微妙，浑然天成，让我第一次感受到天赋的含义。孙甘露全然诗意化的小说在当时对我的冲击力也非常大。

二

木叶：每个人都在变化之中，先锋作家可能更为鲜明。显豁的例子是余华，《十八岁出门远行》等中短篇为他赢得了声名，而从90年代的《活着》《许三观卖血记》和《在细雨中呼喊》，到新世纪的《兄弟》和《第七天》，他每部长篇的手法都不同，他不断改变着自己，同时别人看他的目光也在改变。从“三部曲”到《隐身衣》再到《望春风》，格非不断思考与发力，他的创作又是一个突出的例子。而马原的《牛鬼蛇神》和《纠缠》等则与当初“那个名叫马原的汉人”的冲击力相去已远。求变的结果不尽相同，但可以说，他们都在面对自身、面对文学难度、面对时代局限。这可能有什么启示？年轻作家看前辈作家，可能更真切、更有感慨，而先锋性本身是否也会因时代变化而流转、而有不同体现？

陈崇正：格非曾在一次讲座里谈到，某天马原到他家里去，聊天时就感慨说不能再装神弄鬼，格非回应说，“你装神弄鬼，我可没有”。这个有趣的对话也反映了一个情况，就是80年代的先锋派小说家之所以回归故事，也是因为他们已经意识到形式的实验探索永远不可能代替内容本身。后来格非的转型应该说还是非常成功的，这是他不断在回归传统，也在打探这个全新的世界。先锋的难度在这个全新的世界面前，已经不是文本上的实验，而是如何去处理这个世界上时刻在发生的纷纭题材。其实余华的触觉是最敏锐的，他很早就明白这个道理，所以不断通过研究社会新闻的方式，试图深入这个世界的内核。即使《兄弟》和《第七天》并不能让许多人满意，但这样一种探索的精神，在方向上应该是正确的。对“先锋”最简单的理解就是走在前面的人，一个人跑到前面去了，就难免要付出更多的成本，包括失败和被嘲笑的可能。

弋舟：将这三位前辈的文学表现放在一起打量，真的挺有意思。还是谈个人感受吧。在我的意识里，余华似乎永远“悬置”在“先锋”的王位上了，无论如何，即便战败，他也不会跌落；格非似乎“贯穿”于这个王国，即便他如今的创作已然不同于往日，但在我的感受中，却依旧葆有“先锋”的魅力；很遗憾，如果我们将“先锋”收窄，今天马原的作品已经不大能令我与之发生勾连。如果我们将他们的变化视为面对诸般难度的努力，我愿意认同格非这份努力的“有效性”。我感觉余华一定也在憋着劲儿，于是等待，这可能都是大家对余华普遍的心情了，也说明，余华总是有魅力让人抱有期待。“先锋性”其实是很难定义的，就像让我脱口而出先锋作家一样，常常有着即时的不确定感。我相信，这里面一定有恒常的准则，但恒常往往可能借由流转而发生。譬如，为什么我会觉得格非依旧呢？事实上，他如今的文本与昔日相较，有着一目了然的不同，可见，他的创作在流转的外衣下，有某种恒常的东西始终说服着我。

赵松：其实余华、马原跟格非这三位曾经的先锋作家倒是有个共同点，就是成名后都以各自的方式一路后退，名气还在，才华却已耗尽。他们想变，是真的，但可以说是有心无力了。其实，先锋文学的式微不只是在中国，在世界范围内也是如此，甚至发生得更早一些。说到先锋性，我觉得既有超越时代的先锋性，也有应时而生的先锋性。比如在我看来，索福克勒斯、斯特恩、拉伯雷、福楼拜、卡夫卡等就属于前者。而像乔伊斯、普鲁斯特、纳博科夫、福克纳、博尔赫斯、贝克特、佩索阿、卡尔维诺、罗伯-格里耶、西蒙等就属于后者。有些先锋性，是需要过后，甚至很久以后才会被渐渐发现的。而有些先锋性，则是立竿见影地显现在其所处时代的。但归根到底，并没有哪个时代是真正需要先锋文学的，因为先锋文学本质总是令人感到陌生、难以命名、充满不确定性、令人不安的，说白了，先锋文学总是跟多数人背道而驰的。

盛可以：每一个作家都会面临影响的焦虑、创新的焦虑。如果一定要谈先锋的话，我认为的“先锋”是一种文本探索创新精神，而不是一种标新立异的恣态。从这个意义上说，一切失去先锋精神的写作，必将堕入平庸。这就是为什么有的人走着走着就消失在视野中。

周恺：没有什么启示。延续前面的话，我觉得批评应该是精准的，既然“先锋”接近一个元术语，那它就应当有一个严肃的定义。余华写了《十八岁出门远行》，又写了《活着》，《十八岁出门远行》是先锋文本，《活着》不是，再要谈，就跟“先锋”这个词语无关了，《十八岁出门远行》写的全然是个体的经验，《活着》更倾向民族经验，其他几位前辈也同理。所以，假如批评家说，“先锋性本身是否也会因时代变化而流转、而有不同体现？”这可能预示着，他将要偷懒。

陈志炜：世界是先于作者的。我理解的“先锋文学”，应该是一个时代最现场、最真实的文学。但我的意思不是录音机，不是摄影机，不是那种现场和真实。我说的是广义的，这种现场和真实，可以被文学观念折射到几乎认不出来，但它最本质的部分还是现场和真实的。“先锋”既然是先锋，应该是对这种现场与真实最尖锐的“击中”。在前辈作家身上，尤其是前辈先锋作家，有一种悲哀，就是他们在失去这种现场和真实。每个人都会逐渐失去现场与真实，活成一个异乡人。这也是一种难度，他们想要再一次“击中”，肯定会有所改变。“先锋性”本身不该只是一种形式实验，而是这种“击中”的勇气。形式只是晚于世界的一种容器，会随着书写的事物而变化，当然也是作家之前书写风格的演变，这个并不重要，只要他对形式的态度是诚恳的。所以我关心的不是作家是否会因时代变化而改变，我关心的是如何保持一种勇气，如何能最诚恳地“击中”。

赵志明：提到先锋文学，我总是会望文生义地联想到“急先锋”。顾名思义，先锋就是开路先锋，“逢山开路，遇水搭桥”那种，因此不仅要备变，还要求变。所谓的“以不变应万变”，更多是战略而非战术。先锋作家的变应该是常态，不变反而糟糕，要坏事。余华的变、格非的变、马原的变，不尽相同，过程和战果也各异。具体的来龙去脉，可能作家本人最有发言权。但是，我几乎可以局限地、肯定地，当然也是不负责任地下这样的结论：当年他们那种极富青春特质的创作被冠名了，不仅名正言顺，而且影响深远。此后，年岁增长，时代变迁，种种因素纷杂侵袭文学，个人创作必受影响。那么，他们的作品的具体评价，是流于主观片面，还是囿于客观局限，就变得难以定论，是不是这种责任更在于解读者，而不在于创作者。或许，他们的求变应变之作，假以时日，会获得其他的冠名，并更切中时代脉搏和社会肯綮。“经典由后来者定义”，诚哉斯言。这个后来者，自然包括后来的创作者和评论家，当然更包括一直处于创作中的创作者本人。

霍香结：小说界有先锋，艺术界也有先锋。这个和时代背景的关联更大一些，所以时间上也趋于一致。我喜欢将其分为新中国成立前三十年，成立后三十年和 1978 年之后的三十年。时代、环境、营养成分之不同，造就了不同的先锋。其实，我们谈的先锋主要是最近的一个三十年，在苏俄、拉美、欧美三个“第二传统”影响下的创作活动。先锋也是相对的。变是肯定的。但时代给予的营养是最主要的。真正的写作随着时代走。所谓“先锋”仅是一个方便的说法——异端的番号。

王苏辛：我觉得这是一个作家很自然的变化。坚持先锋不是唯一的正确，但失去了这层特殊性的庇佑，确实是对作家和作品独特性的考验。我甚至觉得，这些年的写作状况，已经在要求作家必须做一次整合，做一次熔炼。先锋的、现实的，这些东西早已经没有那么泾渭分明。问题在于，如何更好地把自己得到的各种不同经验进行熔炼。先锋性一直存在，它只是很难再保持一种单纯的青年姿态，所以会显得先锋性的锐气在下降，但实际上这可能也是检验读者对于更复杂，更包罗万象的东西的认识程度。而这种复杂的东西，更需要新的作家和新的作品去确立。

王威廉：中国这几十年的发展和变化太快了，就像一辆疾驰的列车，我们作为乘客望向窗外，不免看到的风景是大不一样的。那些先锋作家打开了现代小说可以“怎么写”的可能性，而“写什么”实际上在计划经济解体之后，更加考验着作家对于时代的把握能力。先锋性当然是随着时代变化的，甚至可以说，先锋性是必须与时代紧密联系的，是对时代本质与倾向的预见、洞察与向导。

李唐：不可否认的是，余华、格非等作家的小说，还是在“先锋文学”的阶段更具有生命力和摄人心魄的力量。他们转向以后，很多个人的特质被埋没了。但是我很理解这些前辈作家们寻求改变的尝试，毕竟先锋文学更加倾向于极端个人化的表达，而作家们在经过这一阶段后，接触到了更加坚硬的现实问题，表达的欲望也就随之改变了。不过，文学归根结底仍然是个人的表达，如果失去了这一点，无论题材多么宏大，都是无效的。

就我个人的观点来说，先锋性本身是不会随着时代的流转而改变的。卡夫卡、普鲁斯特、穆齐尔、贝克特等等作家的作品即使再过几个时代，我相信仍然具有先锋性。只是在形式上可能有所变化，但内核是不会改变的。因为他们的文字牢牢地扎根在人性的层面。

索耳：“先锋”这个说法本来就不能涵括一个作家的特质。作家首先是一个人，然后才是其他。他不是一个形式机器。形式固然重要，但单单是形式也成就不了文学。先锋的思想里蕴含着自由，不仅仅是形式上的自由，更应该是思想或者说观念上的自由。不是为了变而变，而是有目的、有引导地去变，有变的注脚。一个具有先锋精神的作家，应该是敏锐的、负责的、不断思考的，能敏锐地捕捉时代黄昏放出的蜻蜓，然后把它做成标本。这一点跟大部分的艺术创作都差不多，就是“行动—反应”。其次是选择艺术的表现型。我始终认为一个好的作家，就应该创造和实现艺术的表现力，这点跟先不先锋无关。没有能力创造艺术表现力的作家，干脆就不要写了。因为文学首先是艺术，然后才是其他的。

余华的早期和中期的探索是很有效的，他本来也非常有天分，但是后来的步伐就缓下来了。也许他没多少创作热情了吧，因为各种原因，在文学上他变得困顿了。这就是我刚才说的，作家首先是一个人，是一个人，就会被很多东西所困。

三

木叶：“我之所以看重先锋文学，一方面是因为它们代表了我们时代文学的精神难度、思想高度，也代表了在艺术探险上曾经达到的远足之地。”（张清华语）而恰恰在思想高度、艺术探险、精神难度以及传统的焕发与生长性上，人们对中国先锋文学有不少议论，甚至苛责。作为一个有抱负的作家是否思考过类似的问题？

霍香结：能够先锋，说明已经进入能够敢为天下先的范畴。这个时候的创作其实本身还是自由的，只是他面对的是历史上所有的作者，或者跳脱某些范畴，在某些狭窄的区域做一些努力。高度啊，冒险啊，都是说给外行人听的。先锋成就的某种文体的转换，好比塞尚的绘画，他可以颠覆掉透视法，这是整个西方绘画的基础，颠覆之后还合法、成立，创造了重新看世界的方式。这个是整体性的。小说中比如乔伊斯，也是如此，将小说叙述方式颠覆，或者将构成文本的元素进行了变构。

弋舟：我认同张清华的论断。事实上，将这所有的“度”熔为一炉，从来都是文学的根本性追求。如果这是文学正当的“世界观”，我相信先锋文学至少是在寻找正确抵达这个“世界观”的正确的“方法论”。粗略地说，他们从“形式”着手了，而往往是这个着手，引发了议论与苛责，但我宁可相信他们的手“着”对了位置，相信文学之事只有从这个位置下手，才有可能触摸到那所有的“度”。然而遗憾的是，正确的道路并不能确保我们必然抵达终点，而且，这个正确的起点又天然地稍显“轻浮”，于是我们看到了，依然有太多的后辈站在正确的位置，跳着轻浮的假舞，更加抹黑了这个宝贵的位置。

赵松：先锋文学在任何时代都是备受苛责的，这是其精神属性决定的，也是其天生的颠覆力和出人意料的创造力决定的。还有就是，先锋作家是不需要跟其所处的时代谈判妥协的，也并不渴求时代的宽容与谅解，因为他一定是走在了时代前面的。其所作所为是难以被其身后的时代所定义和解释的。先锋文学并不代表什么“我们时代文学的精神难度、思想的高度”，因为它代表着不可预知的充满可能性的未来，而不是现在。真正意义上的先锋作家是不会没事琢磨自己是不是先锋的，或怎么样才能更先锋些，他需要琢磨的只是他要做的事，就是他的观察、体验、思考、想象与写作只能以他的方式完成，别无他途。

周恺：我思考过，但不是从一个有抱负的作家的身份去思考的。思想高度、艺术探险、精神难度指的是谁？谁的哪部作品？苛责的又是谁？谁的哪部作品？苛责它什么？有批评家是写得非常细的，这种苛责常常是以“文学”审美目光去苛责，就是说承认“先锋文学”是属于“文学”的，不是另开一桌。

那他们为什么那么写？残雪老师是典型的一个例子，按理小说家不应当太多地跳出作品来发言，但她写了很多评论他人作品的文章，这是非常诚实的，也使她的一部分浮到了水面上。她写过博尔赫斯，还写过关于卡夫卡的《灵魂的城堡》，因为对这二人的兴趣，我详细地读过，里头有许多误读（有些部分是很夸张的）。由于她的作品有非常鲜明的卡夫卡的烙印，能否说她的写作某种意义上是建立在误读的基础上，这跟舒尔茨与卡夫卡的关系是有本质区别的，这种严重的错位，使得她的模仿仅停留在语境上，她不是踩在卡夫卡的肩膀上，而是踩在卡夫卡的脸上，然后生发出了一些新的东西。同样的，马原与博尔赫斯的关系，同丹尼洛·契斯与博尔赫斯的关系，也是有着本质区别的。我注意到一个细节，好几位先锋作家，在最初接触到震撼他们的作品时，发出的感慨是“原来小说还可以这么写”，而不是“小说原来还可以写这个”。那些有意义的评论苛责的可能是这个，姑且不说苛责是否合理，我是想说，所谓的“精神难度”“艺术探险”与“议论”“苛责”不是因果关系。

盛可以：赞同张师的艺术探险说。伟大的画家马克·罗斯科在《艺术何为》一书中提出，“艺术想象是一个不受任何拘束，绝对自由的世界，且激烈反抗常识”。艺术就是一场闯入未知世界的冒险，只有那些渴望冒险的人，才能探究未知世界的秘密。纵观艺术史中的流派更迭交替发展，几乎可以说，每一个伟大的艺术家都是先锋的。如果没有人类思想上的冒险、探索、发现，文学艺术就不可能有发展延续。我不知道人们对过去既有的中国先锋文学的定义是什么，以及证明它的局限是什么，我想，先锋本身是广袤无边的，有局限的是个人的思想才能。

赵志明：先锋文学招致非议，是因为在那个风云际会的时代它确实被寄予厚望，似乎是从第一眼见到它有多震撼、有多喜欢，在接下来的时间里，人们就会条件反射般地把目光投过去，疑惑需要充分解答，创伤需要迫切抚慰，狂欢需要无条件地共鸣。还因为先锋文学虽然应运而生，但它随后面对的时代变化体量之巨大，程度之激烈，难免有心无力。如果一味地把这种文学在位却缺席的过失加在先锋派身上，太有失公允，也可能在某种程度上违背了文学的初衷。所谓思想高度、艺术探险、精神难度和传统的焕发生机，是社会共生态，没有其他思想界、艺术届包括民众层面的滋养，文学哪怕是先锋文学难免会营养不良，这肯定不是一个格非、苏童、马原、余华所能扭转局面的。

陈崇正：文学走到今天，已经不是单纯的文学艺术，很多时候还要考虑商业环境和其他不便描述的复杂因素。作家们其实也都是聪明人，都明白文学生产中有一条非常讨巧的现实主义大道，在这条道路上出现了很多既叫好又叫座的作家和作品，这是人民群众喜闻乐见的部分。所以，青年作家也很容易就变成熟手，很快就明白读者和评论家都需要些什么菜式，轻车熟路就能做出拿手好菜，皆大欢喜。但文学显然不是这样的，也不应该只甘心如此。总必须有一些人坚持剑走偏锋，坚持不妥协，坚持小众，坚持不讨评论家的喜欢。我依然相信，这个时代所召唤的大师，一定会在思考应该如何用更好的方式去表达这个时代，而不仅仅是描摹现实。

王威廉：我们难免会苛责同时代的人，又难免会高看同时代的人，因此无论是作家还是批评家，大家都是艰难的。换句话说，都面对着一种艺术和思想上的难度。当然，只有好的作家和批评家知道难度在哪里，如何才能与真正的难度作斗争。先锋文学对于中国当代文学的意义怎么评估都不过分，它们已经成为一个精神传统，或隐或显地流淌在今天这些年轻作家的文本中。

四

木叶：接着上一个问题，具体而言，不讲故事或讲不好故事、缺乏饱满的人物、文本的独特性究竟有多少……对于80年代先锋文学的争议不小。那个时代的先锋文学最可珍视的贡献是什么？如今回望、重估，该怎么看待其实绩与不足？有哪些是被高估或被忽略了？

弋舟：我不愿意以高估或者忽略来衡量那场文学运动。这不符合我的文学心情。在我而言，它近乎是文学的开蒙，那么，我们能苛责开蒙吗？我们能夸大开蒙吗？《三字经》是开蒙读物，它既浅薄又伟大。我并不是想找到一个中间感受，而且如果一定要让我的情感发生倾斜，我更愿意倒向褒扬先锋文学的那一面，愿意想象它的价值迄今依然没有被正确地穷尽。“不讲故事或讲不好故事、缺乏饱满的人物、文本的独特性究竟有多少”，这些诘问真的只能针对先锋文学吗？那么好了，现在“不先锋”了，这些问题解决了吗？

赵志明：如果没有先锋文学的横空出世，文学花圃肯定失色良多，并且有可能长时间维持其单调乏味的一面。这可能是先锋文学留给读者最大的馈赠。至于文学后来者，他们可以从先锋文学继承到一种可贵的文学品质，那就是充分意识和挖掘并尽量保持一种先锋性，勇于尝试、不断冒险、积极求变、精益求精。事实上，文学史上所有那些划时代作品的出现，都可以归结为先锋性使然，从质疑、争议、批评到否定，角色循环，当初的执行人又沦落为被审视者，这是在规律之中，呈现了螺旋上升态势。

周恺：应该捋清一个问题，它首先是“先锋文学”还是首先是“文学”？如果它首先是“先锋文学”，那从语言层面到技巧层面，现在的评价已经足够，不需要再重估。如果是后者，那我觉得被忽略的可能是作品与环境的关系或者与时代的关系，这是非常遗憾的，也可能是过度阐释技巧产生的恶果，其实可以发现在“先锋文学”里头，一些具有“心理小说”的特质，一些具有“荒诞小说”的特质，一些具有“迷惘一代”的特质，这个可能有人谈到了，但我觉得不够。

霍香结：不讲故事是不成的，但又不那么简单。小说之所以是小说，最终还是一个故事。为什么会这样呢？故事是小说的核，小说作为一种文体，它就要讲故事，如果不讲故事，小说就变成了任何一种文体。也就是说讲故事是小说的主要项，但不是唯一的项。更准确地说，即是作者运用符号完成一个称之为小说的织体。因此小说只有两种：一种是运用线性时间编织时间、环境、人物、事件，构成故事的织体；一种是运用非线性时间编织时间、环境、人物、事件，构成故事的织体。后者是 20 世纪以来对第一种织体的反叛，是一切先锋的源头。思想源头在于我们对世界的认识发生了变化，也就是对时间和存在的理解不再是经典力学时代的世界观了。

我们已经认识到，作者是文本的制造者，是叙述学上的他者。符号是广义的，不再仅仅是语言。小说不等于故事。只有在一般读者那里，小说才等于故事。当我们把叙述学上的小说界定为故事之后，作者和叙述者的身份就不再重要。因此，真正的写作或者说小说，一定不是讲一个故事那么简单。这种简单也不等于文本的简洁与复杂。

最近的一个三十年的先锋实验，更多的还是在叙事方式上。其实，不仅仅是叙事方式，实验还包括文本空间、空白部分的探索等等。最主要的除了这些，还有教养、思想、跨界的能力等等。最近的一个三十年先锋文学应时代而起，他们是我们文学的良心部分。如果说有文学艺术上的成就，主要归功于他们。但是时代的局限性同样也是明显的，三十年太短，我们无法看到作为漫长的文学原型成长的那种喜悦。

赵松：讲不讲故事，说实话都只能算是初阶的文学问题，而不是高阶的。因为经历过 20 世纪 100 年的现代文学洗礼之后，我们应该明白，在文本实践中，讲不讲故事，甚至都不成其为问题。真正的问题，其实是叙事空间的生成与建构的问题。80 年代的先锋文学在当年所引发的争议在今天仍然具有现实意义，这是个颇为诡异的现象。因为显然，这意味着网络化社会的成熟也并没有能从根本上改变大众思维普遍单一僵化的状态。那个时代先锋文学的最大贡献，其实就是对于个体意义上的人的强调与唤醒意图。但在文本创造上，以今天的眼光来看，那个时代的先锋文学作品还是太过表面化和简单化了，缺乏的是内在的先锋逻辑。

陈志炜：不喜欢这类说辞，这类说辞陷入了一种不易觉察的误区，即 A、B、C 三个人，A、B 身上有缺点一，B、C 身上有缺点二，A、C 身上有缺点三，所以我可以说 A、B、C 共同的缺点就是缺点一二三吗？我仔细阅读了19世纪的一些外国名著，发现也不是人人都塑造了饱满的人物，很多小说情节逻辑性也有问题，很多人物也是纸片。不举例怕被人说空口无凭，就拿欧·亨利《最后一片叶子》来说，老画家听说女主角的病症，为何执意去看她？去看她的时候，为何又设置了一个“她睡着了”的情境，让老画家“无功而返”？这些都是为老画家绘制最后一片常春藤叶做铺垫，但是写得很生硬，不论从情节逻辑性来说，还是从人物塑造来说，都非常粗糙。这里的情节和人物并不是生长出来的，而是作者设计的。如果有人觉得欧·亨利算不上什么优秀作家，那好，莫泊桑的《珠宝》是我很喜欢的一篇小说，但小说前半段几乎感觉不到叙事动力，郎丹夫人的突然去世也非常突兀，让人觉得突然踏空了，甚至有些滑稽。我当然知道郎丹夫人的去世对小说主题的意义，正是她的去世让整个小说有了多重的解读空间。但文本处理上，莫泊桑是粗糙的。当代人给当代人挑毛病，然后做一个所谓的“归纳”，太容易了。但这些毛病中有些不是毛病，有些是普通的感冒，任何时代的作家身上都有的，并不是中国先锋作家这一批人身上才有的，比如“讲故事”，这显然是文体观念太过局限。甚至，有了一定的文学自觉性后，部分先锋作家已经做得比前辈作家好了。而读者读当代作品，总能读出毛病。至少读出了毛病以后，人人都敢说出口。

至于贡献，因为不在现场，我猜想，最珍贵的便是争议。不足就是，争议之后，一部分人仍抱着“先锋文学”这个词不放。并不是我们不需要先锋文学，而是不该让这个词成为一种既成的视角。应该让大家忘掉“先锋性”，以免它成为一种写作上或者阅读上的托辞。丢掉这个词吧，会更好。

陈崇正：最大的贡献应该是在西方文学的坐标中修正和升级了我们的文学叙述方式。中国新文学一百年，在 80 年代经历了一次跑步前进，这批作家也突然成为了全新的立法者，与当年胡适、鲁迅所面对的时代机遇是相类似的，都是和过去的时代说再见。他们一波人凑在一起，就能很快宣布一个全新的文学时代的到来。

王威廉：在我看来，那场“先锋文学运动”最大的一笔遗产，就是让后来的中国作家们非常清醒地区分了小说和故事的异同。小说为了和读者妥协，一直在回归故事，但作家们都力求在讲好故事的同时传达出更多的蕴意。这种蕴意，自然也区别了个人的生命体验与某种宏大的意识形态。

李唐：对于中国先锋文学的苛责，首先还是文本问题，当时作家们刚刚开始起步，今天看来，很多文本还是稚嫩的，也有故作姿态之嫌。但是先锋文学最大的意义，是对中国写作者的某种解放，包括题材、形式和自由度。个人的表达不再是隐藏在“文以载道”的传统后面，它来到了前台，写作成为了写作自身的目的，每个作家都能尽情地去书写属于自己的世界与观念，而不必去追求所谓的“意义”。因为，个人即是意义所在。

索耳：像上面提到的，八十年代的先锋文学最可贵的地方就是“先锋性”的启蒙，就是在旧的文学形态死水里注入新的池水。所谓“先锋性”的启蒙，其实也就是现代主义和后现代主义的启蒙。因为一些原因，我们滞后了世界几十年，所以他们相当于是从新世界给我们带来了宇宙飞船。可是就像历史上那些改革运动一样，所谓的新东西也只是生搬硬套，或者是比较机械地模仿，那时候的先锋文学，差不多就是这个意思。很多作品，模仿的痕迹都比较重，还没有文本的独立意识，这跟先锋的本质又是违背的。这些作品可以说是“模具”，也可以说是“半成品”。作家们其实也意识到这个问题，这才有了九十年代后的转型。

五

木叶：80年代的几个先锋作家，二十郎当岁便名动江湖，早早确立了自身。新世纪以来或者说这几年崭露头角的青年作家，有谁具有特别明显的先锋特质？他们可能有着怎样的复杂或幽微的创作处境？

赵志明：就我所了解的，像曹寇、阿乙、李宏伟、石一枫、王威廉、孙频、双雪涛，他们的作品文本极富特色，当在此列。至于他们缘何有此呈现，肯定和他们自身深有关联，我未能细察也就无从置喙。不过，倒是有些不是那么“有名”的青年小说家，也许更值得关注。像《说部之乱》的作者朱岳，《南方》《句群》的作者孙智正，《一定要给你个惊喜》的作者谈波，《大裂》和《牛蛙》的作者胡迁，以及张敦、魏思孝、郑在欢、孙一圣等。还必须加上几个青年诗人。例如严彬、竖、乌青、张羞等。

陈志炜：现在文学的地位与以前不同了，这也让“击中”更难。我感到一种乏力，甚至失去勇气。所以，要谈有先锋特质的青年作家，按 60 分算，能报出一大堆名字，如果把分数提到 80，我就很难想起谁了。作为一个作者，我当然会说我自己，这样吧，“五到十年后的陈志炜”。但我都不确定自己能否活到那时候。所以我的处境便是“暧昧”，试图“击中”，又逐渐失去勇气。文学可以自救，甚至可以救人，我相信文学，同时又反对文学；我相信自己，同时又反对自己；正如我相信世界，同时又反对世界一样。困境一种。

王苏辛：我暂时举不出我的同龄人的例子——因为包括我在内大家还很难说是成熟作家。在有限的阅读视野中，近几年我看到的真正有先锋特质的作家有康赫、李宏伟等，但他们似乎也都是在一个接近中年的年纪才逐渐被注意到。80 年代成名的先锋作家们，在相当于现在的“90后”作家们的年纪，就已经名动江湖，看起来，现在的青年作家们显得有些“不济”。站在整个文学史的角度，许多令人瞩目的作家在二十几岁都写出了文学经典。这背后的因素甚至不能单单从文学的角度去分析，但我觉得成名晚，成熟晚，也都不是什么问题。更为重要的问题是20世纪现代文学至今仍在深深影响着中国作家们，甚至可以说，近些年的中国文学谁能脱离先锋、脱离现代文学去谈论？现在还真的有所谓真正的纯粹的传统现实主义文学吗？我觉得是没有的。很多作家在先锋小说，在现代派文学那里获得了最初的叙事经验，转身就说自己是纯粹的现实主义作家了，这有可能吗？

现代主义最初是在美术领域先出现，接着渐渐影响其他文艺领域，文学甚至是相对靠后被影响到的那个艺术领域。所以，不光是文学，我们整个社会的文艺领域，不论美术、电影、音乐，几乎所有的这些精神生活领域，都是经过现代主义、经过先锋意识影响以及重新选择后的东西。如今的青年作家，面对艺术形式创新的瓶颈，更面对阅读以及接受的事物的同质性，他们很难再像更早的前辈们一样获得一些特别的经验，在同样的经验甚至同样的阅读谱系下，确立属于自己的写作图景，是非常非常难的——这可能是整个艺术领域中的年轻创作者都需要面对的。

弋舟：就我有限的接触和认知，我的心目中是有几位人选的，但很抱歉，我不能给你一一指认，因为稍加定义，都有可能是对一个优秀作家的误解。我能够承认的是，我自己愿意身在其中。但是你也看到了，新世纪以来的作家们创作又有着多么大的不同。以创作处境论，今日先锋的难度一定大于昔日，这几乎是毋庸说明的，而且，今日之世事本就更为复杂而幽微，它本身就构成所有写作者面临的共同处境，但这一点，还是让我们无从谈起吧。

陈崇正：新世纪之后的文学，已经只能仰望当时那个立法的时代了。当下的青年作家，不再具备“装神弄鬼”的资格，更多的还是在不断从事新的探索。所以，我预感文学在未来的一段时间应该会出现转型，走向多元，走向专业资源的公约数。如果这一代青年作家，无法走出上一代作家巨大的阴影覆盖，那也就可以宣布为没有希望的一代。所以，不屈服的人应该正在进行各自的努力，虽然目前还没有什么特别耀眼的作品。

霍香结：80 年代的先锋也即我说的最近的一个三十年的先锋文学，现在是主流。他们是他们的时代产出的果实，如果 1980 年前后的思潮，没有孵化他们，也会孵化一些别的年轻人，哪怕是谫陋的、粗野的，只要有文学营养的、长势不错的都加入了那个行列，所以收获了一批。新世纪以来的作者成长条件、视野和他们都不同了，回到了启蒙的实际中心、全球化的大背景下，有更好的写作基础了，但是作为文本的成长可能更难了。

赵松：我觉得还是康赫，他的先锋特质最为明显。从他的人生经历、思想状态和写作方式来看，他似乎丝毫都没有被这个时代的种种潮流所俘获过。这个世界已有太多的禁忌，太多简单粗暴泛滥的政治正确式思维，这就是这个时代先锋作家要面对的处境，无论他们开口或沉默，都需要有足够的勇气。

王威廉：我想70年代出生的这一批作家，在这方面有着更明显的继承。比如李浩、弋舟、陈集益、朱山坡、卢一萍、李宏伟，包括阿乙等作家。出生于80年代的作家，似乎探索的欲望没那么强烈，目力所及，郑小驴、陈崇正等朋友是写过先锋文本的，我自己当然也写过。当然，在这里要强调一下，有没有先锋探索与有没有好作品是两码事。而且，越是先锋意识强的作品，往往在综合的艺术评判尺度下，会显得问题丛生。因而，今天写先锋气质的小说更加不易，不能有太过明显的短板。至于生于90年代的作家，我更不熟悉，但我觉得李唐和修新羽还是有这种先锋特质的。

周恺：索耳，他的创作处境我不太清楚。

索耳：我不知道应该怎么界定先锋这个特质。我们“80末”“90后”这代人，每个人的作品风格都有差别，有超现实的、有栎植义春暗黑系的、有美国布考斯基粗犷派的，每个人探索的方向都不一样。我觉得这是一个好现象，至少表现着年轻一代比上一代人丰富的地方，有活力、有潜劲，一方面有着发展的空间，另一方面又会带来担忧：现在的情况是如此，以后会不会走到同质化的境地？谁也说不准。目前似乎已经有一些苗头了。“先锋性”或者说“异质性”是不是有一个青春的保质期？也许是有的。先立一个 flag：我希望十年后的自己不会因为各种原因消磨掉锋芒。成熟的、稳定的、非同质化的流动晶体，不会为他者而困顿。

李唐：文学的先锋性已经发生了改变。此前的先锋文学，更多表现在文本的形式上，有点“新瓶装旧酒”的感觉。而现在，随着中国与世界的接轨，文化的开放与包容，先锋性渐渐融入到了很多作家的写作思维里，他们可能不再有当年先锋文学这么强烈的外在形式感，不过，从内容的角度，明显当今的很多写作者要更加趋近真实的先锋性。

六

木叶：有的作家写下了探索性、先锋性很强的文本，如陈村的《一天》、史铁生的《一个谜语的几种简单的猜法》，但未被归入先锋序列；有的作家起初被目为先锋作家，后来变得不那么鲜明，如叶兆言；有的作家较晚才显露出先锋的特色，如李洱、毕飞宇、薛忆沩、朱文等，王小波较早但在大陆产生影响略晚。可能每个作家都有一个自己的先锋谱系，你觉得自己是一个先锋小说家吗？或者说，在今天你又是如何创作先锋小说的？

陈崇正：被列为先锋作家也不一定是一件特别光荣的事。当年的先锋文学应该被理解为一种文学思潮，轰轰烈烈涨潮又退潮。这个时代不一定需要先锋作家，但更需要的是先锋精神。在一个价值多元的时代，文学不断被肢解和细分，也没必要授命哪几个人就去充当先锋。因为先锋是流动的，并非一个固定的概念。但是每个作家都应该多少具备点先锋精神，至少我是这样要求自己的。我也曾说过，在众相纷纭的庞大世界面前，当作家穷尽想象希望介入现实的时候，他将别无选择地滑向先锋。这个世界已经足够荒诞，作家如果要置身其中，就不可能是十分老实巴交地照搬照描。他总要想点办法呀。正因为如此，我会去写《半步村叙事》《黑镜分身术》和《香蕉林密室》。

弋舟：你问的问题真的很难让人回答。但你列举的事实很有意思，譬如陈村和史铁生的文学表现，我们为什么就不能将其归入先锋序列呢？那么是不是至少可以说明，仅就形式而言，“探索性很强的文本”并不是我们辨认“先锋”时必要和唯一的参考？如实说，我在写作中，几乎从来没有给过自己“先锋”的暗示，但我愿意自己葆有先锋的气质。这可能就是我常常反而会提醒自己要克服“先锋病”的原因，它导致了我愿意是一位先锋，但时刻又警惕着成为“那样一种的一个先锋”的心理局面。今天，我每写下的一笔，断不会预先怀着“创作先锋小说”的妄念，如果“先锋”即意味着过度的排斥读者，那么如今我可能是在向相反的方向努力。你提到了王小波，你瞧，他是能说明问题的。王小波不排斥人，以至于“门下走狗”都蔚为大观。

赵志明：在文本实验上我觉得我尚不配谈先锋文学，但在语言和情绪氛围的渲染上我希望我在接近并能够显现一种先锋性。如果撇开先锋小说不谈，就小说创作而言，我坚持一种“异于常人”进而“异于自己”的写作。和他人有极大区别，这是必须的；不断地漂离自己所呈现的写作，这是渴望的。

赵松：首先，我没觉得自己算是先锋作家，因为“先锋”这个概念在任何一个领域都是极少数人才够格的。其次，退一步讲，有先锋意识的小说作者其实也是少数。这种人对于小说的文体和技巧，或者说对于小说的艺术的兴趣，超乎寻常的强烈。三是，是不是先锋文学，得放在世界文学的语境里衡量，而不是放在某个国家地区自己比较。从这个意义上说，最近这三十几年国内其实并没有真正意义上的先锋文学创作成果，而多是对早已发生过的不同时期世界先锋文学的经典作品的某种响应。那么谁能创作先锋文学？他的世界观，感受和想象的方式，必定是与众不同的，他的写作角度和主要文本特征必定是前所未有的。对于我自己来说，我希望我的先锋意识能越来越强，至于能否有朝一日成为真正的先锋作家，我也没法预料。

盛可以：我觉得自己具有先锋精神。正如我前面所说的，每个艺术家都需要先锋精神。“先锋”就是那个离开拥挤的康庄大道钻入小径探索的人。比如大家都在像西方现代小说那样写作时，一个人猛回头跳到中国古典小说形式中；大家都在讴歌太阳时，一个人却注视着那小小幽暗的阴影……我认为这都是先锋。

陈志炜：我觉得自己不是。但别人都说我是。我写我看到的、想到的、想写的，不去思考自己是不是。有时候会写形式感非常强的，有时候会写现实题材，我不想局限自己，“每一篇都不一样，但每一篇读起来都是陈志炜”。如果能做到这样，就很好了。

王威廉：我希望自己是一个有先锋精神的小说家。“先锋文学”作为一个流派已经进入文学史了，他们对我的创作肯定有影响，但我写下的作品，其实血脉传承上并不明晰，甚至说，有很多不一样的东西。在他们那里，叙事成为了高于主体的行为，但我觉得，叙事还是得为主体服务。我对于主体的思辨性的重视，要大于对叙事形式的热情。从形式到形式的实验，在我看来已经终结，如果还能有什么成功的文学形式，肯定源于主体的独特的运思方式。

周恺：因为您对“先锋”的定义摇摆不定，后面的问题，我只能根据您的提示来揣摩“先锋”所指。我抄袭过“拼贴式小说”，抄的谁我就不说了，当然首先我是有想要表达的东西，再去选择这种形式，也没必要在这里细说。我拿去参加了一个比赛，余华老师的评语是，“作者似乎想在这部小说里表达尽可能多的现实或者情感，他结构的能力绰绰有余，但是小说的宽广应该是在细小之处写出宽广，不是由描写事物的多少来显示的”。我觉得这个评语很有意思。

霍香结：有的人的写作谱系很明显，有的不明显。根据我个人的感受，应该有一个自己的谱系。这个谱系的建立属于写作者自己的范畴，这是不断扬弃的过程，最后只剩下几个可以称之为对手的作者或历史文本华山论剑。我曾经觉得自己是先锋写作者。现在可能不这么想。因为先锋已经变成容易的说辞。我更看重一个写作者思想上的渐趋成熟，这个比是不是先锋更本质。所谓思想上的渐趋成熟，是他想象帝国的建立是否已经完成，是否将自己的写作纳入了“花园是一座整体史”。

王苏辛：我不知道自己是不是“先锋”的，但我年少时对中国当代文学最初的印象来自先锋文学。如果有人说我是先锋小说家，我不会去拒绝。但也正像前面说的，现在的作家们，很难有谁说自己没有受过先锋文学的影响，许多作家，尤其是更年轻的作家，他们的作品都在某些层面上具备先锋感。我们不得不跟先锋生活在一起，就如同我们和经典生活在一起。

索耳：我觉得自己是。与其说是一个先锋小说家，我更愿意自己是一个“异质”的小说家。虽然说异质这个词也没什么新意。追求新意确实算是我写作的一个方向。这个方向很困难，很危险，一不小心就会抹掉个人的特质。年轻人总是喜欢尝试得多一点，不断从模仿和置换中生成自我。我觉得多一点不确定性不是坏事。欧洲一些作家，比如赫塔·米勒、伊姆雷、班维尔、伯恩哈德等人，从一开始写作就确定了自己的风格，数十年如一日地经营，独特的个性让他们的创作跟其他人区分开来，然而对我来说，自己的创作似乎还没有到那个程度。我不知道自己什么时候能达成那个程度。它在逐渐形成，我能意识得到，但是相当缓慢，以一种肉眼可辨的自然速度在推进着，距离完成式不知还有多久。也许那个时刻要到了，也许还没到。我并不着急。当然我一直都在试图达到那种境地——作为一种目的的境地，但同时在写作方式和手段上，我又会尽量尝试去触碰更加多元的东西。正是这种与他者交汇，这种斯芬克斯迷思式的过程使我变得充盈。这是一个生产的过程，更是一个练习的过程，需要保持着一个练习者的耐心，把不同题材、观念、思想、介质、方式熔炼成自我表达的坯子，需要积累，需要功夫。就像对自己的语言形态（这是困扰我的一个重要元素）也要保持耐心一样，想要一下子达成理想中的语言形态是不大可能的，只有在反复练习中，寻求质变。

李唐：其实先锋文学的定义是有些模糊的，但我乐于将自己的文字称为先锋文学。我心目中的“先锋”是个人化表达，独立、神秘的，偏重于精神领域的探索。它可能暧昧、晦涩，没有明确的主题，但它可以表达出个人的精神困境与思想蜕变。

当今已经没有一个明确的“先锋文学”的概念了。很多作者都在从不同的方向进行着摸索，之间差异巨大，甚至已经不局限于小说。但是，他们的精神力量是相通的。至于接受程度，每个人的际遇都不同，这其实是文学之外另一个层面的事了。

七

木叶：你的写作和80年代先锋文学以及后来的先锋叙事，有没有什么渊源？割裂吗？有隔膜吗？或者说，你是否越过本土文学资源直接汲取世界性文学资源？

周恺：真正让我萌发创作冲动的正是他们的作品，但是我的经历跟他们相反，他们的写作是因为另一人替他们打开了一扇窗户，我的写作是因为不满。

陈志炜：我的写作所汲取的资源，已经跃出了“文学”。但我不认为这是一种什么特别的姿态，在这个时代，这应该是一种常态。我写作的朋友，许多都有“阅读障碍症”，我也有。全世界 1/5 的人都有阅读障碍症。我还曾做过编辑，我还写小说。天哪，怎么做到的？尤其是这个时代，这可以说是一种时代障碍症了。所以我觉得，在这样一个阅读障碍的时代，就不要谈晚辈作者如何汲取 80 年代先锋文学的资源了，他们有可能根本就不阅读，更别提“读什么”。而获取信息的途径，又是那么多样。像我这样买了五六千本书的阅读障碍症作者，已经算是非常难得的“阅读者”了。真的。除我之外，我猜想，别的作者会比我跃得更远。

赵志明：我早期阅读过很多先锋派作家的作品，但那时尚不能理解何谓先锋派。真正形成对先锋文学的认知，可能是从“断裂”开始。我是从这里真正了解先锋文学和先锋叙事的。重新回头看了很多人的作品，尤其是江浙地区的余华、苏童他们，受益良多。与此同时，我也逐渐形成了模糊的文学主张，当然，这指的是“他们”“橡皮”一些具体而微的影响。打个比方，曾经的先锋作家大多是炫技派，让人目眩神迷，但到底在老老实实写上打了点折扣，初学者效仿他们，很容易画虎类犬，落得消化不良的下场。对此我深以为惧，为戒。至于世界性文学资源，我个人的理解，有赖于译者作为中介，我在它们身上接触并反观到了一些中国本土的鳞爪，影响当然也是巨大的，和先锋文学相比不遑多让。

盛可以：炫技、玩过头、故弄悬虚，装神弄鬼，都是文学创作中令人讨厌的因素。有的东西本身不坏，只是被人玩坏了。不太可能忽略本土文学资源，因为文学的灵魂与人的灵魂是在同一个地方形成的，像胚胎。除非文学是一个生下来就会说话写字的神童。

弋舟：我说了，那场文学运动堪称我的文学开蒙。世界性的文学资源当然也在广泛汲取，但谈不上“越过本土文学资源”，我想，可能没有一个中国作家存在这样的“越过”吧。毋宁说，是先锋文学架起了我与世界文学之间的桥梁，对于两者的体认，令两者互为作用，才使得我更为理解它们双方的价值。

赵松：没有任何渊源。所以也谈不上割裂，因为所谓割裂就意味着原来是连着的。主要还是因为在我开始尝试写作的时候，获取世界文学的资源已经相对变得容易多了，尤其是现代、当代的实验性的文学。而对它们的广泛阅读又导致了后来也就是近年来我对中国古代传统泛文学的重新认识。

霍香结：我出生在70年代后期，在这三十年经历了苏俄文学和红色文学影响的尾巴、拉美文学的高潮、欧美文学的进场，再加上本土作家热情的对接——基本上每个作家或作品背后站着某某。80 年代先锋文学一般都批处理了，他们当中有一些异常优秀的杂交作品，有些作者的写作则十分勉强。年轻一代不能说是跟随这些作家的道路来的，只能说我们在全球范围内写着自己理解的作品。

我们现在谈两个传统，中国传统和中国以外的文学资源构成的传统。两个传统现在都是写作者的传统。所以，不特别强调 80 年代先锋文学这个小时段的东西。当然，他们肯定占据了很大的时代的覆盖面，但相对于历史和全球性的经典而言，有多少可说的？有没有成为传统的一部分？有的作者达到了。因为不是因为先锋而存在，而是因为是否构成了稳定的文本为前提，是否完成了他的想象为前提，一旦完成，这种文本就能超越时代的局限跨时空地生长、存在下去。

王苏辛：就我自己来说，是先阅读《都柏林人》，阅读《城堡》，阅读《佩德罗·巴拉莫》这些作品之后，再阅读了《现实一种》《在细雨中呼喊》等中国先锋文学。但我自己在写作上也并不要求去追随先锋的脚步，但可以说，现代文学、先锋文学，是文学在我心中最初的印象。最初写作的那段时间，它们让我知道写作如何打通不同的经验，打破各种界限的束缚，我更坦然面对自己内心的向往，更坦然接受那个天马行空的自己。但从本能写作转向自觉写作之后，我所必须面对的是对自己往日感受的检验，在这个过程中，我对先锋文学有了新的认识，某种基于特殊性要求的技术革新我不再感兴趣，但对于如何跟随独特经验去写一个新的小说，是现代文学和先锋文学提醒我去不间断思考的。

陈崇正：当然会有关系。我想我的同代人都无法回避这个问题，都必须承认自己深受余华、苏童这一批前辈作家的影响。到目前为止，我们还只能仰望，确实惭愧得很，没有出现能完全超越他们的文本。但是，突围的号角不断吹响，包括“70后”作家，也非常努力。只要聪明人在努力，就不怕结不出好果子。年轻一代的写作资源一定是世界性的，不可能都是通过上一代人的哺育。甚至我们会看很多欧美的电影和电视剧。在万物互联的时代，所有人面对的资源相对平等，没有什么文学的藏经阁，也不存在武功秘笈，大家都清楚这个世界的资源不是太少而是太多了，需要研究的是将时间和精力花费在什么上面。

王威廉：肯定有继承性的一面，但随着对世界文学的深入了解，以及对传统文学的重新阅读，写作也在发生变化。这不仅是一种“影响的焦虑”，也是个人与时代的关系发生了变化使然。

索耳：肯定有所渊源，因为其中有一些作家作品是我的启蒙嘛。但是很难说他们对我有多大的影响，因为很快我就越过他们，直接读国外的文学作品了。一开始读他们的大本家马尔克斯、富恩特斯等，后来陆陆续续读了世界各国各语种的文学，眼界就更开阔了。目前来说，最喜欢的是法语谱系的文学和德奥谱系的文学，一个讲求精确、还原、晶体化、激情和冲突，一个则肃穆、内生、绵延而广渺，都很棒，是我喜欢的特质。

李唐：当今的写作者的文学资源要更加广阔。不争的事实是，很多作家，包括我，可能写作初期受到中国先锋文学的触动，但后面就开始大量吸收世界性的文学资源。起码对于我而言，世界性的文学资源要比本土文学影响更大。可能目前只有残雪还对我有所影响，而其他的先锋作家，对我的影响已经微乎其微。

八

木叶：人们不断谈及先锋和传统的关系，同样，先锋离不开想象力和创造性，但始终纠缠不休的是先锋和现实的关系。某种意义上，卡夫卡可视为一种现实主义，马尔克斯也是现实主义……你怎么看先锋文学与现实以及现实主义的关系？

赵志明：差不多是一种“似是而非，似非而是”的关系吧。比如清晰和模糊，现实若是指向清晰的，那先锋可能致力于模糊，唯一的区别不过是追求一目了然的现实最终导向了混乱，而先锋却在一团乱麻中拨云见日。

索耳：没有什么是能离开现实的。人又不是活在真空里。再脱离现实的文学形式，也脱离不了现实的影子。词句即现实。谈论超现实其实是个伪命题。都是相对主义。我们谈论的先锋也好，反叛也好，都是基于一个可颠覆的对象的前提之上。这个对象，说是“现实”（古板的现实）也好，“现实主义”也罢，都是一个宣泄口。先锋从一个跳板到另一个跳板，脱离束缚到达自由，完成它的意义。从这个层面上讲，“现实”其实是先锋的一个组成部分，是词语织体，也是先锋的“集体无意识”。

赵松：真正的先锋文学，本身就是一种现实，一种存在。它跟传统的关系，说得简明些，就是它要让传统中那些僵化的模式化的东西早点完蛋，而让仍然有活力的基因焕发新的生机和活力，生长出新的枝叶，开出新的花朵。现实主义，其实是无边的。所以我们可以称所有的先锋作家是“现实主义作家”，但其实大家都清楚，这里所说的“现实主义”并不就是传统意义上的“现实主义”。先锋文学总是在拓展着现实主义的边界，总是能让人意识到要重新以新的角度和方式审视所谓的现实。

王威廉：真正富有先锋精神的创作，写下的必定是一种深度现实主义的文学。

弋舟：在我看来，文学从来不该被拆成这样的一堆零碎。

因此，先锋从来就是回应现实的，也从来就是现实主义的，就好比现实主义可以不要想象力与创造性吗？

霍香结：上一个问题谈了两个传统，这其实是写作者的基础训练，但不是文学的本质，文学的本质还在“想象的完成”。想象你可以将其当作虚构，也可以当作体验的知识，看以什么为标准，客观还是主观。当意识流写作完成的时候，我们还来谈现实主义？当想象完成的时候，现实、魔幻等等任何主义都有，也都无关，因为想象体完成的是一种更大范畴的隐喻和象征。任何事件和人物，都完成了算法转换。

小说中也有一种贴近时代的现实主义作家，这种作品或许可以归到非虚构范畴，如果一部作品，它的想象没有升起来，最终可能是不能起飞的，不能超越时空运转的，就是一个失败的作品。毫无疑问，卡夫卡和马尔克斯洞悉想象的生成和算法的转换。但在我看来他们是好作家，却不是最好的作家。最好的作家要像但丁那样，《西游记》的作者那样，或者屈原那样，荷马那样，完成一个宇宙性的想象体。东西方正典均须如此。

李唐：我一直有一个观点，就是将个人化书写到极致，才有可能真正反映出我们所处的时代。卡夫卡、马尔克斯之所以过去这么多年仍被读者感同身受，仍具有生命力，就是因为他们呈现了人性的深度，而人性是共通的，超越地域与文化，这也是文学的魅力所在。

仅仅强调现实，强调为时代写作，当然没有问题，但是很容易就本末倒置。人性才是永恒的主题，要从人性中去反映时代，而不是相反。

陈崇正：先锋意味着勇往直前的探索，也意味着相对性。卡夫卡和马尔克斯都可以被作为具有先锋精神的现实主义作家，这个互相的扩展并不矛盾。也就是说，先锋的对立面是保守，是不先锋，而不是现实。现实的对面站着的，甚至可能不是虚构，而是你是否相信。量子力学都发展到今天这个神神叨叨的地步，你说，有什么东西是真实存在的吗？什么又叫做真实呢？

周恺：这个前面已经谈到了，必然是有关系的，哪怕是反现实、超现实的。

陈志炜：我不喜欢"想象力""创造性"这些说法，我也讨厌那些宣扬自己"想象力""创造性"的作者，因为这样和直接大喊"我是天才"没有什么区别。不喜欢这些说法，是因为这些说法非常偷懒，是一种很表层的描述。先锋小说有想象力，卡夫卡、马尔克斯，"嗯，有创造性"，描述完了，其实什么都没得出。我也经常被说有"想象力"，有"创造性"，我很烦这些。因为作为作者，我已经听了太多这样的描述了。描述无意义。对作者没有意义，只有推荐给别的读者时有一点作用。另外就是，我深知这些描述背后更有意义的东西是什么，我觉得是“整合力”。一个作者最核心的能力就是整合能力。卡夫卡和马尔克斯当然是现实主义，我也是现实主义，前面已经说了，“最现场”“最真实”，但是“整合”是一种折射。经过不同人的折射，出来的作品大不相同。这是因为作者本来就各不相同。但作者对待事物的态度足够诚恳，那他就是一个现实主义作家。先锋是一种新的传统。先锋文学就是现实主义文学——如果现实主义的门别关得那么紧的话。我倒是建议把那些最狭义的现实主义作品剔除到现实主义文学之外。

九

木叶：韩东认为中国先锋小说的革命性主要是在形式方法上。除了形式和方法，还应有别的东西。他说“先锋小说做得还不够，远远不够。说白了，就像一个人练拳一样，功夫在身，有几套花架式，有几套拳脚，但是不能用于实战。你练拳的目的还是得打人，得打架嘛”。“你一打人就暴露出各种问题，打不到人，或者没功夫。”这个说法包含了一种非常“及物”的命题或者说文学诉求，对此的解读也可能非常不一样，我们可以就个人的经验来谈谈自己的看法。

霍香结：韩东说的别的东西是什么？练拳是为了打人这个说法很实际。但没有看出问题所在。先锋小说的革命性在形式方法上，这个看法是针对西方的“先锋”，还是中国眼下的“先锋”。叙事方式的颠覆如果从两个传统来看，从乔伊斯就可以算起，到普鲁斯特、福克纳、卡尔维诺等，都可以算。中国的先锋写作也有所反应。之所以被颠覆，是因为我们已经进入到牛顿之后的爱因斯坦时代，这种对“时间—空间”的理解已经到了新时代，波及的面十分广泛。但是文学的成就方式仍然还是在完成那个神一般的想象体。无论采用传统叙述方式，还是先锋叙事方式，完成不了想象体，都不能成为好的作品。可见，先锋和传统，如果只是说手法的话，都不成立。及物不及物，要从大的方面看，不要死盯着语言，庄子及物吗？肯定及物。因此，要看你及多大的物。庄子不但及物，还要齐物。

弋舟：谈到这里似乎可以谈了。韩东毕竟是一个在场的操练者和实战者，他的体会切中肯綮，至少是在一个可以讨论的范畴里。这也是我前面所说的那种心情，他所指的那个形式和方法，就是我所说的“着手”处。你也看到了，“对此的解读也可能非常不一样”，这就是不在一个语境里谈论文学的风险所在。我愿意只就字面意思来理解韩东的见解，并且支持他的意见。这是一个非常重要的“纠偏”。遗憾的是，今天学了花拳绣腿的照样大行其道。有些人以小说家自居，却全无实战的成绩，倒是非常热衷打不到人的花架式，他们也许才是文学先锋性真正的敌人，以先锋之名败坏着先锋。

赵松：韩东的说法，恰恰暴露出他那一代作家对先锋小说认识的表面化。先锋小说的革命性其实最先体现在观察世界、体验世界和思维世界的方式上的革新，然后才会生发出形式和方法。看过武侠小说的人都知道，高手比的首先是内力，然后才是招法，而低手只会比招法。就我个人的角度来说，我不认为存在脱离了具体文本仍然可以放之四海皆准的招法，真正的杰作，它的生成方式和具体招法都有其唯一性。后来的高手自会认识到这一点，看到本质的东西，找到自己的方式和招法。

陈崇正：同意韩东这样的观点，当然不存在凌空虚蹈的先锋。那样的装神弄鬼也是没有意义的。更重要的是这个作家，面对这个世界，他会去撬动这个世界的哪一个部分，他选择什么姿态，要讲述什么故事。这是一个老问题，几乎没有终极答案。

赵志明：韩东老师所说的“及物”，我曾在他微博上看到并复制保存了下来。我一直在琢磨这件事，但很难，非常难。譬如说小说技巧，使用起来很可能会过犹不及，很可能会沦为中看不中用的花招，那怎么去化解这些具体的技巧？就像张三丰传张无忌太极拳，难道一定要全忘了才能真正做到融会贯通吗？还有语言。我个人觉得，韩东的及物或许是语言的及物。难道是要先做到言之有物，然后再避免言之无文，进而达到行而远吗？扯远了。

王威廉：用比喻去说明一种事物本身就是模糊的，如果再就这个比喻去深究，我想可能会更加变形。因此，坦率说，我不知道“打人”的意思是什么，如果说的是“击中人心”的艺术力量，那我想，许多先锋小说还是做到了。

索耳：“及物”就是“行动—反应”。就像挡棒球一样，球向你飞来，你要想方法击回去。摆花架子、乱搞形式方法，就是乱挥棒，没办法打到球，没有用。先锋不仅仅是形式，更重要的是精神，这才是本质。把先锋理解为形式实验是完全错误的。我看先锋作品，首先是看它表达了什么，有些话，有些想法，看你敢不敢讲、能不能讲。德国作家马丁·瓦尔泽有部小说叫《批评家之死》，里面的语句先锋吗？也挺先锋的。但是更先锋的是他想表达的观点。他想反抗文学教皇拉尼茨基，因此他在小说里把他写死了。他想反对德国无理性地、一味地对犹太人忏悔，因此他在小说里也这么表达了。哪怕被舆论攻击为“精神纵火犯”也无所谓。这才是先锋的本质，很多人都忽略了这一点。形式只是先锋表现的一个方面而已。

陈志炜：一个被固化的“先锋文学”概念，是可以找到其不足之处的；但如果这种“不足”的提出，能反过来成为流动的、广义的“先锋文学”的一部分，那么这种不足便自动消弭了。我想韩东说的和我说的很接近，“现场”“真实”，和他的“实战”，都是类似。能打人，当然更接近“先锋文学”。所以他批评的是一种被固化的“先锋文学”概念。在这种批评上起跳，可以更接近真正的“先锋文学”。“先锋文学”的迷人之处在于，它一直在生长，它可以永远生长。

周恺：韩东的说法是看似有理，但他根本没把“先锋小说”当成文学作品，在这句话里头，“先锋小说”是武术，“文学”是拳击。前面我说，残雪的创作初衷可能源自一种错位，但总归是有新的东西生发出来的，比方您提到的女性身份的思考，而先锋小说家的偶像略萨创作初衷可能直接源自秘鲁的现实，我可以对残雪的方式有不满，这是我个人的选择，但方式本身没有孰高孰低的差别，那么马原也好，孙甘露也好，他们在过去数十年间，被反复地阅读，不止是在批评界，还包括在大众当中，他们的作品就一定与某些读者（尤其是普通读者）产生了共鸣，至于这种共鸣是否是他们的初衷还有那么重要吗？占领华尔街的青年们以巴特尔比为榜样，他们考虑过麦尔维尔的感受吗？他们需要考虑麦尔维尔的感受吗？我们是否可以说，某些先锋小说现下的不及物，很有可能成为将来的及物，一部 18 世纪的作品，在今天还能被阅读，它一定回应了当下的一些问题，要么它思考的是人类永恒的困惑，要么这里头产生了偏差，22 世纪的人也是这样，很有可能他们手里头捧着的不是陈忠实的《白鹿原》，而是孙甘露的《访问梦境》，是余华的《十八岁出门远行》，愈是在文本解读上有分歧，就愈是有可能与不同的环境产生关联。

王苏辛：我自己最初就是看到有朋友模仿福克纳，而知道现代文学其实不可模仿。我的意思是现代小说的写作方法不可学，因为不同的现代经典作家都有一套他的独特写作方法，这个不可能去学习的。一个人老盯着脚下怎么能走得直呢？要不走弯路，只能看着前方。如果要学习，应该学的是古典小说，古典作品是如何写作的。但这不是说现代小说不能被学习了，它们能被学，应该被学习的是作品背后的内核，是小说背后的内核，简而言之，是需要知道作家是怎么思考的。许多先锋文学仍然是技术优先，背后的东西并不那么复杂，或许我们应该考虑更复杂的东西才对。

十

木叶：“所谓先锋派，就是自由”，尤奈斯库这句话广为传布。先锋指向文学的本质、文学的传统、反叛的精神，也指向人的未来。因了切身的阅读与创作经验，如何看待先锋文学，其中最可珍视或不可或缺的是什么？

王苏辛：我觉得是一个人忠于自己的程度。忠于自己程度越高，越意味着随时可以突破自己，不会被自己过去或者文学史上的文学经验所束缚，否则，自由可能是灾难。

索耳：观念、魄力、眼界。

盛可以：自由书写的心灵空间。

弋舟：言说总是如此危险。如果我说“所谓先锋派，就是拘囿”呢？如果他们身在某种伟大的恒常里，他们时刻捍卫准则，时刻纠偏，时刻与各个时代背离文学本意的迹象搏斗，这种论断能成立吗？如果一定要让我做出抉择，我愿意在这个意义的“自由”与“拘囿”中，珍视先锋文学的保守。

霍香结：我更关心自由的边界和范畴。先锋更多的还是它的反动，对固有的过去的文学程式的反动。这其实是文学本身的要求，不一定冠上先锋二字。早先将自己说成是先锋，是求异类，求点赞。一个成熟的作家无所谓先锋与不先锋，而在于他稳定的、持续的、沧海横流般的想象地生成。

赵松：先锋文学最可珍视的东西，就是破墙而去的那种义无反顾的劲头和始终特立独行的精神。

赵志明：先锋文学，离不开人，或者借用格非老师的话，化用一下，是离不开人的青春期。正视人，正视人的青春期，不拘一格，肆意为文，我手我口免受拘牵。这可能是先锋文学神像的基座。哪怕意外竟然引起它的轰然倒塌。

陈崇正：我最早是在谢有顺的论述中读到这句话，当时觉得这样的表述太牛了。这句话提示我们，每一个作家都必须有一个立足点。如果你选择先锋，则意味着你站在自由这边。自由也就意味着一个作家必须具备能力，或者说，你要走在前面，你不能赤手空拳，你必须有所凭借，你必须有点自己的看法，不能失去自我。珍视每一个个体，包括作者自己，也包括故事中的人物，只有如此，才能“站在鸡蛋的这边”。

李唐：文学的先锋性，永远是个人精神的自由。如果缺少了这一点，也就称不上先锋文学。现实主义文学的一个弊端就是，人物在里面成为了时代的道具，导致缺少生命力和真实的表达。或者太在意民族、文化、地域的局限。这些都或多或少抑制了个人的自由表达。

陈志炜：是自由，也是一种“斩首之邀”。不可或缺的是“将被斩首”的觉悟。会有一种失败感，有时是作品写完后，自己对自己的不满，有时是别的。会突然觉得世界很小，就那么薄薄一层，但就是抵达不了；突然又觉得世界很大，太大了，大得离谱。

王威廉：先锋的自由，让我想起诗人策兰的话：“艺术就是要进入你深层的困境，让你彻底自由。”因此，自由虽然好听，但一定是艰难的。我还是想强调，先锋精神是从个人生命体验出发，对于时代的一种深刻理解，以及对于未来的一种预见，但同时，又具备全部时代的启发性。

十一

木叶：鲁迅的作品如《故事新编》《野草》等具有先锋性，有人认为沈从文也有先锋性，先锋或先锋性书写可能已经成为一百余年以来华语文学的一种基因，不断与庸平和俗常相搏斗或对峙，不断影响甚至纠正着文学的发展。不过，若追溯到现代华语文学诞生之初，就难免要将中国先锋文本置于现代性以及世界文学版图之中去考量，这可能涉及模仿与创新、传统与个人、时间与空间，等等。不知你有什么发现或感触？

霍香结：天才也不是天上掉下来的，确实有一个模仿、脱套、自我完成的过程。鲁迅和沈从文处于中国现代文学的启蒙时期，站在白话文的最开始，成为传统文学的分水岭。在他们的时代，他们已经做到了最先锋，他们是我说的第一个三十年里的先锋，还包括钱锺书等等。而我们现在谈的是最近的一个三十年的先锋。这个三十年的先锋其实是贫血的一代。学养、苦难（成长）、时代特征均有所不同了。我们使用的白话文写作正是在第一代先锋的筚路蓝缕之下继承的结果。第一代更艰难。而第三代先锋，使用了现成的语言革命的果实，而在形式上所做的探索推动了第一代没有完全涉足或没来得及涉足的地方。而第三代先锋在世界范围内，他们的形式先锋性仍然显得很落后。我们只要看看一百年前的乔伊斯、普鲁斯特，和第三代差不多平行交叉的博尔赫斯、卡尔维诺、米洛拉德·帕维奇，以及乌力波成员的作品等等。第三代先锋只不过用欧美或拉美来反叛了一些苏俄文学遗产，或用苏俄和拉美文学的结合来反动了一下传统文学。继承的不多，反动的也不多。这可能是第三代先锋的尴尬。但是文学自身的成长，总有一些稳定的东西被继承了，这些都不是表面的。然而，我们是用中国的写作去衡量全球的写作，一百年来，全球范围之内所谓的经典也是不多的，因此，中国的小说有没有成为经典？有几本就可以了。先锋是不是全球性的先锋，具有引领意义的先锋？在小说这个体裁之内，都是可以比较的。一个国家一个时代只有几个好作家，这个标准本身足够残酷。中国的写作要完成一种主义，即中国文明引领的全球化浪潮下的叙事。这个就是“时代”。过去一百年的白话文写作最终要结出的硕果可能也在这里。

王威廉：我觉得应该从一个大时段、一个大视野去考量汉语写作中的“先锋精神”，这涉及的就不仅仅是对文学的理解，更是对中国这百年来历史本质的一种理解。

陈志炜：鲁迅的《故事新编》是从《呐喊》中生发出来的。《呐喊》初版时收入一篇小说《不周山》，几年后重印，这篇小说被抽掉，改名《补天》，编入《故事新编》。鲁迅的《野草》是我初中时特别喜欢的一部作品集，很多段落当时都会背，书中的版画插图也非常好，非常惊悚。后来我在《野草》的启发下（“我梦见自己在做梦”），写了一篇自己都不知道是什么的作品，得了一个作文奖。我想说的是，文学，尤其是小说，可能并不是什么“意义”，而首先是一种空间。很少有人进入到一个建筑里面，问“这个房子是什么意思”，也很少有人在玩一个游戏的时候，问“这个游戏是什么意思”。因为一种空间感就把人给征服了。空间，不坍塌成某种“意义”，它才成立。我前面说“现场”“真实”，而文学是将“现场”“真实”做一种投射，让它们变成一个文本，“形成一个空间”。而这种投射，未必是刻意的，未必是有计划的，多数时候都是无意间生发出来的。不管是鲁迅的《故事新编》也好，还是我当时胡乱写的梦呓也好。但越是无意，便越可能真正“击中”。因为很多东西，大脑在潜意识里已经帮你完成了。直接让空间成为空间吧，怎么舒服怎么来。这就是我的感触。

赵松：鲁迅无疑是现代中国文学最有先锋性的作家。其实人们只是认识到了他的思想观念上反传统的革命性，而没有充分认识到他在文学创作本身上的革命性。对世界文学的认识的理想结果，其实应该是意识到跟西方的文学系统我们是永远不可能对接上的，中国文学只能回归到自己的传统深处，去发掘仍然有价值有激活可能的基因和元素，才有可能创造出真正意义上的中国先锋文学。

弋舟：中国文学的“现代化”过程，的确就是这样的一条轨迹。模仿，创新，基于模仿的创新，基于创新的寻根，然后，基于寻根的模仿……我们的文化太浩瀚，一个来回走完，你会发现，身为一个汉语作家，最终依旧要汇入浩大的中国精神中去。这时候，你会感到传统与个人、时间与空间，某些曾经对立的价值与观念，渐渐在弥合乃至翻转。这已经不仅仅是文学的心情，是人的心情，然而，不是早就说好了吗？——文学即是人学。

陈崇正：更应该琢磨的是先锋性有多少维度，比如语言维度，王朔的语言探索和王小波、刘震云的语言探索就完全不同。不断扩大先锋的外延意义并不大，更应该从细分的地方切入，弄清楚先锋给我们带来的是哪些细部的全新经验。

周恺：汪曾祺在《与友人谈沈从文》里提到了一个很有意思的角度，他认为沈从文的某些作品是为了教学的需要，为了给学生示范，教他们学会“用不同方法处理不同问题”，如果不依靠其他材料，仅仅依靠文本本身，有人能把这些“习作”全部挑出来吗？这跟 80 年代先锋小说家模仿的初衷是一个道理，跟后来的小说家想要通过改变叙述技法构建阅读难度也是一个道理。沈从文作品晦涩的外衣在逐渐褪去，代之以丰富的解读，幸运的话，如今的一些先锋小说将来也会这样。

赵志明：先锋性因地因时制宜。具体时空变化，先锋性必然相应而变。在当时的语境中，先锋性与庸平和俗常相搏斗或对峙，这是显而易见并足以成立的。但到了现在，庸平和俗常可能已经具有了新形式，甚至这种定义的内涵和外延还能不能成立，随着时间的推移和科技的迭代更新，我都产生了动摇。那么，先锋性，既然它是直面当下并指向未来的，它的很多经过历史检验的真知灼见，是不是能和当下发生对接并深具关联，我还是很怀疑的。

十二

木叶：先锋的对面是潜在着一个“大他者”的，它不仅仅是传统，还是时代，甚至是自身，当然也包括无边的意识形态，对于一个创作者而言，其间最值得警醒的是什么？

霍香结：去拥抱这个“大他者”。在太阳那里，任何岩石、墙壁、泥土、金属、狗屎都是一道光。

弋舟：至少，你得记得那个潜在着的“大他者”。如何不忘呢？我想，还是需要保持一定程度的痛苦。

赵松：先锋意味着极少数，其对手就是大多数。最值得警醒的是对成功的渴望，以及对失败的恐惧。

周恺：我反反复复提到“将来”，不知道是不是矛盾，我觉得在写作中最应该警醒的也是这个词。应该这样说，我之前提到的“将来”的人会如何看待今天的先锋小说，全然是从一个读者角度分析。作为创作者，我渴望做到不对历史负责、不对时代负责、不对读者负责，从而不对将来负责、不对不朽负责。也就是说，我为什么写这个，是因为我想写这个，我为什么这样写，是因为我想这样写。

赵志明：个人的写作经验很宝贵，但不是无往不利、无往不胜的，必须时刻保持警醒，例如陷入重复中而不自知，自知而浑不在意，甚至洋洋自得。我看先锋文学，最喜欢那种把自己扔到虚空中的感觉。若是有一丝得意洋洋的气息，几乎就全毁了。

陈崇正：最重要的还是要明白自己要干什么，不要为先锋而先锋，也不要为不先锋而不先锋。

陈志炜：不要“努力成为一个先锋作者”，才能更接近“先锋”。

李唐：对我个人来说，最值得警惕的是惯性写作和思想的懈怠。一名作家如果不再有突破、探索的欲望，那他的创作力也就停止了。思想的懈怠很容易发生，比如生活的压力，身体原因，以及意识的转变，可能有人不再相信文学的力量，他对文学的信仰在世俗生活中被摧毁了，那又怎么能创作出好作品呢？

思想的不断探索，同时伴随的一定是痛苦、纠结，甚至是绝望。写作接近信仰或修行，永远在路上。一名作家不敢面对这些思想的痛楚，只是追求舒适，也就谈不上先锋性。

王威廉： 最值得警醒的，也是最值得铭记的，便是陈寅恪先生的话，“独立之精神，自由之思想”。

十三

木叶： 科幻文学、推理文学、奇幻文学、武侠小说等一般被归入通俗或类型文学，其实，这些作家不乏先锋性，刘慈欣和金庸一样都展现了自我的颖利与雄强，而好的作品总是一往无前、打破边界、融会贯通甚至无法归类的，对此有什么感受或见解？自己在创作上是否有所借鉴或实验？

霍香结： 现代小说的写作资源空前的雄厚，因此转换算法成为关键。纯粹文学对于其他类型文学而言，它的纯粹在于其涉及文本本身的方法论问题，所以对于小说这一体裁、文体而言它走得更远。其他文学还在讲故事的时候，纯粹文学则在讨论算法了。纯粹文学和类型文学都在谈论命运、人性、爱情、成长、生死等主题，唯一的区别是严肃文学的面目还是清晰的，第一，语言相对成熟；第二，算法或者说写法引领或超越类型文学，类型文学某种意义上是套路。第三，具有实验性质，它是文学中的文学。类型文学分枝中均有典型性文本，类型经典文本。严肃文学也需要学习类型文学在某些题材范围的专业性，尤其是其背后所拥有的专业知识、学识。严肃文学其前提是一个诗人和思想者。一个作家能够开创一个新的文学类型，他也足够伟大。写的人多了，就成了类型。纯粹文学或严肃文学其实也是一个类型。

但是中国的写作简单地将纯文学当作了乡土文学或者对左翼文学的遗产在当下的抱残守缺，在今天看来当下的中国纯文学反而是最反动和不切实际的。它过于狭隘了。与其如此，反不如类型文学。

盛可以：任何有利于拓宽作品空间和维度的形式都值得借鉴学习。

周恺：我尝试的实验以及想要尝试的实验是超出文本的。我参加过一个展览，找了五位自己很欣赏的同时代的人，然后以一百年后的视角给他们写生平传记，最后连并对他们的访谈一并印刷出来，拿到美术馆展出。我本来还想了很多环节，但是最终只展出了文本，这里头有展览的限制，算是比较失败，作品本身是关于未来的，但是它让我思考了另一些东西，因为你写的是实实在在的人，而且是朋友，有很多困难，包括他们的忌讳等等这些，我比较下作，基本没考虑他们的意见，那我想的是创作的过程有没有可能也成为作品的一部分？当时我还想了一个作品，我有一个短篇小说叫《刺青》，是虚构了一个疯狂的诗人伪装成刺青师，将作品的不同片段，文到不同的人身上，受刺者身上的那行诗像咒语一样影响着他的命运，只有将所有的诗句以及所有的命运组合起来，才能见到这部作品的全貌。我想的是，伪造一些假的文献放到展柜，再请一个刺青师到美术馆现场刺青，通过这种方式来呈现这部小说，当然最终没有通过。

赵志明：先锋性自有其传承，不仅继往开来，还集大成。但是类型文学，它更像是无中生有。而催生了不起的类型文学的，自然是先锋性。像玛丽·雪莱、爱伦·坡、威尔斯等，必须对他们心生敬意。同时，这些人的存在，也强调和证明了类型文学自带的强大的文学基因。

赵松：不同的小说类型本身，并不决定先锋性存在与否，因为说到底类型只是表面的形式划分而已。先锋性有一个特征，就是反大众趣味、时尚趣味。如果我们一定要说那些以不同的文学类型获得巨大成功的作家也有先锋性，其实是混淆了概念。

不先锋的作家也可能写得很好，比如艾萨克·辛格这类作家，因此我们其实完全没有必要非得把好作家往先锋的概念里靠。先锋作家是必然有超前性的，是越出了现时边界的，否则他又何来其先锋性呢？就我个人的创作来说，平心而论，还远没有到真正的实验性阶段。

弋舟：是的，再重复一遍：文学从来不该被拆成这样的一堆零碎。它的整全与恒常，往往被我们的小机灵给破坏。

王威廉：是的，通俗文学和类型文学在叙事技巧方面有太多值得我们学习的东西。另外，它们所创造的大众文化话语，也值得重视，因为那已经成为我们现实的一部分。比如，说起“降龙十八掌”，华人都会会心一笑。我的长篇小说《获救者》就有着探险小说的模式，我的短篇小说《后生命》则是一篇有着科幻外壳的哲思小说。

索耳：好的文学不应该有各种归类。文学确实有雅俗之分，但这里面没有好坏的区别。哪里都有好作品和坏作品。恰恰认为，一个好作家，或者说一个有“先锋精神”的作家，应该有包容的心态去看待所有文学。一些大众文学，因为没有一些台面上的窠臼，反而形式上更灵活，想法上也更新奇。像菲利普·迪克的小说，它本身有科幻的外衣，但是恰恰因为这层外衣，它所能展现的层面更加丰富了。它有精神、有灵魂，科幻主义相当于给它加上了想象的翅膀，这样的小说，没有人是不喜欢的。

陈志炜：我十几年前就是刘慈欣的读者，十几年前就读《科幻世界》《今古传奇·武侠版》，推理文学近期正在集中阅读，因为准备写一个非传统意义的推理中篇。这些类型文学，是一种“现实”，或者说“先锋性”就是一种现实。十几年前我就觉得刘慈欣比很多纯文学作家更接近现实，他后来的成就，都是别人对他的“追认”。他早就接近了他想要接近、该接近的现实。我当然会借鉴这些，或者说，并不是借鉴，而是“我就活在这些之中”。还包括动漫、民谣、电影，甚至手机游戏。有个动画片叫《玲音》，描绘的赛博朋克世界最深得我心。那个世界并不是纯粹的赛博朋克的虚拟世界，也非完全“现实”的世界，而是可以通过无处不在的电波，直接从空气中“召唤”出物品的世界，混合了现实和虚拟的赛博朋克世界。看看微软的Hololens，这样的世界离我们不远了。而哪一天快递员全部消失，LBS服务到了极致，便真的是《玲音》的世界了。文学也是这样，谁也不会真的永远保持一个样子不变，一定会互相融合。《黑镜》从第三季开始就变得不那么好看了，因为片中讲的很多技术都成为了现实，片子变得越来越不“酷”了。科幻文学最大的问题也在这里，我们的记忆中已经遍布科技。“当科技成为一种记忆后，科幻文学怎么办？”相比较而言，在这个问题之下，先锋文学真的是好办多了。毕竟先锋文学时刻都在思考“怎么办”。

李唐：其实所有的文学，在一定程度上都是殊途同归的。雷蒙德·钱德勒的小说归类在侦探文学，可没人会否认他的文学性。文学的类型都是表象，最终抵达的还是思想与人性的深度。此前我写过一篇科幻小说。我对科幻题材有一定的迷恋，主要是从自由度的层面，它更适合发挥想象力。

陈崇正：所有的文学分类都必然是权宜之计。类型文学中难道就无法产生经典？显然不是的，不要忘记《红楼梦》当年也不是什么正经书。所有的分类和标签都是临时的，也是流动的，重要的是要在这种流动中看到方向，看到未来的可能，究竟什么样的产品更能代表这个时代的精神内质。

王苏辛：我觉得写作就是打破界限的过程。如果决定进行写作这项兴奋又艰苦的工作，需要面对的更是对不同人性的认识，对不同艺术门类的认识，以及内心的格局需要不断在这个过程中有所变化。这变化不只是写作时的变化，更是对人自身的要求。刘慈欣和金庸作品的格局、所抵达的对道德与规则的认识，以及对人的变化的深刻理解，早已经漫出单纯写作的范畴，对于这样的作家，他怎么写，已经不那么重要了，重要的是他为我们提供了怎样视角，怎样更好地切入外部世界的深处，怎样打开自己——只有明白了这个，做到了这个，一个人的写作才可能有重要的可能。

十四

木叶：“小说已死”“先锋已终结”“先锋就是历史上的一座座墓碑（或坟墓）”，以上的说法都带有譬喻性质，或包含本体性的焦虑，或带有莫大的期许。在影视如此夺目，在新媒体全媒体甚至人工智能的时代，不妄谈先锋文学的重振或复兴，我们从宝贵的可能性谈起，说说先锋何为？文学何为？

陈崇正：在一起文学讨论中我干了一件傻事。我坚持的观点是人工智能必将在文学创作领域干掉人类，只是个时间问题。结果招致了其他讨论者的一致反对。后来想想，我活该，因为若人工智能没成功消灭作家，我是傻逼；成功了，我和其他这些作家同样也傻逼。唉，预言家太不好当了，还是今天天气比较好，哈哈哈。话说回来，我只是不喜欢这种沾沾自喜的论调，他们认为人工智能能干掉类型文学，但无法代替人类最细微的文学表达，带着生命温度的文学表达。但问题是，人工智能干掉人类的文学生产的方式，可能不是代替你进行文学表达，而是直接绕过文字这个环节，直接呈现为影像和梦境。如果哪一天能花钱购买一个美梦，我相信大家都是乐意的。

弋舟：都是好句子，给自己一些隐喻，有那么一点焦虑，也是好的，文学需要这些。但旨在唱衰就令人厌倦，同样，旨在“何为”的唱荣也令人疲惫。我相信，那些恒常的，几近人的属性，人在它在，人不在了，我们也就没必要谈论它了。那么，你对人悲观还是乐观？

陈志炜：先锋无为，文学无为。写吧，继续带着信任或怀疑，搬运“空间”，或者放弃。

霍香结：小说就是小说。这是电影出现之后，小说重新面对的一个问题。在此之前的小说叙事也很迁就视觉，因为描述的东西被看到十分重要。尤其是古典作品，古典作品之所以显得陈旧也是因为它们过多地迁就了视觉铺陈。但是电影出现之后，小说面临独立主体的问题。电影是视觉艺术，小说是通过文字传递影像的思维艺术。小说不能等同于一个影视作品，或者说镜头语言作品。这个是当代写作者自觉要去探索的。影视、绘画等视觉语言在我们的时代会相对主要，但是作为文字写作艺术，因文字表达的自由度和深度视觉无法承担而变得不可替代。之前，小说只是反对小说以内的传统，现在实验先锋小说也要在反对镜头语言的过程中重新成长。（新小说中有描述照片的做法，仅仅也是一种做法而已，这种算法会被当作不甚高级的做法。）这是小的方面，最庄重的，是大数据和人工智能时代的书写已经到来，人类面临整体升级。我们所谈的过去，可能倾刻间就会灰飞烟灭，文学也即将面对这即将到来的种种剧变，过去所有的一切归零。阿尔法狗就是一个极好的典型事例。人工智能时代会完成巨大的人类无法承受的文本，而人类只能在我们有限的时空内读取我们各自所需的那部分。

盛可以：假设真有先锋写作这回事，那么先锋其实从未离场，只不过它可能换了皮肤，或者形象。一代一代的作家，都在努力挣脱前辈伟大作品的阴影，挣脱就是先锋，因为挣脱需要你独辟蹊径，需要寻找新的方法，注入新的血液。重振或复兴都没有必要，“先锋故居”作为一个历史景点存在着，也未尝不可。文学不像搞建设，人多力量大，很快就达标。文学总是在更新它的面目，衰极一时，否极泰来，突然盛况空前，一切都不在预设当中。因此说，文学也有它的自然规律。对我来说，先锋文学终未终结，跟它存不存在一样可疑。

王威廉：我曾经思考过影视与小说的异同，尤其是写作中无法为影视所吸纳的硬核，我愿意在这里再次引述一遍：“一、修辞之美。世上所有的真理都借语言说出，修辞是我们借助语言的美学组合去触摸真理的口型。文学的修辞之美，是所有美的母体。没有修辞的世界是分崩离析的，是不可想象的。二、思辨之美。现代学科分门别类，各立门户，只有写作，能融汇各家思想，天文、地理、生物无所不包，并接入生命存在的鲜活经验，这种直接的、精微的、生机勃勃的存在勘探术，是影视没办法抵达的。毕竟，影视的思想更多来自于象征与暗示，是间接的。影视的深度常常取决于观看主体自身的精神深度。三、叙事之美。现在很多作家学习电影叙事，但实际上，现代小说叙事才代表了叙事的最高水准。想想《百年孤独》开篇那一句话有三种时态的叙事，我们就会深感自豪。叙事的可能性，只可能在语言领域中得到最充分的探索，这种探索在语言中依然还有无穷的可能。而影视的叙事其实充满了裂缝，因为它依仗的是格式塔心理学，让人脑的惯性自行去填补那些片段与片段之间的缝隙。因此，影视叙事的限度，在本质上要远远小于文学叙事。此外，电影属于集体创作，而一流的想象力只偏爱个人。”我想这就暗含了我心目中先锋小说乃至整个文学应当努力的方向。

索耳：其实每个年代都有类似的焦虑。但文学最终没有死。像很多艺术一样，从大众变成小众，但终究是没有死。文学是有门槛的，我们也需要它有门槛，我倒不觉得“先锋”和“文学”变小众了有什么不好，这其实反映着时代的进步，审美变得更精英化了，一个东西，在数量上变得稀少的同时，也意味着它变得更有价值。

李唐：时代发展到如今，艺术变得多种多样，并且彼此之间互相融合。电影、音乐、绘画等等艺术形式也在某种程度上进行了文学表达。我喜爱的电影导演大卫·林奇、金基德、波兰斯基、戈达尔、洪尚秀等等，他们的电影是非常文学性的，给了我很多启发，甚至直接影响了我的写作。此外，达利、培根、马格里特等人的绘画，也可以给人充分的想象力和勇气。说到底，所有的艺术都殊途同归。他们可能是音乐家、画家或者作家和电影导演，但当艺术达到了一定的高度，它们所表达出来的思想内涵是相同的——这也是我想要努力达到的状态。一幅画、一首音乐、一部电影、一篇小说，它们虽然形式不同，但精神气质是一样的。而这一切的基础，依然是文学。文学更接近于理念，它蕴含在一切文化形式之中，滋养着文化。因此我从不担心文学会死掉，只要它仍然能够表达出人类的最深层次的思想。

赵志明：小说家丁天出版过一部长篇小说，叫《我的绝版青春》，用的是“恶魔丁天”的笔名。锋刃开两面，若以先锋自视，则他人以为天使的我可能视为魔鬼，而他人以为魔鬼的我可能视为天使，此间细微的差异值得深思。“先锋已终结”的说法，对应的可能是一代先锋作家们的“青春不再”，但我们还是能在他们的作品中看到他们的“绝版青春”。这是值得为之起立鼓掌并伤感不已的。但是，只有死者才能安然享有墓碑的点缀，活人永远在路上，先锋就像“Doctor Who”，一任继一任。活着，总要干点什么，文学就是要砥砺前行。

赵松：说到底，先锋不是说出来的，不是讨论出来的，也不是制造出来的，而是自己长出来的。先锋何为？文学何为？

我觉得这样的问题其实都不成立。如果先锋文学仍然是可能的，那就意味着它注定是不可规制规划的，它一定是发生在各种习惯性思维之外的新现象。先锋对于真正的先锋作家是个毫无意义的概念。至于文学，它要么存在，要么不存在，仅此而已。它的本质是无为的，就像一树花盛开了，但它其实恰恰是无为的。

2018 年 1 月 8 日、4 月 1 日

文
景

Horizon

社科新知　文艺新潮

先锋之刃

木　叶著

出 品 人：姚映然
责任编辑：张　晨
营销编辑：杨　朗 陈　茜
装帧设计：肖晋兴
版式设计：安克晨

出　　品：北京世纪文景文化传播有限责任公司
(北京朝阳区东土城路8号林达大厦A座4A　100013)
出版发行：上海人民出版社
印　　刷：山东临沂新华印刷物流集团有限责任公司
制　　版：北京大有艺彩图文设计有限公司

开 本：890mm×1240mm　1/32
印 张：12.5　　字 数：198,000　　插 页：2
2018年8月第1版　　2018年8月第1次印刷
定 价：49.00元
ISBN：978-7-208-15313-4 / I・1756

图书在版编目（CIP）数据

先锋之刃 / 木叶著．—上海：上海人民出版社，2018
（述而批评丛书）
ISBN 978-7-208-15313-4

Ⅰ．①先… Ⅱ．①木… Ⅲ．①中国文学－当代文学－文学评论－文集 Ⅳ．①I206.7-53

中国版本图书馆CIP数据核字（2018）第152714号

本书如有印装错误，请致电本社更换 010-52187586